读客经典文库

100 个书单丰富你的灵魂

The Works of Shakespeare
莎士比亚戏剧集
喜剧II
[英]莎士比亚 著
(1564—1616)
朱生豪 译
William Shakspeare
读客经典文库
100个书单丰富你的灵魂
江苏凤凰文艺出版社
JIANGSU PHOENIX LITERATURE AND ART PUBLISHING, LTD

威廉·莎士比亚
William Shakespeare

《维洛那二绅士》

普洛丢斯

好，
我的婉转哀求要是打不动您的心，
那么我只好像一个军人一样，
用武器来向您求爱，
强迫您接受我的痴情了。

目　录

爱的徒劳

Love's Labour's Lost

剧中人物

腓迪南	**那瓦国王**
俾隆	**国王侍臣**
朗格维	
杜曼	
鲍益	**法国公主侍臣**
马凯德	
唐·阿德里安诺·德·亚马多	**一个怪诞的西班牙人**
纳森聂尔	**教区牧师**
霍罗福尼斯	**塾师**
德尔	**巡丁**
考斯塔德	**乡人**
毛子	**亚马多的侍童**
管林人	
法国公主	
罗瑟琳	**公主侍女**
玛利娅	
凯瑟琳	
杰奎妮妲	**村女**

官吏、侍从等

地点

那瓦

第一幕

第一场

那瓦王御苑

国王、俾隆、朗格维及杜曼上。

国王 让众人所追求的名誉永远记录在我们的墓碑上，使我们在死亡的耻辱中获到不朽的光荣；不管饕餮的时间怎样吞噬着一切，我们要在这一息尚存的时候，努力博取我们的声名，使时间的镰刀不能伤害我们；我们的生命可以终了，我们的名誉却要永垂万古。所以，勇敢的战士们——因为你们都是向你们自己的感情和一切俗世的欲望奋勇作战的英雄——我们必须把我们最近的敕令严格实行起来，那瓦将要成为世界的奇迹。我们的宫廷将要成为一所小小的学院，潜心探讨有益人生的学术。你们三个人，俾隆、杜曼和朗格维，已经立誓在这三年之内，跟我一起生活，做我的共同研究的学侣，并且绝对遵守这一纸戒约上所规定的种种条文：你们的誓已经宣过，现在就请你们签下自己的名字。谁要是破坏了这戒约上最细微的一枝一节，让他亲手撕毁他自己的荣誉。要是你们已经下了最大的决心，愿你们一意遵行，无渝斯盟。

朗格维 我已经决定了。左右不过是三年的长斋；身体虽然憔悴，精神上却享受着盛宴。饱了肚皮，饿了头脑；美食珍馐可以充实肌肤，却会闭塞心窍。

杜曼 陛下，杜曼已经抑制了他的情欲，把世间一切粗俗的物质的欢娱丢给凡夫俗子们去享受。恋爱、财富和荣华把人暗中催老，我要在哲学中间找寻生命的奥妙。

俾隆 我所能够说的话，他们两人都已经说过了。我已经发誓，陛下，在这儿读书三年；可是其他严厉的戒条，例如在那时期以内，不许见一个女人，这一条我希望并不包括在内；还有每一星期中有一天不许接触任何食物，平常的日子，每天只有一餐，这一条我也希望并不包括在内；还有晚上只许睡三小时，白天不准瞌睡，这一条我也希望并不包括在内，因为我一向总以为从天黑睡到天白，再把半个白昼当作黑夜，不会妨碍别人什么事的。啊！这些是太难的题目，叫人怎么办得到？不看女人尽读书，不吃饭又不许睡觉！

国王 你在宣誓的时候，已经声明遵守这些条件了。

俾隆 请陛下恕我，我并没有发这样的誓。我只发誓陪着陛下读书，在您的宫廷里居住三年。

朗格维 除了这一点以外，俾隆，其余的条件你也都发誓遵守的。

俾隆 那么，先生，我只是开玩笑说说的。我倒要请问请问，读书的目的究竟是什么？

国王 知道我们所不知道的事情。

俾隆 您的意思是说那些为我们常识所不能窥察的事情吗？

国王 正是，那就是读书的莫大的报酬。

俾隆 好，那么我要发誓苦读，把天地间的奥秘勤搜冥索。当煌煌的禁令阻止我宴乐的时候，我要知道什么地方可以填满我的饥肠；当我们的肉眼望不见一个女人的时候，我要知道什么地方可以遇见天仙般的姑娘；要是我发了一个难以遵守的誓言，我要知道怎样可以一边叛誓，一边把我的信誉保全。要是读书果然有这样的用处，你能向我发誓，我一定踊跃从命，决无二言。

国王 这些是学问途中的障碍，引导我们的智慧去追寻无聊的愉快。

俾隆 一切愉快都是无聊；最大的无聊却是为了无聊费尽辛劳。你捧着一本书苦苦钻研，为的是追寻真理的光明；真理的光明还远在天边，你已经盲去了自己的眼睛。我宁愿消受眼皮上的供养，把美人的妙目姿情鉴赏，那脉脉含情的夺人光艳可以扫去我眼中的雾障。学问就像是高悬中天的日轮，愚妄的肉眼不能测度它的高深；孜孜矻矻的腐儒白首穷年，还不是从前人书本里掇拾些片爪寸鳞？那些自命不凡的文人学士，替每一颗星球取下一个名字；可是在众星吐辉的夜里，灿烂的星光一样会照射到无知的俗子。过分的博学无非浪博虚声；每一个教父都会替孩子题名。

国王 他反对读书的理由多么充足！

杜曼 他用巧妙的言辞阻善济恶！

朗格维 他让莠草蔓生，刈除了嘉谷！

俾隆 春天到了，小鹅孵出了蛋壳！

杜曼 这句话是怎么接上去的？

俾隆 各得其时，各如其分。

杜曼 一点意思都没有。

俾隆 聊以凑韵。

国王 俾隆就像一阵冷酷无情的霜霰，用他的利嘴咬死了春天初生的婴孩。

俾隆 好，就算我是；要是小鸟还没有啭动它的新腔，为什么要让盛夏夸耀它的荣光？我不愿冰雪遮掩了五月的花天锦地，也不希望蔷薇花在圣诞节含娇弄媚；万物都各自有它生长的季节，太早太迟同样是过犹不及。你们到现在才去埋头功课，等于爬过了墙头去拔开门上的键锁。

国王 好，那么你退出好了。回家去吧，俾隆，再会！

俾隆 不，陛下；我已经宣誓陪着您在一起；虽然我说了这许多话为无知的愚昧张目，使你们理竭词穷，不能为神圣的知识辩护，可是请相信我，我一定遵守我的誓言，安心忍受这三年的苦行。把那纸儿给我，让我一条一条读下去，在这些严厉的规律下面把我的名字签署。

国王 你这样回心转意，免去了你终身的耻辱！

俾隆 “第一条，任何女子不得进入离朕宫廷一哩之内。”这一条有没有公布？

朗格维 已经公布四天了。

俾隆 让我们看看违禁的有些什么处分。“如有故违，割去该女之舌示儆。”这惩罚是谁定出来的？

朗格维 不敢，是我。

俾隆 好大人，请问您的理由？

朗格维 她们看见了这样可怕的刑罚，就会吓得不敢来了。

俾隆 好一条野蛮的法律！“第二条，倘有人在三年之内，被发现与任何女子交谈，当由其他与盟者共同议定最严厉之办法，予以公开之羞辱。”这一条，陛下，您自己就要破坏的；您知道法国国王的女儿，一位端庄淑美的姑娘，就要奉命到这儿来，跟您交涉把阿奎丹归还给她的老迈衰弱、卧病在床的父亲了；所以这一条规律倘不是等于虚设，就只好让这位众人赞慕的公主白白跋涉了这一趟。

国王 你们怎么说，各位贤卿？这一件事情我全然忘了。

俾隆 读书人总是这样舍近而求远，当他一心研究着怎样可以达到他的志愿的时候，却把眼前所应该做的事情忘了；等到志愿成就，正像用火攻夺取城市一样，得到的只是一堆灰烬。

国王 为了事实上的必要，我们只好废止这一条法令；她必须寄宿在我们的宫廷之内。

俾隆 事实上的必要将使我们在这三年之内毁誓三千次，因为每个人都是生来就有他自己的癖好，不是外力所能把它压制的。要是大家以“事实上的必要”为借口，什么都可以为所欲为，那么我们还要发什么誓呢？我在这儿签下我的名字，全部接受这一切规律；（签名）谁要是违反了戒约上最微细的一枝一节，让他永远不齿于人口。倘然别人受到诱惑，我也会同样受到诱惑；可是我相信，虽然今天你们看我这样不情不愿的，我一定是最后毁誓的一个。可是戒约上有没有允许我们可以找些有趣的消遣呢？

国王 有，有。你们知道我们的宫廷里来了一个文雅的西班牙游客，他的身上包罗着全世界各地的奇腔异调，他的脑筋里收藏着取之不竭的古怪的辞句；从他自负不凡的舌头上吐出来的狂言，在他自己听起来就像迷人的音乐一样使人沉醉；一个富有才能、善于折衷是非的人。这个幻想之儿，名字叫做亚马多的，将要在我们读书的余暇，用一些夸张的字句，给我们讲述人世所罕闻的热带之国西班牙武士们的伟绩。我不知道你们喜不喜欢他；可是我自己很爱听他说谎，我要叫他作我的行吟诗人。

俾隆 亚马多是一个最出色的家伙，他会用崭新的字句，一个十足时髦的武士。

朗格维 考斯塔德那个村夫和他配成一对，可以替我们制造无穷的笑料；这样读书三年也不会觉得太长。

德尔持信及考斯塔德同上。

德尔 哪一位是王上自己？

俾隆 这一位便是，家伙。你有什么事？

德尔 我自己也是代表王上的，因为我是王上陛下的巡丁；可是我要看看王上本人。

俾隆 这便是他。

德尔 亚马——亚马——先生问候陛下安好。外边有人图谋不轨；这封信可以告诉您一切。

考斯塔德 陛下，这封信里所提起的事情是跟我有关系的。

国王 伟大的亚马多写来的信！

俾隆 不管内容多么啰唆，我希望它充满了夸大的字眼。

朗格维 上帝给我们忍耐吧！

俾隆 耐着听，还是忍住笑？

朗格维 让我们不要听得太出神，也不要笑得太起劲。

俾隆 好，先生，我们应该怎么笑，还是让文章的本身替我们决定吧。

考斯塔德 这一回的事情，先生，是关于我和杰奎妮妲两个人的。他们看见我在庄园里陪着她坐在田场上，又跟着她走进了御苑里，就把我抓起来了。上帝保佑好人！

国王 你们愿意用心听我读这一封信吗？

俾隆 我们愿意洗耳恭听，就像它是天神的圣谕一般。

考斯塔德 愚蠢的世人最爱听邪人的乱说。

国王 “上天的伟大的代理人，那瓦的唯一的统治者，我的灵魂的地上的真神，我的肉体的养育的恩主——”

考斯塔德 还没有一个字提起考斯塔德。

国王 “事情是这样的——”

考斯塔德 也许是这样的；可是假如他说是这样的，那也不过是这样一回事。

国王 闭嘴！

考斯塔德 像我们这种安分守己，不敢跟人家打架的人，只好把一张嘴闭起来。

国王 不许说话！

考斯塔德 我也求求你们，对别人的私事还是少提为妙。

国王 “事情是这样的，我因为被黑色的忧郁所包围，想要借着你的令人康健的空气的最灵效的医药，祛除这一种阴沉的重压的情绪，所以凭着我的绅士的身份，使我自己出外散步。是什么时间呢？大约在六点钟左右，正是畜类纷纷吃草，鸟儿成群啄食，人们坐下来享受那所谓晚餐的一种营养的时候：以上说明了时间。现在要说到什么场所：我的意思是说我散步的场所；那是称为你的御苑的所在。于是要说到什么地点：我的意思是说我在什么地点碰到这一桩最淫秽而荒谬的事件，使我从我的雪白的笔端注出了乌黑的墨水，成为现在你所看见、察阅、诵读或者浏览的这一封信。可是说到什么地点，那是在你的曲曲折折的花园里的西边角上东北偏北而略近东首的方向；就在那边我看见那卑鄙的村夫，那可发一笑的下贱的小鱼——"

考斯塔德 我。

国王 "那没有教育孤陋寡闻的灵魂——"

考斯塔德 我。

国王 "那浅薄的东西——"

考斯塔德 还是我。

国王 "照我所记得，考斯塔德是他的名字——"

考斯塔德 啊，我。

国王 "公然违反你的颁布晓谕的诏令和禁抑邪行的法典，跟一个——跟一个——啊！跟一个说起了就使我万分气愤的人结伴同行——"

考斯塔德 跟一个女人。

国王 "跟一个我们祖母夏娃的孩儿，一个阴人；或者为了使你格外明白起见，一个女子。受着责任心的驱策，我把他交给陛下的巡丁安东尼·德尔，一个在名誉、态度、举止和信用方面都很优良的人，带到你的面前，领受应得的惩戒。——"

德尔 启禀陛下，我就是安东尼·德尔。

国王　“至于杰奎妮妲——因为这就是那和前述村夫同时被我捕获的脆弱的东西的名称——我让她等候着你的法律的威严；一得到你的最轻微的传谕，我就会把她带来受审。抱着燃烧全心的忠诚，你的仆人唐·阿德里安诺·德·亚马多敬上。”

俾隆　这封信还不能适如我的预期，可是在我所曾经听到过的书信中间，这不失为最有趣的一封。

国王　是的，这是古今恶札中的杰作。喂，你对于这封信有什么话说吗？

考斯塔德　陛下，我承认是有这么一个女人。

国王　你听见谕告吗？

考斯塔德　我听是很听见的，不过没有十分注意。

国王　谕告上说，和妇人在一起而被捕，处以一年之监禁。

考斯塔德　我不是和妇人在一起，陛下，我是跟一个姑娘在一起。

国王　好，谕告上说姑娘也包括在内。

考斯塔德　这也不是一个姑娘，陛下；她是个处女。

国王　处女也包括在内。

考斯塔德　那么我就否认她是个处女。我是跟一个女孩子在一起。

国王　女孩子不女孩子，尽你怎么说都是没有用的。

考斯塔德　这女孩子对我很有用呢，陛下。

国王　听我的判决：你必须禁食一星期，每天吃些糠喝些水。

考斯塔德　我宁愿祈祷一个月，每天吃些羊肉喝些粥。

国王　唐·亚马多将要做你的看守人。俾隆贤卿，你监视着把他交送过去。各位贤卿，我们现在就去把我们彼此坚决立誓的事情实行起来。（国王、朗格维、杜曼同下）

俾隆　我愿意用我的头打赌无论哪一个人的帽子，这些誓约和戒律不过是一场无聊的笑柄。喂，来。

考斯塔德　我是为了真理而受难，先生；因为我跟杰奎妮妲在一起而被他们捉住，这是一件真实的事实，而且杰奎妮妲也是一个真心的女孩子。所以欢迎，幸运的苦杯！痛苦也许再会有一天露出笑容；现在，坐下来吧，悲哀！（同下）

第二场

同前

亚马多及毛子上。

亚马多 孩子，一个精神伟大的人要是变得忧郁起来，会有些什么征象？

毛子 他会显出悲哀的神气，主人，这是一个伟大的征象。

亚马多 忧郁和悲哀不是同样的东西吗，亲爱的小鬼？

毛子 不，不，主啊！不，主人。

亚马多 你怎么可以把悲哀和忧郁分开，我的柔嫩的青年？

毛子 我可以从作用上举出很普通的证明，我的粗硬的长老。

亚马多 为什么是粗硬的长老？为什么是粗硬的长老？

毛子 为什么是柔嫩的青年？为什么是柔嫩的青年？

亚马多 我说你是柔嫩的青年，因为这是对于你的弱龄的一个适当的名称。

毛子 我说您是粗硬的长老，因为这是对于您的老年的一个合宜的尊号。

亚马多 我已经答应陪着王上研究三年。

毛子 主人，您用不到一点钟的功夫，就可以把它研究出来。

亚马多 不可能的事。

毛子 一的二倍是多少？

亚马多 我不会计算；那是堂倌酒保们干的事。

毛子 主人，您是一位绅士，也是一位赌徒。

亚马多 这两个名义我都承认；它们都是一个堂堂男子的标识。

毛子 那么我相信您一定知道两点加一点一共几点。

亚马多 比两点多一点。

毛子 那在下贱的俗人嘴里是称为三点的。

亚马多 不错。

毛子 瞧，主人，这不是很容易的研究吗？您还没有霎过三次眼睛，我们已经把三字研究出来了；要是再在“三”字后面加上一个“年”字，一共两个字，不是一点不费力就可以把它们研究出来吗？

亚马多 我承认我是在恋爱了；一个军人而恋爱是一件下流的事，所以我恋爱着一个下流的女人。要是我向爱情拔剑作战，可以把我从这种堕落的思想中间拯救出来的话，我就要把欲望作为我的俘虏，让无论哪一个法国宫廷里的朝士用一些新式的礼节把它赎去。我不屑于叹气，我想我应该发誓把丘比特克服。安慰我，孩子；哪几个伟大的人物是曾经恋爱过的？

毛子 赫剌克勒斯[1]，主人。

亚马多 最亲爱的赫剌克勒斯！再举几个例子，好孩子，再举几个；我的亲爱的孩子，你必须替我举几个赫赫有名的人。

毛子 参孙[2]，主人；他曾经像一个脚夫似的把城门负在背上；他也恋爱过的。

亚马多 啊，结实的参孙！强壮的参孙！你在剑法上不如我，我在背城门这一件事情上也不如你。我也在恋爱了。谁是参孙的爱人，我的好毛子？

毛子 一个女人，主人。

亚马多 是什么肤色的女人？

毛子 一共四种肤色，也许她四种都有，也许她有四种之中的三种、两种，或是一种颜色。

亚马多 正确一些告诉我她的皮肤是什么颜色？

毛子 是海水一样碧绿的颜色，主人。

亚马多 那也是四种肤色中的一种吗？

毛子 我在书上是这样读过的，主人；最好看的女人都是这种颜色。

亚马多 绿的确是情人们的颜色；可是我想参孙会爱上一个绿皮肤的女人，却是不可思议的。我的爱人的

---

1 赫剌克勒斯（Hercules），希腊神话中的著名英雄。

2 参孙（Samson），《圣经》中的大力士，见《旧约·士师记》。

肤色是白白净净，红嫩嫩的。

毛子 最污秽的思想，主人，都是藏匿在这种颜色之下的。

亚马多 说出你的理由来，懂事的婴孩。

毛子 我的父亲的智慧，我的母亲的舌头，帮助我！

亚马多 一个孩子的可爱的祷告，非常佳妙而动人！

毛子 要是她的脸色又红又白，
你永远不会发现她犯罪，
因为白色表示惊恐惶迫，
绯红的脸表示羞耻惭愧；
可是她倘然犯下了错误，
你不能从她的脸上看出，
因为红的羞愧白的恐怖，
都是她天然生就的颜色。

这几行诗句，主人，可以证明白和红是两种危险的颜色。

亚马多 孩子，不是有一支谣曲歌咏着国王恋爱丐女的故事吗？

毛子 大概在三个世代以前，曾经流行着这么一支恶劣的谣曲；可是我想它现在已经失传了；即使还有人记得，也是写不出来，而且不能歌唱的。

亚马多 我要把那题目重新写成一首诗，使它作为我的迷恋的一个有力的前例。孩子，我真的爱上了那个我在御苑里跟那村夫考斯塔德一起捉住的乡下姑娘；她应该有一个人好好地照顾她。

毛子 （旁白）她应该好好抽一顿鞭子，可是她应该有一个比我的主人更好的情郎。

亚马多 唱吧，孩子；我的心灵因为爱情而沉重起来了。

毛子 那是一件大大的奇事，因为您爱的是一个轻狂的女人。

亚马多 我说，唱吧。

毛子 等这班人过去了再唱吧。

德尔、考斯塔德及杰奎妮妲上。

德尔 先生，王上的旨意，叫你把考斯塔德看守起来；他每星期必须禁食三天。讲到这一位姑娘，我必须让她留在御苑里挤牛乳。再会！

亚马多 我羞得满脸都红了。姑娘！

杰奎妮妲 汉子？

亚马多 我要到你居住的地方来看看你。

杰奎妮妲 那就在附近。

亚马多 我知道它的所在。

杰奎妮妲 主啊，你是多么聪明！

亚马多 我要告诉你奇怪的事情。

杰奎妮妲 凭着你这一副嘴脸吗？

亚马多 我爱你。

杰奎妮妲 我已经听见你说过了。

亚马多 再会！

杰奎妮妲 愿你平安！

德尔	来，杰奎妮妲，去吧！（德尔及杰奎妮妲下）
亚马多	混蛋，你干了这样的坏事，非把你禁食起来不可。
考斯塔德	呃，先生，我希望您让我在禁食以前先吃一个饱。
亚马多	我们要把你重重惩罚一下。把这混蛋带下去，把他关起来。
毛子	来，你这胡作非为的奴才；去！
考斯塔德	好，要是我有一天恢复了自由，我要叫有的人看看——
毛子	叫有的人看看什么？
考斯塔德	不，没有什么，毛子少爷；他们爱看什么就看什么。做了囚犯是不能一声不响的，所以，我还是不要多说什么的好。谢谢上帝我是个没有耐性的人，所以我会安安静静住在牢里。（毛子及考斯塔德下）
亚马多	我爱上了那被她穿在她的卑贱的鞋子里的更卑贱的脚所践踏的最卑贱的地面。要是我恋爱了，我将要破坏誓约，那就是说了一句虚伪的谎。虚伪的谎怎么可以换到真实的爱呢？爱情是一个魔鬼。可是参孙也曾被它引诱，他是个力气很大的人；所罗门[1]也曾被它迷惑，他是个聪明无比的人。赫剌克勒斯的巨棍也敌不住丘比特的箭镞，所以一个西班牙人的宝剑怎么能够对抗得了呢？不消一两个回合，我的剑法就要完全散乱

1 所罗门（Solomon），古代以色列哲王，以智慧著称。

了。他的耻辱是被人称为孩子；他的光荣却是征服成人。别了，勇气！锈了吧，宝剑！静下来，战鼓！因为你们的主人在恋爱了；是的，他恋爱了。即景生情的诗神啊，帮助我！因为我相信我要写起十四行诗来了。想吧，智慧；写吧，笔！我有足够的诗情，可以写满几大卷的二开大本呢。（下）

第二幕

第一场

那瓦王御苑；远处设大小帐幕

法国公主、罗瑟琳、玛利娅、凯瑟琳、鲍益、群臣及其他侍从等上。

鲍益 现在，公主，振起您的最宝贵的精神来吧；想想您的父王特意选择了一个什么人来充任他的使节，跟一个什么人接洽一件什么任务；他不派别人，却派他那为全世界所敬爱的女儿，您自己，来跟具备着一切人间完善的德性的、并世无双的那瓦国王进行谈判，而谈判的中心，又是适宜于作为一个女王的嫁妆的阿奎丹。造化不愿把才华丽色赋予庸庸碌碌的众人，大量地把天地间所有的灵秀钟萃于您的一身；您现在就该效法造化的大量，充分表现您的惊才绝艳。

公主 好鲍益大人，我的美貌虽然卑不足道，却也不需要你的谀辞的渲染；美貌是凭着眼睛判断的，不是贾人的利口所能任意抑扬。你这样搬弄你的智慧把我恭维，无非希望人家称赞你口齿聪明；可是我听了你这一番褒美，却一点不觉得可以骄傲。现在我也要请你干一件事：好鲍益，你不会不知道，名誉广大的人，一举一动都会传遍世界；那瓦王已经立下誓言，要在这三年之内发愤读书，不让一个女人走近他的静肃的宫廷；所以我们在没有进入他的禁门以前，似乎应该先去探问他的意旨；我相信你的才干可以胜任这一项使命，所以选择你做我的代言人，向他陈述我们的来意，告诉他法兰西国王的女儿因为有重要的事情希望得到迅速的解决，要求和他当面接洽。快去对他这样说了；我们就像一群谦卑的请愿人一般，等候着他的庄严的谕示。

鲍益 得到这样的委任是我的莫大的荣幸，敢不踊跃拜命。（下）

公主 各位爱卿，你们知道哪几个人是和这位贤德的国王一同立誓守戒的信徒？

臣甲 朗格维勋爵是其中的一个。

公主 你认识这个人吗？

玛利娅 我认识他，公主。当配力各特勋爵和杰奎斯·福康勃立琪的美丽的息女在诺曼底举行婚礼的时候，我在宴席上见过这位朗格维。他是一个公认为才能出众的人，文学固然是他的擅长，武艺方面也十分了得。要是美德的光彩可以蒙上污点的话，那么他的唯一的缺点是一副尖刻的机智配上一个太直率的意志：他的机智能够出口伤人，他的意志使他一往直前，不为他人留一点余地。

公主 听起来是一位善于戏谑的贵人，是不是？

玛利娅 最熟悉他脾气的人都这样说他。

公主 这种浮华之士往往不永天年。还有些什么人？

凯瑟琳 年少的杜曼，一个才德兼备的青年；他的智慧可以使一个形貌丑陋的人容光焕发，可是即使他没有智慧，他的堂堂的仪表也可以博取别人的爱悦。我在阿朗松公爵的府中见过他一次；我对于他的伟大的品格的赞美，实在不能道出我在他身上所看到的美德于万一。

罗瑟琳 要是我所听到的话并不虚假，那时候在阿朗松公爵的地方，还有一个他们的同学也跟他在一起；他们叫他做俾隆；在我所交谈过的人们中间，从来不曾有一个比他更会说笑的人，能够雅谑而不流于鄙俗。他的眼睛一看到什么事情，他的机智就会把它编成一段有趣的笑话，他的善于抒述种种奇思妙想的舌头，会用那样灵巧而隽永的字句把它表达出来，使老年人听了娓娓忘倦，少年人听了手舞足蹈；他的口才是这样敏捷而巧妙。

公主 上帝祝福我的姑娘们！她们都在恋爱了吗？怎么每一个人都用这种侈张的夸饰赞赏她自己中意的人？

臣甲 鲍益来了。

鲍益重上。

公主 国王怎样招待你的，鲍益？

鲍益 那瓦王已经知道您到来的消息；我还没有见他以前，他跟他那班一同立誓的学侣们已经准备来迎接您了。我听他的口气是这样的：他宁愿把您安顿在郊野里，就像你们是来围攻他的宫廷的一支军队一般，不愿违反他的誓言，让您走进他的屋子。那瓦王来了。（众女戴脸罩）

国王、朗格维、杜曼、俾隆及侍从等上。

国王 美貌的公主，欢迎你光临那瓦的宫廷。

公主 我把“美貌”两字璧还陛下；至于说到“欢迎”，那么我还没有实受其惠。这穹高的天宇不是您所能私有的，这辽阔的郊野也不是招待贵宾的所在。

国王 公主，我们少不得有一天要请你到我们宫廷里屈驾一游。

公主 那么我现在就接受您的邀请。

国王 听我说，亲爱的公主，我曾经立下重誓。

公主 圣母保佑陛下！您会有一天毁誓的。

国王 凭着我的意志起誓，公主，我决不毁誓。

公主 啊，您的意志一发生动摇，您就要毁誓了。

国王 公主，你不知道我发下的是个什么誓。

公主　要是陛下也不知道您自己所发的誓，那倒是陛下的聪明，因为知道这样的誓，反而是一种愚昧。我听说陛下已经发誓不理家政；谨守那样一个无聊的誓，真是一桩极大的罪恶，虽然毁弃它也同样是一桩罪恶。可是恕我吧，我太放肆了，我不该向一个教师训诲。请您读一读我此来的目的，迅速赐给我一个答复。（以文件授国王）

国王　公主，我愿意尽快答复你的赐教。

公主　您还是早一点把我打发走了的好，因为要是您让我羁留在贵国，您一定会把您的誓言毁弃的。

俾隆　我不是有一次在勃拉旁跟您跳过舞吗？

罗瑟琳　我不是有一次在勃拉旁跟您跳过舞吗？

俾隆　我知道您跟我跳过舞的。

罗瑟琳　既然知道，何必多问！

俾隆　您不要这样火辣辣的。

罗瑟琳　谁叫你用这种问题引起我的火性来？

俾隆　您的舌头就像一匹快马，它奔得太快会把力气都奔完了。

罗瑟琳　它不等到把骑马的人掀下在泥潭里，是不会止步的。

俾隆　现在是什么时候了？

罗瑟琳　现在是傻瓜们向别人发问的时候。

俾隆　愿幸运降在您的脸罩上！使您有许多的恋人！

罗瑟琳　阿门，但愿您不是其中之一。

俾隆　嗳哟，那么我要去了。

国王　公主，令尊在这封信上说起他已经付了我们十万克朗，那只是先父在日贵国所欠我们的战债的半数。这笔款子先父和我都从未收到；即使果有此事，那么也还有十万克朗的欠款没有清还。当初贵国同意把阿奎丹的一部分抵押给我们，作为这一笔欠款的保证，虽然拿土地的价值说起来，实在抵不上这一个数目。现在你的父王只要愿意把那未清偿的半数还给我们，我们也愿意放弃我们在阿奎丹的利权，和他永结盟好。可是他似乎一点没有这种意思，因为在这信上，他单单提出已经偿付十万克朗这一点，作为要求归还阿奎丹的理由，而绝口不提那十万克朗余欠的问题。其实我们只要收回先父在日出借的债款，对于阿奎丹这一块瘦瘠不毛的地方，倒是很乐于割舍的。亲爱的公主，倘不是令尊的要求太不近情理了，这次蒙你芳踪莅止，我一定不会让你失望而归。

公主　家君从来没有愆约背信，不履行他的偿债的义务；陛下否认收到这一笔偿款，不但诬蔑家君，而且有失一国元首的器度；我不能不为陛下的名誉惋惜。

国王　我郑重声明对于这一笔债款的归还未有所闻；你要是能够证明此事属实，我愿意把它全数奉还贵国，或者把阿奎丹交出。

公主　敬遵台命。鲍益，你去把那些曾经他的父王查理手下的专任大员签署，上面载明着这么一笔数目的收据找一找出来。

国王 给我看。

鲍益 启禀陛下，这一类有关文件的包裹还没有送到；明天一定可以请您过目。

国王 那很好；只要证据确凿，任何合理的要求我都可以允从。现在请你接受按照你的身份和我的地位所应该享有的一切礼遇吧。虽然你不能走进我的宫门，美貌的公主，我一定尽力使你在这儿大自然怀抱之中，感到宾至如归的愉快；你将要觉得虽然我这样靳惜着自己的屋宇，可是你已经栖息在我的心灵的深处了。一切失礼之处，请你加以善意的原谅。再会；明天早上我们一定再来奉访。

公主 愿陛下政躬康健，所愿皆偿！

国王 我也愿意为你作同样的祝祷！（国王及侍从下）

俾隆 姑娘，我要把您放在我的心坎里温存。

罗瑟琳 那么请您把我放进去吧，我倒要看看您的心是怎样的。

俾隆 我希望您听见它的呻吟。

罗瑟琳 这傻瓜害病了吗？

俾隆 他害的是心病。

罗瑟琳 唉！替它放放血吧。

俾隆 放血可以把它医治吗？

罗瑟琳 我的医药知识说是可以的。

俾隆 您愿意用您的眼睛刺我的心出血吗？

罗瑟琳 我的眼睛太钝，用我的刀吧。

俾隆　　嗳哟，上帝保佑你不要死于非命！

罗瑟琳　　上帝保佑你不得好死！

俾隆　　我不能待在这儿等你的祷告见效。（退后）

杜曼　　先生，请问您一句话，那位姑娘是什么人？

鲍益　　阿朗松的息女，凯瑟琳是她的名字。

杜曼　　一位漂亮的姑娘！先生，再会！（下）

朗格维　　请教一声，那位白衣的姑娘是什么人？

鲍益　　您在光天化日之下，可以看清楚她是一个女人。

朗格维　　她是光明中的光明。请问她的名字？

鲍益　　她只有一个名字，您不能问她要。

朗格维　　先生，请问她是谁的女儿？

鲍益　　我听说是她母亲的女儿。

朗格维　　上帝祝福您的胡子！

鲍益　　好先生，别生气。她是福康勃立琪家的女儿。

朗格维　　我现在不生气了。她是一位最可爱的姑娘。

鲍益　　也许是的，先生；或者是这样。（朗格维下）

俾隆　　戴帽子的女人叫什么名字？

鲍益　　命运替她取名为罗瑟琳。

俾隆　　她结过婚了没有？

鲍益　　她跟她自己的意志结婚，先生。

俾隆　　欢迎，先生。再会！

鲍益　　彼此彼此。（俾隆下；众女去脸罩）

玛利娅　　最后的一个就是俾隆，那爱开玩笑的贵人；他的每一句话都是一个笑话。

鲍益　　每一个笑话不过是一句话。

玛利娅　　你们两人在一起，活像两头疯羊。

鲍益　　可爱的羔羊，我们是要靠着您的嘴唇喂养长大的呢。

玛利娅　　您是羊，我是牧场；是不是这个意思？

鲍益　　那么请让我到牧场上来寻食吧。（欲吻玛利娅）

玛利娅　　不行，我的好畜生，我的嘴唇不是公共的场地。

鲍益　　它们属于谁的？

玛利娅　　属于我的命运和我自己。

公主　　你们老是爱斗嘴，大家不要闹了。这种舌剑唇枪，不应该在自家人面前耍弄，还是用来对付那瓦王和他的同学们吧。

鲍益　　我这一双眼睛可以看出别人心里的秘密，难得有时错误；要是这一回我的观察没有把我欺骗，那么那瓦王是染上病了。

公主　　染上什么病？

鲍益　　他染上的是我们情人们所说的相思病。

公主　　何以见得？

鲍益　　他的一切行为都集中于他的眼睛，透露出不可遏抑的热情；他的心像一颗刻着你小像的玛瑙，在他的眼里闪耀着骄傲；他的焦躁的舌头忘记了它的职守，想要平分他眼睛的享受；一切感觉都奔赴他的眼底，争看那绝世无双的秀丽。仿佛他眼睛里锁藏着整个的灵魂，正像玻璃柜内陈列着珠翠缤纷，放射它们晶莹夺目的光彩，招引你过路的行人购买。他脸上写满着无限的惊奇，谁都看得出他意夺神移。我可以给你阿奎丹和他所有的一切，只要你为了我的缘故吻一吻他的脸颊。

公主 到我的帐里来；鲍益在发疯了。

鲍益 我不过把他的眼睛里所透露的意思用说话表示出来。我使他的眼睛变成一张嘴，再替他安上一条不会说谎的舌头。

罗瑟琳 你是一个恋爱场中的老手，真会说话。

玛利娅 他是丘比特的外公，他的消息都是丘比特告诉他的。

罗瑟琳 那么维纳斯一定像她的母亲，因为她的父亲是很丑的。

鲍益 你们听见吗，我的疯丫头们？

玛利娅 不听见。

鲍益 那么你们看见些什么没有？

罗瑟琳 嗯，看见我们回去的路。

鲍益 我真把你们没有办法。（同下）

第三幕

第一场

那瓦王御苑

亚马多及毛子上。

亚马多　去，稚嫩的青春；拿了这钥匙去，把那乡下人放了，带他到这儿来；我必须叫他替我送一封信去给我的爱人。

毛子　主人，您愿意用法国式的喧哗得到您的爱人的欢心吗？

亚马多　你是什么意思？用法国话吵架吗？

毛子　不，我的十足的主人；我的意思是说，从舌尖上溜出一支歌来，用您的脚和着它跳舞，翻起您的眼皮，唱一个音符叹息一个音符；有时候从您的喉咙里滚出来，好像您一边歌唱爱情，一边要把它吞下去似的；有时候从您的鼻孔里哼出来，好像您在嗅寻爱情的踪迹，要把它吸进去似的；您的帽檐斜罩住您的眼睛；您的手臂交叉在您的胸前，像一头炙叉上的兔子；或者把您的手插在口袋里，就像古画上的人像一般；也不要老是唱着一支曲子，才唱了几句又换了一个调子。这是台型，这是功架，可以诱动好姑娘们的心，虽然没有这些她们也会被人诱动；而且——您在听着我吗？——这还可以使那些最擅长于这个调调儿的人成为一世的红人。

亚马多 你这种经验是怎么得来的？

毛子 这是我一点一点观察得来的结果。可是您忘记您的爱人了吗？

亚马多 我几乎忘了。

毛子 健忘的学生！把她记住在您的心头。

亚马多 她不但在我的心头，而且在我的心坎儿里，孩子。

毛子 而且还在您的心儿外面，主人；这三句话我都可以证明。

亚马多 你怎么证明？

毛子 您在心头爱着她，因为您的心得不到她的爱；您在心里爱着她，因为她已经占据了您的心；您在心儿外面爱着她，因为您已经为她失去您的心。

亚马多 我正是这样。把那乡下人带来；他必须替我送一封信。

毛子 好得很，马儿替驴子送信。

亚马多 嘿，嘿！你说什么？

毛子 呃，主人，您该叫那驴子骑了马去，因为他走得太慢啦。我去了。

亚马多 路是很近的；快去！

毛子 像铅一般快，主人。

亚马多 什么意思，小精灵鬼儿？铅不是一种很沉重迟钝的金属吗？

毛子 非也，我的好主人。

亚马多 我说，铅是迟钝的。

毛子 主人，您这结论下得太快了；从炮口里放出来的铅丸，难道还算慢吗？

亚马多 好巧妙的辞锋！他把我说成了一尊大炮；他自己是弹丸；好，我就把你向那乡下人开了过去。

毛子 那么您开炮吧，我飞出去了。（下）

亚马多 一个乖巧的小子，又活泼又伶俐！对不起，亲爱的苍天，我要把我的叹息呵在你的脸上了。最粗暴的忧郁，勇敢见了你也要远远退避。我的使者回来了。

毛子率考斯塔德重上。

亚马多 考斯塔德，我要释放你。恢复你的自由，解脱你的束缚，免除你的禁锢；我只要你替我干这一件事。（以信授考斯塔德）把这封书简送给那村姑娘杰奎妮妲。（以钱授考斯塔德）这是给你的酬劳；因为对底下人赏罚分明，是我的名誉的最大的保障。毛子，跟我来。（下）

毛子 人家说狗尾续貂，我就像狗尾之貂。考斯塔德先生，再会！

考斯塔德 我的小心肝肉儿！我的可爱的小犹太人！（毛子下）现在我要看看他的酬劳。酬劳！啊！原来在他们读书人嘴里，三个铜子就叫做酬劳。“这条带子什么价钱？”“一便士。”“不，一个酬劳卖不卖？”啊，好得很！酬劳！这是一个比法国的克朗更好的名称。我再也不把这两个字转卖给别人。

俾隆上。

俾隆 啊！我的好小子考斯塔德，咱们碰见得巧极了。

考斯塔德 请问先生，一个酬劳可以买多少淡红色的丝带？

俾隆 怎么叫一个酬劳？

考斯塔德 呃，先生，一个酬劳就是三个铜子。

俾隆 那么你就可以买到值三个铜子的丝带了。

考斯塔德 谢谢您。上帝和您在一起！

俾隆 不要走，家伙；我要差你干一件事。你要是希望得到我的恩宠，我的好小子，那么答应我这一个请托吧。

考斯塔德 您要我在什么时候干这件事，先生？

俾隆 哦，今天下午。

考斯塔德 好，我一定给您办到，先生。再会！

俾隆 啊，你还没有知道是件什么事哩。

考斯塔德 等我把它办好以后，先生，我就会知道是件什么事。

俾隆 嗨，混蛋，你该先知道了以后才去办呀。

考斯塔德 那么我明儿早上来看您。

俾隆 这事情必须在今天下午办好。听着，家伙，很简单的一回事：公主就要到这儿御苑里来打猎，她有一位随身侍从的贵女，粗俗的舌头轻易不敢提起她的名字，他们称她为罗瑟琳；你问清楚了哪一个是她，就把这一通密封的书信交在她的洁白的手里。（以一先令授考斯塔德）这是给你的犒赏；去。

考斯塔德 犒赏，啊，可爱的犒赏！比酬劳好得多啦；多了足足十一便士外加一个铜子。最可爱的犒赏！我一定给您送去，先生，决不有错。犒赏！酬劳！（下）

俾隆 而我，——确确实实，我是在恋爱了！我曾经鞭责爱情；我是捉拿相思的捕快；我把刻毒的讥刺加在那个比一切人类更伟大的孩子的身上，像一个守夜的警吏一般监视他的行动，像一个尊严的塾师一般呵斥他的错误！这个盲目的、哭笑无常的、淘气的孩子，这个年少的前辈，矮小的巨人，丘比特先生；统治着一切恋爱的诗句，交叉的手臂，叹息，呻吟，一切无聊的踯躅和怨望的悲愤的无上君主，统辖天下痴男怨女的唯一主宰和伟大的元帅；啊，我小小的心，我却要高举他的旗帜，在他的战场上充当一名上卒！什么，我！我恋爱！我追求！我要找寻一个妻子！一个像一座永远需要修理的时钟般的女人，你不去留心她就会出毛病！嘿，最不该的是叛弃了誓约；而且在三个之中，偏偏爱上了最坏的一个：一个伶俐风骚的姑娘，她的眼睛像两颗乌黑的弹丸；凭着上天起誓，即使百眼的巨人阿耳戈斯把她终日监视，她也会什么都干得出来。我却要为她叹息！为她整夜不睡！为她祷告神明！罢了，这是丘比特给我的惩罚，因为我藐视了他的全能的小小的威力。好，我要恋爱、写诗、叹息、祷告、追求和呻吟；谁都有他心爱的姑娘，我的爱人也该有痴心的情郎。（下）

第四幕

第一场

那瓦王御苑

公主、罗瑟琳、玛利娅、凯瑟琳、鲍益、群臣、侍从及一管林人上。

公主 那向着峻峭的山崖加鞭疾驰的，不是国王吗？

鲍益 我不知道；可是我想那不是他。

公主 不管他是谁，瞧上去倒是很雄心勃勃似的。好，各位贤卿，今天我们就可以得到答复；星期六就可以回法国去了。管林子的朋友，你说我们应该到哪一丛树木里去杀害生灵？

管林人 您只要站在这附近那一簇小树林的边上，准可以百发百中。

公主 人家说，美人有沉鱼落雁之容；我只要用美目的利箭射了出去，无论什么飞禽走兽都会应弦而倒。

管林人 恕我，公主，我不是这个意思。

公主　什么，什么？你不愿恭维我吗？啊，一瞬间的骄傲！我不美吗？唉！

管林人　不，公主，您美。

公主　不，现在你不用把我装点了；不美的人，怎样的赞美都不能使她变得好看一点的。这儿，我的好镜子；（以钱给管林人）给你这些钱，因为你不说谎，骂了人反得厚赐，这是分外的重赏。

管林人　您所有的一切都是美好的。

公主　瞧，瞧！只要行了好事，就可以保全美貌。啊，不可靠的美貌！正像这些覆雨翻云的时世；多花几个钱，丑女也会变成无双的姝丽。可是拿弓来；现在我们要不顾慈悲，杀生害命，显一显我们射猎的本领；要是射而不中，我可以饰词自辩，因为心怀不忍，才故意网开一面；要是射中了，那不是存心杀害，唯一的目的无非博取一声喝彩。人世间的煊赫光荣，往往产生在罪恶之中，为了身外的浮名，牺牲自己的良心；正像如今我去杀害一头可怜的麋鹿，只为了他人的赞美，并不为自己的怨毒。

鲍益　凶悍的妻子拼命压制她们的丈夫，不也就是为了博人赞美的缘故吗？

公主　正是，无论哪一位太太，能够压倒她的老爷，总是值得赞美的。

考斯塔德上。

鲍益　来了一个老百姓。

考斯塔德　上帝安息你们的灵魂！请问这儿哪一位是头儿脑儿的小姐？

公主　朋友，你只要看别人都是没有头颅脑袋的，就知道哪一个是她了。

考斯塔德　哪一位小姐是顶大的顶高的？

公主　她就是顶胖的顶长的一个。

考斯塔德　顶胖的，顶长的！对了，没有一点儿差。小姐，要是您的腰身跟我的心眼儿一样细，您就可以套得上这几位小姐们的腰带。您不是她们的首领吗？您在这儿是顶胖的一个。

公主　你有什么见教，先生？你有什么见教？

考斯塔德　俾隆先生叫我带封信来，给一位叫做罗瑟琳的小姐。

公主　啊！你的信呢？你的信呢？他是我的一个好朋友。站在一旁，好信差。鲍益，你会切肉的，把这块鸡切一切开吧。

鲍益　遵命。这封信送错了；它跟这儿每个人都没有关系；它是写给杰奎妮妲的。

公主　我们也要读它一下。把封蜡打开了，大家听着。

鲍益　“凭着上天起誓，你是美貌的，这是一个绝无错误的事实；真的，你是娇艳的；真实的本身，你是可爱的。比美貌更美貌，比娇艳更娇艳，比真实更真实的，怜悯你的英雄的奴隶吧！慷慨知名的科菲多亚王看中了下贱污秽的丐女齐妮罗芳，他可以说，余来，余见，余胜[1]；用俗语把它分析——啊，下流而卑劣的俗语！——即为，他来了，他看见，他战胜。他来了，一；看见，二；战胜，三；谁来了？国王。他为什么来？因为要看见。他为什么看？因为要战胜。他到谁的地方来？到丐女的地方。他看见什么？丐女。他战胜谁？丐女。结果是胜利。谁的胜利？国王的胜利。俘虏因此而富有了。谁富有了？丐女富有了。收场是结婚。谁结婚？国王结婚；不，两人合而为一，一人化而为二。我就是国王，因为在比喻上是这样的；你就是丐女，你的卑贱可以证明。我应该命令你爱我吗？我可以。我应该强迫你爱我吗？我能够。我应该请求你爱我吗？我愿意。你的褴褛将要换到什么？锦衣。你的灰尘将要换到什么？富贵。你自己将要换到什么？我。我让你的脚玷污我的嘴唇，让你的小像玷污我的眼睛，让你的每一部分玷污我的心，等候着你的答复。

你的最忠实的唐·阿德里安诺·德·亚马多。”

你听那雄狮咆哮的怒响，

你已是他爪牙下的羔羊；

1 “余来，余见，余胜”（Veni，Vidi，Vici）为尤利乌斯·恺撒（Julius Cæsar）之著名豪语。

俯伏在他足前不要反抗，
他不会把你的生命损伤；
倘然妄图挣扎，那便怎样？
免不了充他饥腹的食粮。

公主 写这信的是一片什么羽毛，一头什么风信标？你们有没有听见过比这更妙的文章？

鲍益 这文章的风格，我记得好像看见过似的。

公主 读过了这样的文章还会忘记，那你的记性真是太坏了。

鲍益 这亚马多是这儿宫廷里豢养着的一个西班牙人；他是一个荒唐古怪的家伙，一个疯子，常常用他的奇腔异调逗国王和他的同学们发笑。

公主 喂，家伙，我问你一句话。谁给你这封信？

考斯塔德 我早对您说过了，是一位大人。

公主 他叫你把信送给谁的？

考斯塔德 从一位大人送给一位小姐。

公主 从哪一位大人寄给哪一位小姐？

考斯塔德 从俾隆大人，我的一位很好的大爷，送给一位法国的小姐，他说她名叫罗瑟琳。

公主 你把他的信送错了。来！各位贤卿，我们走吧。好人儿，把这信收起来；过一天它就会变成你的了。（同下）

第二场

同前

霍罗福尼斯、纳森聂尔牧师及德尔上。

纳森聂尔 真是一种敬畏神明的游戏，而且是很合人道的。

霍罗福尼斯 那头鹿，您知道，沐浴于血泊之中；像一只烂熟的苹果，刚才还是明珠般悬在太虚、穹苍、天空的耳边，一下子就落到平陆、原壤、土地的面上。

纳森聂尔 真的，霍罗福尼斯先生，您的字眼变化得非常巧妙，不愧学者的吐属。可是先生，相信我，它是一头新出角的牡鹿。

霍罗福尼斯 纳森聂尔牧师，信哉！

德尔 它不是信哉；它是一头两岁的公鹿。

霍罗福尼斯 最愚昧的指示！然而这也是他用他那种不加修饰、未经琢磨、既无教育、又鲜训练，或者不如说是浑噩无知，或者更不如说是诞妄无稽的方式，反映或者不如说是表现他的心理状态的一种解释性的暗示，把我的信哉说成了一头鹿。

德尔 我说那鹿不是信哉；它是一头两岁的公鹿。

霍罗福尼斯 蠢而又蠢的蠢物，愚哉愚哉！啊！你无知的魔鬼，你的容貌多么伧俗！

纳森聂尔 先生，他不曾饱餐过书本中的美味；他没有吃过纸张，喝过墨水；他的智力是残缺破碎的；他不过是一头畜生，只有下等的感觉。这种愚鲁的木石放在我们的面前，我们这些有情趣有性灵的人，应该感谢上帝，赐给我们如许的智慧才能，使我们不至于像他一样。

德尔 你们两位都是读书人；你们能不能用你们的智慧告诉我，什么东西在该隐出世的时候已经有一个月大，到现在还没有长满五星期？

霍罗福尼斯 狄克丁娜，德尔好伙计；狄克丁娜，德尔好伙计。

德尔 狄克丁娜是什么？

纳森聂尔 狄克丁娜是菲苾，也就是琉娜，也就是月亮的别名。

霍罗福尼斯 亚当生下一个月以后，月亮已经长满了一个月；可是他到了一百岁的时候，月亮还是一百年前的月亮，不曾多老了一个星期。

纳森聂尔 先生，我为您赞美天主，我的教区里的全体居民也都要为您赞美天主，因为他们的儿子受到您很好的教诲，他们的女儿也从您的地方得益不少；您是社会上的功臣。

霍罗福尼斯 他们的儿子如果是天真诚朴的，不怕得不到我的教诲；他们的女儿如果是聪慧可教的，我也愿意尽力开导她们。可是哲人寡言。有一个女人找我们来了。

杰奎妮妲及考斯塔德上。

杰奎妮妲 早安，牧师先生！牧师先生，（以一信授纳森聂尔）谢谢您把这一封信读给我听听；它是唐·亚马多叫考斯塔德送来给我的。请你读一读好不好？

霍罗福尼斯 对不起，先生，这里面写些什么？或者正像贺拉斯[1]所说的，——什么，一首诗吗？

纳森聂尔 正是，先生，而且写得非常典雅。

霍罗福尼斯 愿闻一二，先生其为余诵之乎？

纳森聂尔 （读）

为爱背盟，怎么向你自表寸心？
啊！美色当前，谁不要失去操守？
虽然扰躬自愧，对你誓竭忠贞；
昔日的橡树已化作依人弱柳：
请细读它一叶叶的柔情密爱，
它的幸福都写下在你的眼中。
你是全世界一切知识的渊海，
赞美你便是一切学问的尖峰；

1 贺拉斯（Horace），公历纪元前一世纪罗马诗人。

倘不是蠢如鹿豕的冥顽愚人，
谁见了你不发出惊奇的嗟叹？
你目藏闪电，声音里藏着雷霆；
平静时却是天乐与星光灿烂。
你是天人，啊！赦免爱情的无知，
以尘俗之舌讴歌绝世的仙姿。

霍罗福尼斯 您没有把应该重读的地方读了出来，所以完全失去了抑扬顿挫之妙。让我把这首小诗推敲一下：在韵律方面倒还不错；可是讲到高雅、流利和诗歌的铿锵的音调，此则尚有憾焉。奥维狄斯·奈索[1]才是真正的诗人；然而奈索之所以为奈索者，不是因为他嗅出了想象的芬芳的花朵，那激发创作的动力吗？摹拟算得了什么？猎犬也会追随它的主人，猴子也会效学他的饲养者，马儿也会听从他的骑师。可是姑娘，这封信是寄给你的吗？

杰奎妮妲 嗯，先生；这封信是一位俾隆先生寄给我的，他是那位外国女王手下的一位贵人。

霍罗福尼斯 我要看看那上面的题名：“敬献于最美丽的罗瑟琳小姐的雪白的手中。”我还要看看信里面寄信人的署名：“乐于供你驱使的俾隆。”——纳森聂尔牧师，这俾隆是一个和王上一同发下誓愿的人；现在他却写了一封信给那外国女王手下的一个侍

1 奥维狄斯·奈索（Ovidius Naso）即奥维德（Ovid），罗马诗人，《变形记》及《爱经》之作者，约与荷雷斯同时。

女，这封信由于一时的偶然，被送信的人送错了地方。快去，我的好人儿；把这封信给王上看，也许它是很有关系的。不必多礼，尽管去吧；再见！

杰奎妮妲 好考斯塔德，跟我去。先生，上帝保佑您！

考斯塔德 去吧，我的姑娘。（考斯塔德、杰奎妮妲下）

纳森聂尔 先生，您把这件事情干得非常严正，充分显出了敬畏上帝的精神；正像有一位神父说的——

霍罗福尼斯 先生，别对我提起什么神父不神父啦；我最怕那些似是而非的论调。可是让我们再来讨论讨论那首诗；纳森聂尔牧师，您觉得它怎么样？

纳森聂尔 写是写得非常之好。

霍罗福尼斯 今天我要到我的一个学生的父亲家里吃饭；要是您愿意在进餐之前替在座众人作一次祈祷，凭着该生家长对我的交情，我可以介绍您出席；在宴会上我愿意向您证明这首诗非常浅薄，既无诗趣，又无巧思，一点没有匠心独运之处。请您一定光临。

纳森聂尔 那真是多谢了；因为圣经上说，交际是人生的幸福。

霍罗福尼斯 不错，这句圣经是一句很确当的结论。（向德尔）朋友，请你也一同出席，千万不要推却；毋多言！去！那些绅士们正在打猎，我们还是去满足我们口腹的享受。（同下）

第三场

同前

俾隆持一纸上。

俾隆 王上正在逐鹿；我却在追赶我自己。他们张罗设网；我却陷身在泥坑之中。好，坐下来，悲哀！因为他们说那傻子曾经这样说，我这样说；我就是傻子：证明得很好，聪明人！天主啊，这恋爱疯狂得就像埃阿斯[1]一样；它会杀死一头绵羊；它会杀死我，我就是绵羊：又是一个很好的证明！我不愿恋爱；要是我恋爱，把我吊死了吧；真的，我不愿。啊！可是她的眼睛，——天日在上，倘不是为了她的眼睛，我决不会爱她；是的，只是为了她的两只眼睛。唉，我这个人一

1 埃阿斯（Ajax），荷马史诗“以利亚特”中之希腊英雄，其威名仅次于亚契兰斯（Achilles）。

味说谎，全然的胡说八道。天哪，我在恋爱，它已经教会我作诗，也教会我发愁；这儿是我的一部分的诗，这儿是我的愁。她已经收到我的一首十四行诗了；送信的是个蠢货，寄信的是个呆子，收信的是个佳人；可爱的蠢货，更可爱的呆子，最可爱的佳人！凭着全世界发誓，即使那三个家伙都落下了情网，我也不以为意。这儿有一个拿了一张纸头来了；求上帝让他呻吟吧！（爬登树上）

国王持一纸上。

国王 唉！

俾隆 （旁白）射中了，天哪！继续施展你的本领吧，可爱的丘比特；你已经用你的鸟箭从他的左乳下面射了进去了。当真他也有秘密！

国王 （读）

旭日不曾以如此温馨的蜜吻
给予蔷薇上晶莹的黎明清露，
有如你的慧眼以其灵辉耀映
那淋下在我颊上的深宵残雨；
皓月不曾以如此璀璨的光箭
穿过深海里透明澄澈的波心，
有如你的秀颜照射我的泪点，
一滴滴荡漾着你冰雪的精神。

每一颗泪珠是一辆小小的车，
载着你在我的悲哀之中驱驰；
那洋溢在我睫下的朵朵水花，
从忧愁里映现你胜利的荣姿；
请不要以我的泪作你的镜子，
你顾影自怜，我将要永远流泪。
她怎么可以知道我的悲哀呢？让我把这纸儿丢在地上；可爱的草叶啊，遮掩我的痴心吧。谁到这儿来了？（退立一旁）什么，朗格维！他在读些什么东西！听着！

朗格维持一纸上。

俾隆 现在又有一个跟你同样的傻子来了！

朗格维 唉！我破了誓了！

国王 我希望他也在恋爱，同病相怜的罪人！

俾隆 一个酒鬼会把另一个酒鬼引为同调。

朗格维 我是第一个违反誓言的人吗？

俾隆 我可以给你安慰；照我所知道的，已经有两个人比你先破誓了，你来刚好凑成一个三分鼎足。

朗格维 我怕这几行生硬的诗句缺少动人的力量。啊，亲爱的玛利娅，我的爱情的皇后！
你眼睛里有天赋动人的辞令，
能使全世界的辩士唯唯俯首，
不是它劝诱我的心寒盟背信？

为了你把誓言毁弃不应遭咎。
我所舍弃的只是地上的女子，
你却是一位美妙的天仙化身；
为了天神之爱毁弃人世的誓，
你的垂怜可以洗涤我的罪名。
一句誓只是一阵口中的雾气，
禁不起你这美丽的太阳晒蒸；
我脆弱的愿心既已被你吸起，
这毁誓的过失怎能由我担承？
即使是我的错，谁会那样疯狂，
不愿意牺牲一句话换取天堂！

俾隆 一个人发起疯来，会把血肉的凡人敬若神明，把一只小鹅看做一个仙女；全然的、全然的偶像崇拜！上帝拯救我们，上帝拯救我们！我们都走到邪路上去了。

朗格维 我应该叫谁把这首诗送去呢？——有人来了！且慢。（退立一旁）

俾隆 大家躲好了，大家躲好了，就像小孩了捉迷藏似的。我像一尊天神一般，在这儿高坐天空，察看这些可怜的愚人们的秘密。天哪！又是一个来了。

杜曼持一纸上。

俾隆 杜曼也变了；一个盘子里盛着四只山鹬！

杜曼 啊，最神圣的凯德！

俾隆 啊，亵渎神圣的傻瓜！

杜曼 凭着上天起誓，一个凡夫眼中的奇迹！

俾隆 凭着土地起誓，她是个平平常常的女人；你在说谎。

杜曼 她的琥珀般的头发黯淡了琥珀的颜色。

俾隆 琥珀色的乌鸦倒是很少有的。

杜曼 像杉树一般亭亭直立。

俾隆 我说她身体有点弯屈；她的肩膀好像怀孕似的。

杜曼 像白昼一般明朗。

俾隆 嗯，像有几天的白昼一般，不过是没有太阳的白昼。

杜曼 啊！但愿我能够如愿以偿！

朗格维 但愿我也如愿以偿！

国王 主啊，但愿我也如愿以偿！

俾隆 阿门，但愿我也如愿以偿！

杜曼 我希望忘记她；可是她像热病一般焚烧我的血液，使我再也忘不了她。

俾隆 你血液里的热病！那么只要请医生开一刀，就可以把她放出来盛在盘子里了。

杜曼 我还要把我所写的那首歌读一遍。

俾隆 那么我就再听一次爱情怎样改变了一个聪明人。

杜曼 （读）

“有一天，唉，那一天！
爱永远是五月天，
见一朵好花娇媚，

在款款风前游戏；
穿过柔嫩的叶网，
风儿悄悄地来往。
憔悴将死的恋人，
羡慕天风的轻灵；
风能吹上你脸颊，
我只能对花掩泣！
我已向神前许愿，
不攀折鲜花嫩瓣；
少年谁不爱春红？
这种誓情理难通。
今日我为你叛誓，
请不要把我讥刺；
你曾经迷惑乔武，
使朱诺变成嫫母[1]，
放弃天上的威尊，
来作尘世的凡人。”

我要把这首歌寄去，另外再用一些更明白的字句，说明我的真诚的恋情的痛苦。啊！但愿王上、俾隆和朗格维也都变成恋人！作恶的有了榜样，可以抹去我叛誓的罪名；大家都是一样有罪，谁也不能把谁怨怼。

1 乔武（Jove），即朱庇特（Jupiter），罗马主神，亦即希腊之宙斯（Zeus），贪淫好色，尝屡次勾诱凡间女子。其妻朱诺（Juno），即希腊之天后赫拉（Hera）。

朗格维 （上前）杜曼，你希望别人分担你的相思的痛苦，你这种恋爱太自私了。你可以脸色发白，可是我要是也这样被人听见了我的秘密，我知道我一定会满脸通红的。

国王 （上前）来，先生，你的脸红起来吧。你的情形和他正是一样；可是你明于责人，暗于责己，你的罪比他更加一等。你不爱玛利娅，朗格维从来不曾为她写过一首十四行诗，从来不曾绞着两手，按放在他的多情的胸前，压下他那跳动的心。我躲在这一丛树木后面，已经完全窥破你们的秘密了；我替你们两人好不害羞！我听见你们罪恶的诗句，留心观察着你们的举止，看见你们长吁短叹，注意到你们的热情：一个说，唉！一个说，天哪！一个说她的头发像黄金，一个说她的眼睛像水晶；（向朗格维）你愿意为了天堂的幸福寒盟背信；（向杜曼）乔武为了你的爱人不惜毁弃誓言。要是俾隆听见你们已经把一个用极大的热心发下的誓这样破坏了，他会怎么说呢？他会把你们怎样嘲笑！他会怎样掉弄他的刻毒的舌头！他会怎样高兴得跳起来！我宁愿失去全世界所有的财富，也不愿让他知道我有这样不可告人的心事。

俾隆 现在我要挺身而出，揭破伪君子的面目了。（自树上跳下）啊！我的好陛下，请你原谅我；好人儿！您自己沉浸在恋爱之中，您有什么权利责备这两个可怜虫？您的眼睛不会变成马车；您的泪珠里不会反映出一位公主的笑容；您不会毁誓，那是一件可憎的罪恶；咄！只有无聊的诗人才会写那些十四行的歌曲。可是您不害羞吗？你们三人一个个当场出丑，都不觉得害羞吗？您发现了他眼中的微尘；王上发现了你的；可是我发现了你们每人眼中的梁木。啊！我看见了一幕多么愚蠢的活剧，不是这个人叹息呻吟，就是那个人捶胸顿足。嗳哟！我好容易耐住我的心，看一位国王变成一只飞蝇，伟大的赫剌克勒斯抽弄陀螺，渊深的所罗门起舞婆娑，年老的涅斯托变成儿童的游侣，厌世的泰门戏弄无聊的玩具！[1]你的悲哀在什么地方？啊！告诉我，好杜曼。善良的朗格维，你的痛苦在什么地方？陛下，您的又在什么地方？都在这心口儿里。喂，煮一锅稀粥来！这儿有很重的病人哩。

国王 你太把人挖苦了。那么我们的秘密都被你窥破了吗？

俾隆 我算是受了你们的骗。我是个老实人，我以为违背一个自己所发的誓是一件罪恶；谁料竟会受一班虚有其表、反复无常的人们的欺骗。你们什么时候会见我写一句诗？或者为了一个女人而痛苦呻吟？或者费一分钟的时间把我自己修饰？你们

1 赫剌克勒斯及所罗门已见第一幕注；涅斯托（Nestor）为特洛埃战役中之希腊英雄，白发从征，以老成智虑著称；泰门（Timon）为雅典富人，其故事见莎翁另一剧本《黄金梦》。

什么时候会听见我赞美一只手，一只脚，一张脸，一双眼，一种姿态，一段丰度，一副容貌，一个胸脯，一个腰身，一条腿，一条臂？——

国王 且慢！你的舌头又不是怕有人在后面追赶的偷儿，用不着这样急急忙忙的奔跑。

俾隆 我这样急急忙忙，是为了要逃避爱情；好情人，放我去吧。

杰奎妮妲及考斯塔德上。

杰奎妮妲 上帝祝福王上！

国王 你有什么东西送来？

考斯塔德 一件叛逆的阴谋。

杰奎妮妲 陛下，请您读一读这封信；我们的牧师先生觉得它很是可疑；他说其中有叛逆的阴谋。

国王 俾隆，你把它读一读。（以信授俾隆）这封信是你从什么地方得来的？

杰奎妮妲 考斯塔德给我的。

国王 你从什么地方得来的？

考斯塔德 邓·阿德拉马狄奥，邓·阿德拉马狄奥给我的。（俾隆撕信）

国王 怎么！你怎么啦？为什么把它撕碎？

俾隆 无关重要，陛下，无关重要，您用不着担心。

朗格维 这封信看得他面红耳赤，让我们听听吧。

杜曼 （拾起纸片）这是俾隆的笔迹，这儿还有他的名字。

俾隆 （向考斯塔德）啊，你这下贱的蠢货！你把我的脸丢尽了。我承认有罪，陛下，我承认有罪。

国王 什么?

俾隆 你们三个呆子加上了我，刚巧凑成一桌；他，他，您陛下，跟我，都是恋爱场中的扒手，我们都有该死的罪名。啊！把这两个人打发走了，我可以详详细细告诉你们。

杜曼 现在大家都是一样的了。

俾隆 不错，不错，我们是同志四人。叫这一双斑鸠去吧。

国王 你们去吧!

考斯塔德 好人走了，让坏人留在这儿。（考斯塔德、杰奎妮妲下）

俾隆 亲爱的朋友们，亲爱的情人们，啊！让我们拥抱吧。我们都是有血有肉的凡人；大海潮升潮落，青天终古长新，陈腐的戒条不能约束少年的热情。我们不能反抗生命的意志，我们必须推翻不合理的盟誓。

国王 什么！你也会在这些破碎的诗句之中表示你的爱情吗?

俾隆 “我也会！”谁见了天仙一样的罗瑟琳，不会像一个野蛮的印度人，当东方的朝阳开始呈现它的奇丽，俯首拜伏，用他虔诚的胸膛贴附土地？哪一道鹰隼般威棱闪闪的眼光，不会炫耀于她的华艳，敢仰望她眉宇间的天堂？

国王 什么狂热的情绪鼓动着你？我的爱人，她的女主人，是一轮美丽的明月，她只是月亮旁边闪烁着微光的一点小星。

俾隆 那么我的眼睛不是眼睛，我也不是俾隆。啊！倘不是为了我的爱人，白昼都要失去它的光亮。她的娇好的颊上集合着一切出众的美点，她的华贵的全身找不出丝毫缺陷。借给我所有辩士们的生花妙舌——啊，不！她不需要夸大的辞藻；待沽的商品才需要赞美，任何赞美都比不上她自身的美妙。形容枯瘦的一百岁的隐士，看了她一眼会变成五十之翁；美貌是一服换骨的仙丹，它会使扶杖的衰龄返老还童。啊！她就是太阳，万物都被她照耀得灿烂生光。

国王 凭着上天起誓，你的爱人黑得就像乌木一般。

俾隆 乌木像她吗？啊，神圣的树木！娶到乌木般的妻子才是无上的幸福。啊！我要按着《圣经》发誓，她那点漆的瞳人，泼墨的脸色，才是美的极致，不这样便够不上“美人”两字。

国王 一派胡说！黑色是地狱的象征，囚牢的幽暗，暮夜的阴沉；美貌应该像天色一样清明。

俾隆 魔鬼往往化装光明的天使引诱世人。啊！我的爱人有两道黑色的修眉，因为她悲伤世人的愚痴，让涂染的假发以伪乱真，她要向他们证明黑色的神奇。她的美艳转变了流行的风尚，因为脂粉的颜色已经混淆了天然的红白，自爱的女郎们都知道洗尽铅华，学着她把皮肤染成黝黑。

杜曼 打扫烟囱的人也是学着她把烟煤涂满一身。

朗格维 从此以后，炭坑夫都要得到俊美的名称。

国王 非洲的黑人夸耀他们美丽的肤色。

杜曼 黑暗不再需要灯烛，因为黑暗即是光明。

俾隆 你们的爱人们永远不敢在雨中走路，她们就怕雨水洗去了脸上的脂粉。

国王 我希望你的爱人不怕淋雨，让雨水把她的脸冲洗干净。

俾隆 我要证明她的美貌，拼着舌敝唇焦，一直讲到世界末日的来临。

国王 到那时候你就知道没有一个魔鬼不比她漂亮几分。

杜曼 像你这样钟情丑妇的人真是世间少见。

朗格维 瞧，这儿是你的爱人；（举鞋示俾隆）把她的脸多看两眼。

俾隆 啊！要是把你的眼睛铺成道路，也会玷污了她的姗姗微步。

国王 可是何必这样斤斤争论？我们不是大家都在恋爱吗？

俾隆 一点不错，我们大家都毁了誓啦。

国王 那么不要作这种无聊的空谈。好俾隆，现在请你证明我们的恋爱是合法的；我们的信心并没有遭到损害。

杜曼 对了，赞美赞美我们的罪恶。

朗格维 啊！用一些充分的理由壮壮我们的胆；用一些巧妙的诡计把魔鬼轻轻骗过。

杜曼 用一些娓娓动听的辩解减除我们叛誓的内疚。

俾隆 啊，那是不必要的。好，那么，爱情的战士们，想一想你们最初发下的誓，绝食，读书，不近女色，全然是对于绚烂的青春的重大的谋叛！你们能够绝食吗？你们的肠胃太娇嫩了，绝食会引起种种的病症。你们虽然立誓发愤读书，要是你们已经抛弃了各人的一本最宝贵的书籍，你们还能在梦寐之中不废吟哦吗？因为除了一张女人的美丽的容颜以外，你，我的陛下，或是你，或是你，什么地方找得到学问的真正价值？从女人的眼睛里我得到这一个教训：它们是艺术的经典，知识的宝库，是它们燃起了智慧的神火。刻苦的钻研可以使活泼的心神变为迟钝，正像长途的跋涉消耗旅人的精力。你们不看女人的脸，不但放弃了眼睛的天赋的功用，而且根本违背你们立誓求学的原意；因为世上哪一个著作家能够像一个女人的眼睛一般把如许的美丽启示读者？学问是我们随身的财产，我们自己在什么地方，我们的学问也跟着我们在一起；那么当我们在女人的眼睛里看见我们自己的时候，我们不是也可以看到它里边存在着我们的学问吗？啊！朋友们，我们发誓读书，同时却抛弃了我们的书本；因为在你们钝拙的思索之中，你，我的陛下，或是你，或是你，几曾歌咏出像美人的慧眼所激发你们的那种火一般热烈的诗句？一切沉闷的学术都局限于脑海之中，它们因为缺少活动，费了极大的艰苦还是绝无收获；可是从一个女人的眼睛里学会了恋爱，却不会禁闭在方寸的心田，它会随着全身的血液，像思想一般迅速地通过百官四肢，使每一个器官发挥出双倍的效能。它使眼睛增加一重明亮，恋人眼中的光芒可以使猛鹰炫目；恋人的耳朵听得出最微细的声音，任何鬼祟的奸谋都逃不过他的知觉；恋人的感觉比戴壳蜗牛的触角还要微妙灵敏；恋人的舌头使善于辨味的巴克科斯[1]显得迟钝；讲到勇力，爱情不是像赫剌克勒斯一般，永远在干着惊人的伟绩吗？像斯芬克斯一般狡狯；像那以阿波罗的金发为弦的天琴一般和谐悦耳；当爱情发言的时候，就像诸神的合唱，使整个的天界陶醉于仙乐之中。诗人不敢提笔抒写他的诗篇，除非他的墨水里调和着爱情的叹息；啊！那时候他的诗句就会感动野蛮的猛兽，激发暴君的天良。从女人的眼睛里我得到这一个教训：它们永远闪耀着智慧的神火；它们是艺术的经典，是知识的宝库，装饰、涵容、滋养着整个世界；没有了它们，一切都会失去它们的美妙。那么你们真是一群呆子，甘心把这些女人舍弃；

1　巴克科斯（Bacchus），希腊酒神。

你们谨守你们的誓约，就可以证明你们的痴愚。为了智慧，这一个众人喜爱的名词，为了爱情，这一个喜爱众人的名词，为了男人，一切女人的创造者，为了女人，没有她们便没有男人，让我们放弃我们的誓约，找到我们自己，否则我们就要为了谨守誓约而丧失自己。这样的毁誓是为神明所容许的；因为慈悲的本身可以代替法律，谁能把爱情和慈悲分而为二？

国王 那么凭着圣丘比特的名字，兵士们，上阵呀！

俾隆 举起你们的大旗，向她们努力进攻吧，朋友们！

朗格维 把这些巧妙的字句搁在一旁，老老实实谈一谈吧。我们要不要决定去向这些法国女郎们求爱？

国王 是的，而且我们一定要达到目的。所以让我们商量商量用些什么方法娱乐她们。

俾隆 第一，让我们从御苑里护送她们到她们的帐幕之内；然后每一个人握着他的美貌的恋人的纤手回来。在下午我们要计划一些短时间内可以筹备起来的新奇的娱乐安慰她们；因为饮酒、跳舞和狂欢是恋爱的先驱，是它们把缤纷的花朵铺成一道康衢。

国王 去，去！我们现在必须利用每一秒钟的时间。

俾隆 去，去！种下莠草哪能收起佳禾？
那昭昭的天道从不会有私心：
轻狂的娘儿嫁给背信的丈夫；
是顽铜怎么换得到美玉精金？（同下）

第五幕

第一场

那瓦王御苑

霍罗福尼斯、纳森聂尔牧师及德尔上。

霍罗福尼斯 已而者，已而而已矣。

纳森聂尔 先生，我为您赞美上帝。您在宴会上这一番议论，的确是犀利隽永，风趣而不俚俗，机智而不做作，大胆而不轻率，渊博而不固执，新奇而不乖僻。我前天跟一个王上手下的人谈话，他的雅篆，他的尊号，他的大名是唐·阿德里安诺·德·亚马多。

霍罗福尼斯 后生小子，何足道哉！这个人秉性傲慢，出言武断，满口虚文，目空一世，高视阔步，旁若无人，可谓狂妄之尤。他太拘泥不化，太矫揉造作，太古怪，也可以说太不近人情了。

纳森聂尔 一个非常确切而巧妙的断语。（取出笔记簿）

霍罗福尼斯 他从贫弱的论据中间，抽出他的琐碎而繁缛的言辞。我痛恨这种荒唐的妄人，这种乖僻而苛细的家伙，这种破坏文字的罪人：明明是doubt，他却说是dout；明明是debt，d–e–b–t，他偏要读做det，d–e–t；他把calf读成了cauf，half读成了hauf；neighbour变成nebour，neigh的音缩做了ne。这简直是abhominable，可是叫他说起来又是abominable了。此类谬误之读音，闻之殆于令人痫发；足下其知之乎？所谓痫发者，即发疯之谓也。

纳森聂尔 赞美上帝赐给我们学问智慧！

亚马多、毛子及考斯塔德上。

纳森聂尔 来者其谁耶？

霍罗福尼斯 此固余所乐见者也。

亚马多 （向毛子）崽子！

霍罗福尼斯 不曰小子而曰崽子，何哉？

亚马多 两位文士，幸会了。

霍罗福尼斯 最英勇的武士，敬礼。

毛子 （向考斯塔德旁白）他们刚从一场文字的盛宴上，偷了些吃剩的肉皮鱼骨回来。

考斯塔德 啊！他们一向是靠着咬文嚼字过活的。我奇怪你家主人没有把你当作一个字吞了下去，因为你连头到脚，还没有honorificabilitudinitatibus这一个字那么长；把你吞了下去，一点儿不费事。

毛子 静些！钟声敲起来了。

亚马多　（向霍罗福尼斯）先生，你不是有学问的吗？

毛子　是的，是的；他会教孩子们认字呢。请问把a，b，颠倒拼起来，头上再加一只角，是个什么字？

霍罗福尼斯　孺子听之，这是一个Ba字，多了一只角。

毛子　Ba！好一头出角的蠢羊。你们听听他的学问。

霍罗福尼斯　谁，谁，你说哪一个，你这没有母音的子音？

毛子　你自己说起来，是五个母音中间的第三个；要是我说起来，就是第五个。

霍罗福尼斯　让我说说看——a，e，i——I就是我。

毛子　对了，你就是那头羊；让我接下去——o，u——You就是你，那头羊还是你。

亚马多　凭着地中海里滚滚的波涛起誓，好巧妙的讥刺，好敏捷的才智！爽快，干脆，一剑就刺中了要害！它欣慰了我的心灵；真聪明！

考斯塔德　要是我在这世上一共只剩了一个便士，我也要把它送给你买姜饼吃。拿去，这是你的主人给我的酬劳，你这智慧的小钱囊，你这伶俐的鸽蛋。啊！要是上天愿意让你做我的私生子，你将要使我成为一个多么快乐的爸爸！好，你正像人家说的，连屁股尖上都是聪明。

霍罗福尼斯　嗳哟！这是什么话？应该说手指尖上，他说成屁股尖上啦。

亚马多　学士先生，请了；我们不必理会那些无知无识的人。你不是在山顶上那所学校里教授青年的吗？

霍罗福尼斯　正是。

亚马多 先生，王上已经宣布他的最圣明的意旨，要在这一个白昼的尾间，那就是粗俗的群众所称为下午的，到公主的帐幕里访问佳宾。

霍罗福尼斯 最高贵的先生，用白昼的尾间代替下午，果然是再合适、确切、适当不过的了；真的，先生，这一个名词拣选得非常佳妙。

亚马多 先生，王上是一位高贵的绅士，不瞒你说，他是我的知交，很好的朋友。讲到我们两人之间的交情，那可以不用提了。请你千万记好你的屈膝礼节，戴上你的帽子，还有其他许多关系重要而又不可忽视的仪式，可是那都不用提了。因为我必须告诉你，王上陛下往往靠在我的卑贱的肩上，用他的御指玩弄我的废物，我的胡子；可是好人儿，那可也不用提了。我可以发誓我说的不是假话，他老人家曾经把特殊的恩宠赏给亚马多，一个军人，一个见过世面的旅行者；可是那也不用提了。一切的一切是这样的，可是好人儿，我要请你保守秘密，王上的意思，要我在那公主面前，可爱的小东西！表演一些有趣的节目，一些玩意儿，一些热闹的花样，一些滑稽的戏剧，或是一些焰火。我因为知道你跟牧师先生两位对于这种寻开心的事情是很来得的，所以特来跟你们商量商量，请你们帮帮我的忙。

霍罗福尼斯 先生，您可以在她面前表演九大伟人。纳森聂尔牧师，我们奉王上的命令，承这位最倜傥贵显而博学的绅士的嘱托，略效微劳，在这一个白昼的尾间，表演一些应时的娱乐于公主之前，照我说起来，没有比扮演九大伟人的事迹更适当的了。

纳森聂尔 您在什么地方可以找得到胜任愉快的人来扮演他们呢？

霍罗福尼斯 您自己扮约书亚；我自己或是这位倜傥的绅士扮犹大·麦卡俾斯，这乡下人手脚粗大，可以充庞贝大王；这童儿就叫他扮赫剌克勒斯[1]——

亚马多 对不起，先生，你错了；他还没有那位伟人的拇指那么大，他的棍子的一头也要比他粗一些。

霍罗福尼斯 你们愿意听我说吗？他可以扮演幼年的赫剌克勒斯，上场下场都在绞弄一条蛇；我还可以预备一段话向观众解释。

毛子 妙极了的设计！这样要是观众中间有人喝倒彩，你就可以嚷："好呀，赫剌克勒斯！你把蛇儿勒死了！"这样就可以把错处遮掩过去，虽然没有什么人会有这么厚的脸皮。

亚马多 还有那五位伟人呢？——

霍罗福尼斯 我一个人可以扮演三个。

毛子 三重的伟人！

亚马多 我可以告诉你们一句话吗？

霍罗福尼斯 我们愿意洗耳恭听。

---

1 约书亚（Joshua），古代以色列先知；犹大·麦卡俾斯（Judas Maccabæus）待考；庞贝（Pompeythe Great），罗马大将；赫剌克勒斯已见前注。

亚马多　伟人要是扮不成功，我们可以演一出滑稽戏。请你们跟我来。

霍罗福尼斯　来，德尔好伙计！你直到现在，还没有说过一句话哩。

德尔　而且我一句话也没有听懂，先生。

霍罗福尼斯　来！我们也要叫你做些事情。

德尔　我可以跟着人家跳跳舞；或者替伟人们打打小鼓，让别人去跳舞。

霍罗福尼斯　最笨的老实的德尔；来，我们去准备我们的玩意儿吧！

（同下）

第二场

同前；公主帐幕前

公主、凯瑟琳、罗瑟琳及玛利娅同上。

公主 好人儿们，要是每天有这么多的礼物源源而来，我们在回国以前，一定可以变成巨富了。一个被金刚钻包围的女郎！瞧这多情的国王给我些什么东西。

罗瑟琳 公主，没有别的东西跟着它一起送来吗？

公主 没有别的东西！怎么没有？他用塞满了爱情的诗句密密地写在一张纸的两面，连边上都不留出一点空白；他恨不得用丘比特的名字把它封起来呢。

罗瑟琳 这位小神仙要管这么多的闲事，他就会老起来；他已经做了五千年的孩子了。

凯瑟琳 嗯，他也是个倒霉的催命鬼。

罗瑟琳 你再也不会跟他要好，因为他杀死了你的姊姊。

凯瑟琳 他使她悲哀忧闷；她就是这样死了。要是她也像你一样轻狂，有你这样一副风流活泼的性情，她也许会做过了祖母才死。你大概也有做祖母的一天，因为无忧无虑的人是容易长寿的。

公主 说得好。可是罗瑟琳，你不是也收到一件礼物吗？是谁送来的？是什么东西？

罗瑟琳 我希望您知道，只要我的脸庞也像您一样娇艳，我也可以收到像您一样贵重的礼物；瞧这个吧。嘿，我也有一首诗呢，谢谢俾隆；那音律倒是毫无错误；要是那诗句也没有说错，我就是地上最美的女神；他把我跟二万个美人比较。啊！他在这信里替我描下了一幅小像哩。

公主 （向凯瑟琳）可是漂亮的杜曼送给你什么东西？

凯瑟琳 公主，他给我这一只手套。

公主 他没有送你一双吗？

凯瑟琳 是的，公主；而且他还写了一千行表明他爱情忠实的诗句，全然是一大堆假惺惺的废话，非但拙劣不堪，而且无聊透顶。

玛利娅 这个，还有这些珍珠，都是朗格维送给我的；他的信写得足足有半哩路长。

公主 你心里不是希望这项链再长一些，这信再短一些吗？

玛利娅 正是，否则愿我这双手合拢了再也分不开来。

公主 我们都是聪明的女孩子，才会这样讥笑我们的爱人。

罗瑟琳 他们都是蠢透了的傻瓜，才会出这样的代价来买我们的讥笑。我要在我未去以前，把那个俾隆大大折磨一下。啊，要是我知道他在一星期内就会落下情网！我一定要叫他摇尾乞怜，殷勤求爱；叫他静候时机，耐心等待；叫他呕尽才华，写下无聊的诗句；叫他奉命驱驰，甘受诸般的辛苦：我尽管冷嘲热骂，他却是受宠若惊；他做了我手中玩物，我变成他司命灾星。

公主 聪明人变成了痴愚，是一条最容易上钩的游鱼；因为他凭恃才高学广，看不见自己的狂妄。

罗瑟琳 中年人动了春心，比年轻的更一发难禁。

玛利娅 愚人的蠢事算不得稀奇，聪明人的蠢事才叫人笑痛肚皮；因为他用全副的本领证明他自己的愚笨。

鲍益上。

公主 鲍益来了，他满脸都是高兴。

鲍益 啊！我笑死了。公主殿下呢？

公主 你有什么消息，鲍益？

鲍益 预备，公主，预备！——武装起来，姑娘们，武装起来！大队人马要来破坏你们的和平了。爱情用说辞做他的武器，乔装改扮，要来袭击你们了。集合你们的智慧，布置你们的防御；否则像懦夫一样缩紧了头，赶快逃走吧。

公主 圣丘比特呀！那些用言语来向我们挑战的是什么

人？说，探子，说。

鲍益 在一株枫树的凉荫之下，我正想睡它半点钟的时间，忽然在树荫的对面，我看见了国王和他的一群同伴；我就小小心心地溜进了一丛附近的树林，听听他们说些什么话；原来他们打算过一会儿就化了装到这儿来呢。他们的先驱是一个刁钻伶俐的童儿，他已经背熟了他们叫他传达的使命；他们就在那边教他动作的姿势和说话的声调："你必须这样说，你的身体必须站得这个样子。"他们又怕他当着贵人的面前会吓得说不出话来；"因为，"那国王说，"你将要看见一位天使；可是不用害怕，尽管放大胆子说。"那孩子却回答说："天使又不是妖精；倘然她是一个魔鬼，我才应该怕她。"大家听了这句话，都笑起来，拍他的肩膀，那大胆的小油嘴得到他们的夸奖，便格外大胆了。一个高兴地掀着他的肘子，咧开了嘴，发誓说从来没有人说过一句比这更俏皮的话；一个翘起了手指嚷着，"嘿！不管结果如何，我们一定要干一下"；一个边跳边嚷，"一切顺利"；还有一个踮起脚趾旋了个身，一跤跌在地上。于是大家全都在地上打起滚来，疯了似的笑个不停，笑得连眼泪都淌下来了。

公主 可是，可是，他们要来访问我们吗？

鲍益 是的，是的；照我猜想起来，他们都要扮成俄罗斯人的样子。他们的目的是谈情求爱和跳舞；凭着他们赠送的礼物，认明各人恋爱的对象，倾吐自己倾慕的衷诚。

公主 他们想要这样吗？我们倒要把这些情人们作弄一下。姑娘们，我们每一个人都要套上脸罩，无论他们怎样请求，我们都不让他们瞧见我们的脸。拿着，罗瑟琳，你把这一件礼物佩在身上，国王就会把你当作他心爱的人；你把这拿了去，我的好人儿，再把你的给我，俾隆就会把我当作罗瑟琳了。你们两人也各人交换了礼物，让你们的情人大家认错了求爱的对手。

罗瑟琳 那么来，大家把礼物佩戴在最注目的地方。

凯瑟琳 可是这样交换了，您有什么目的呢？

公主 我的目的就是要使他们不能达到目的。他们的用意不过是向我们开开玩笑，所以我们也要开开他们的玩笑。他们现在向认错了的爱人吐露心曲，下回我们用本来面目和他们相见的时候，便可以把他们尽情奚落。

罗瑟琳 可是假如他们要求我们跳舞，我们要不要陪他们跳呢？

公主 不，我们死也不动一步脚。我们也不要理会他们预先写就的说辞，当他们开口的时候，各人都把脸扭转去。

鲍益 嗳哟，说话的人遭到了这样的冷淡，一定会伤心得忘记了他的词句的。

公主 那正是我的用意所在；我相信只要那打头阵的受

了没趣，别人都会失去勇气。最有意味的戏谑是以谑攻谑，让那存心侮弄的自取其辱；且看他们撞了一鼻子的灰，乘兴而来，败兴而归。（内吹喇叭声）

鲍益 喇叭响了；戴上脸罩；跳舞的人来啦。（众女戴脸罩）

众乐工扮黑人，毛子前行，国王、俾隆、朗格维及杜曼各扮俄罗斯人戴假面上。

毛子 万福，地上最富丽的美人们！最娇艳的女郎的神圣之群，（众女转背）你们曼妙的——背影——为世人所瞻仰！

俾隆 “你们曼妙的容华”，混蛋，“你们曼妙的容华”。

毛子 你们曼妙的容华为世人所瞻仰！天仙们啊，愿你们大发慈悲，闭上你们——

俾隆 “睁开你们——”，混蛋！

毛子 睁开你们阳光普照的眼睛——阳光普照的眼睛——她们睬也不睬我，我念不下去了。

俾隆 这就是你的好记性吗？滚开，你这混蛋！（毛子下）

罗瑟琳 这些异邦人到这儿来有什么事？鲍益，你去问问他们，要是他们会讲我们的言语，就叫他们举出一个老老实实的人来说明他们的来意。你去问吧。

鲍益　　你们来见公主有什么事?

俾隆　　我们唯一的愿望，只是和平而善意的晋谒。

罗瑟琳　　他们说他们有什么事?

鲍益　　他们唯一的愿望，只是和平而善意的晋谒。

罗瑟琳　　那么他们已经谒见过了；叫他们走吧。

鲍益　　公主说，你们已经谒见过了，叫你们走吧。

国王　　对她说，我们为了希望在这草坪上和她跳一次舞，已经跋涉山川，用我们的脚步丈量了不少的路程。

鲍益　　他们说，他们为了希望在这草坪上和您跳一次舞，已经跋涉山川，用他们的脚步丈量了不少的路程。

罗瑟琳　　没有的事。问他们一哩路有多少吋；要是他们已经丈量过不少路程，一哩路的吋数是很容易计算出来的。

鲍益　　要是你们迢迢来此，已经丈量过不少路程，公主问你们一哩路有多少吋。

俾隆　　告诉她我们是用疲乏的脚步丈量的。

鲍益　　她已经听见了。

罗瑟琳　　在你们所经过的许多疲乏的路程之中，走一哩路需要多少疲乏的脚步?

俾隆　　我们从不计算我们为您所费的辛勤；我们的忠心是无限的富有，不能用数字估计的。愿您展现您脸上的阳光，让我们像一群野蛮人一样，可以向它顶礼膜拜。

罗瑟琳　我的脸不过是一个月亮，而且是遮着乌云的。

国王　遮蔽着这样的明月，那乌云是幸福的！皎洁的明月，和你的灿烂的众星啊，愿你们扫去浮云，把你们的光明照射在我们的眼波之上。

罗瑟琳　愚妄的祈求者啊！你不要追寻镜里的空花，水中的明月；你应该请求一些更重要的事物。

国王　那么请你陪我们跳一回舞。你叫我请求，这一个请求应该不算过分。

罗瑟琳　那么音乐，奏起来！你要跳舞必须赶快。（奏乐）不！不跳了！我正像月亮一般，一下子又有了更改。

国王　您不愿跳舞吗？怎么又突然走开了？

罗瑟琳　你刚才看见的是满月，现在她已经变了。

国王　可是她还是这一个月亮，我还是这一个人。音乐在奏着，请给它一些动作吧。

罗瑟琳　我们的耳朵在听着呢。

国王　可是您必须提起您的腿来。

罗瑟琳　既然你们都是些异邦人，偶然来到这里，我们也不必过于拘谨；搀着我的手，我们不跳舞了。

国王　那么为什么要搀手呢？

罗瑟琳　因为我们可以像朋友似的握手而别。好人儿们，行个礼；跳舞已经完了。

国王　再跳两步吧；不要这样吝啬。

罗瑟琳　凭着这样的代价，我们不能满足你们超过限度的要求。

国王 那么你们是有价格的吗？怎样的代价才可以买到你们伴舞的光荣？

罗瑟琳 唯一的代价是请你们离开这里。

国王 那是永远不可能的。

罗瑟琳 那么我们是买不到的；再会！

国王 要是您拒绝跳舞，让我们谈谈心怎么样？

罗瑟琳 那么找个僻静点儿的所在吧。

国王 那好极了。（二人趋一旁谈话）

俾隆 玉手纤纤的姑娘，让我跟你谈一句甜甜的话儿。

公主 蜂蜜，牛乳，蔗糖，我已经说了三句了。

俾隆 你既然这样俏皮，我也要回答你三句，百花露，麦芽汁，葡萄酒。好得很，我们各人都掷了个三点。现在有六种甜啦。

公主 第七种甜，再会吧；您既然是个无赖的赌徒，我不要再跟您玩啦。

俾隆 让我悄悄儿告诉你一句话。

公主 可不要是句甜甜的话儿。

俾隆 你不知道我心里多苦！（二人趋一旁谈话）

杜曼 您愿意跟我交换一句话吗？

玛利娅 说吧。

杜曼 美貌的姑娘——

玛利娅 您这样说吗？“漂亮的先生”；把这句话交换您的“美貌的姑娘”吧。

杜曼 请您允许我跟您悄悄说句话儿，我就向您告辞。

（二人趋一旁谈话）

凯瑟琳 怎么！您的假面上没有舌头吗？

朗格维 姑娘，我知道您这样问我的原因。

凯瑟琳 啊！把您的原因说出来；快些，先生；我很想听一听呢。

朗格维 在您的脸罩之内，您有两条舌头，所以要想借一条给我那不会说话的假面。让我在未死以前跟您悄悄说句话儿吧。

凯瑟琳 那么轻轻地叫吧，小牛儿；屠夫在听着呢。（二人趋一旁谈话）

鲍益 姑娘们一张尖刻的利嘴，
就像无形的剃刀般锋锐，
任是最纤细的秋毫微末，
碰着它免不了迎刃而折；
她们的想象驾起了羽翼，
最快的风比不上它迅疾。

罗瑟琳 别再说下去了，我的姑娘们；停止，停止。

俾隆 天哪，人家都被她们取笑得狼狈不堪！

国王 再会，疯狂的姑娘们，你们真是稀有的刁钻。

公主 二十个再会，我的冰冻的莫斯科人！（国王、众臣、乐工及侍从等下）这些就是举世钦佩的聪明人吗？

鲍益 他们的聪明不过是蜡烛的微光，被你们可爱的气息一吹就吹熄了。

罗瑟琳 他们都有一点小小的才情，可是粗俗不堪。

公主　啊，贫乏的智慧！身为国王，受到这样无情的揶揄！你们想他们今晚会不会上吊？或者从此以后，不套假脸再也不敢见人？这放肆的俾隆今天丢尽了脸皮。

罗瑟琳　啊！他们全都狼狈万分。那国王因为想不出一句巧妙的答复，急得简直要哭出来呢。

公主　俾隆发了无数的誓；他越是发誓，人家越是不相信他。

玛利娅　杜曼把他自己和他的剑呈献给我，愿意为我服役；我说，“可惜你的剑是没有锋的。”我的仆人立刻闭住了嘴。

凯瑟琳　朗格维大人说，我占据着他的心；你们猜他叫我什么？

公主　是不是他的心病？

凯瑟琳　正是。

公主　去，你这无药可治的恶症！

罗瑟琳　你们要不要知道？国王是我的信誓旦旦的爱人哩。

公主　伶俐的俾隆已经向我矢告他的忠诚。

凯瑟琳　朗格维愿意终身供我的驱策。

玛利娅　杜曼是我的，正像树皮长在树干上一般毫无疑问。

鲍益　公主和各位可爱的姑娘们，听着：他们立刻就会用他们的本来面目再到这儿来，因为他们决不能忍受这样刻毒的侮辱。

公主　他们还会回来吗？

鲍益　他们会来的，他们会来的，上帝知道；虽然打跛了脚，他们也会高兴得跳起来。所以把你们的礼物各还原主，等他们回来的时候，像芬芳的蔷薇一般在熏风里开放吧。

公主 怎么开放？怎么开放？说得明白一些。

鲍益 美貌的姑娘们蒙着脸罩，是一朵朵含苞待放的蔷薇；卸下脸罩，露出她们娇媚的红颜，就像云中出现的天使，或是盈盈展瓣的鲜花。

公主 不要说这种哑谜似的话！要是他们用他们的本来面目再来向我们求爱，我们应该怎么办呢？

罗瑟琳 好公主，他们改头换面地来，我们已经把他们取笑过了；要是您愿意采纳我的意见，他们明目张胆地来，我们还是要把他们取笑。让我们向他们诉苦，说是刚才来了一群傻瓜，装扮做俄罗斯人的样子，穿着不三不四的服饰，不知道究竟是些什么东西；他们凭着一股浮薄的腔调，一段恶劣的致辞和一副荒唐的形状，到我们帐里来显露他们的丑态，不知究竟有些什么目的。

鲍益 姑娘们，进去吧；那些情人们就要来了。

公主 像一群小鹿似的，跳进你们的帐里去吧。（公主、罗瑟琳、凯瑟琳、玛利娅同下）

国王、俾隆、朗格维及杜曼各穿原服重上。

国王 好先生，上帝保佑你！公主呢？

鲍益 进帐去了。请问陛下有没有什么谕旨，要我向她传达的？

国王 请她允许我见见面，我有一句话要跟她谈谈。

鲍益 遵命；我知道她一定会允许您的，陛下。（下）

俾隆 这家伙惯爱拾人牙慧，就像鸽子啄食青豆，一碰到天赐的机会，就要卖弄他的伶牙俐口。他是个智慧的稗贩，宴会里、市集上，到处向人兜卖；我们这些经营批发的，上帝知道，再也学不会他这一副油腔滑调。他是妇人的爱宠，娘儿们见了他都要牵裳挽袖；要是他做了亚当，夏娃免不了被他勾引。他会扭捏作态，他会吞吐其声；他会把她的手吻个不住，表示他礼貌的殷勤。他是文明的猴儿，他是儒雅的绅士；他在赌博的时候，也不会用恶言怒骂他的骰子。“好人儿”是妇女们给他的名称；他走上楼梯，梯子也要吻他脚下的泥尘；他见了每一个人满脸生花，嘻开了那鲸骨一样洁白的齿牙；谁只要一提起鲍益的名字，都知道他是位舌头上涂蜜的绅士。

鲍益前导，公主、罗瑟琳、玛利娅、凯瑟琳及侍从等重上。

俾隆 瞧，他来了！礼貌啊，在这个人还没有把你表现出来以前，你是什么东西？现在你又是什么东西？

国王 万福，亲爱的公主！我们今天专诚拜访的目的，是要迎接你到我们宫廷里去盘桓盘桓，略尽地主之谊，愿你不要推辞。

公主 这一块广场可以容留我，它也必须替您保全您的誓言；上帝和我都不喜欢背誓的人。

国王 不要责备我，因为这不是我自己的过失；你的美目的魔力使我破坏了誓言。

公主 凭着我那像一尘不染的莲花一般纯洁的处女的贞操起誓，即使我必须忍受无穷尽的磨难，我也不愿做您府上的客人；我不愿因为我的缘故，使您毁弃了立誓信守的神圣的盟约。

国王 啊！你冷冷清清地住在这儿不让人家看见，也没有人来看你，实在使我感到莫大的歉疚。

公主 不，陛下，我发誓您的话不符事实；我们在这儿并不缺少消遣娱乐，刚才还有一队俄罗斯人来过，他们离去还不久哩。

国王 怎么，公主！俄罗斯人？

公主 是的，陛下；都是衣冠楚楚、神采轩昂、温文有礼的风流人物。

罗瑟琳 公主，不要骗人。不是这样的，陛下；我家公主因为沾染了时尚，所以会作这样过分的赞美。我们四个人刚才的确碰见四个穿着俄罗斯装束的人，他们在这儿耽留了一小时的时间，噜里噜唆地讲了许多话；可是在那一小时之内，陛下，他们不曾让我们听到一句有意思的话。我不敢骂他们呆子；可是我想，当他们口渴的时候，呆子们一定很想喝一点水。

俾隆 这一句笑话在我听起来很是干燥。温柔美貌的佳人，您的智慧使您把聪明看成了愚蠢。当我们仰望着天上的火眼的时候，无论我们自己的眼睛多么明亮，也会在耀目的金光之下失去它本来的光彩；您自己因为有了浩如烟海的才华，所以在您看起来，当然聪明也会变成愚蠢，富有也会变成贫乏啦。

罗瑟琳 这可以证明您是聪明而富有的，因为在我的眼中——

俾隆 我是一个穷光蛋的傻瓜。

罗瑟琳 这个头衔倘不是本来属于您的，您就不该从我的舌头上夺去我的说话。

俾隆 啊！我是您的，我所有的一切也都是您的。

罗瑟琳 这一个傻瓜整个儿是属于我的吗？

俾隆 我所给您的，不能更少于此了。

罗瑟琳 您本来套的是哪一张假脸？

俾隆 哪儿？什么时候？什么假脸？您为什么问我这个问题？

罗瑟琳 当地，当时，就是那一张假脸；您不是套着一具比您自己好看一些的脸壳，遮掩了一副比它更难看的尊容吗？

国王 我们的秘密被她们发现了；她们现在一定要把我们取笑得体无完肤了。

杜曼 我们还是招认了，把这回事情当作一场笑话过去了吧。

公主 发呆了吗，陛下？陛下为什么这样不高兴？

罗瑟琳 嗳哟，救命！按住他的额角！他要晕过去了。您为什么脸色发白？我想大概因为从莫斯科来，多受了些海上的风浪吧。

俾隆 天上的星星因为我们发了伪誓，所以把这样的灾祸降在我们头上。那一张铁铸的厚脸能够恬不为意呢？——姑娘，我站在这儿，把你的舌箭唇枪向我投射，用嘲笑把我伤害，用揶揄使我昏迷，用你锋锐的机智刺透我的愚昧，用你尖刻的思想把我寸寸解剖吧；我再也不穿着俄罗斯人的服装，希望你陪我跳舞了。啊！从此以后，我再也不信任那些预先拟就的说辞，像学童背书似的诉述我的情思；我再也不套着脸具访问我的恋人，像盲师奏乐似的用诗句求婚；那些绢一般柔滑、绸一般细致的字句，三重的夸张，刻意雕琢的言语，还有那冬烘的辞藻像一群下卵的苍蝇，让蛆一样的矜饰汩没了我的性灵，我从此一切抛弃；凭着这洁白的手套——那手儿有多么白，上帝知道！——我发誓要用土布般坚韧的“是”，粗毡般质朴的“不”，把我恋慕的深情向你申说。让我现在开始，姑娘，——上帝保佑我！——我对你的爱是完整的，没有一点残破。海枯石烂——

罗瑟琳 不要“海枯石烂”了，我求求你。

俾隆 这是我积习未除；原谅我，我的病根太深了，必须把它慢慢除去。

国王 亲爱的公主，为了我们鲁莽的错误，指点我们一个巧妙的辩解吧。

公主 坦白的供认是最好的辩解。您刚才不是改扮了到这儿来过的吗？

国王 公主，是的。

公主 您没有得到一番很好的教训吗？

国王 我得到了，公主。

公主 那时候您在您爱人的耳边轻轻地说过些什么来着？

国王 我说我尊敬她甚于整个的世界。

公主 等到她要求您履行您对她的誓言的时候，您就要否认说过这样的话了。

国王 凭着我的荣誉起誓，我决不否认。

公主 且慢！且慢！不要随便发誓；一次背誓以后，什么誓都靠不住了。

国王 我要是毁弃了这一个誓，你可以永远轻视我。

公主 我要轻视您的，所以千万遵守着吧。罗瑟琳，那俄罗斯人在你的耳边轻轻地说过些什么来着？

罗瑟琳 公主，他发誓说他把我当作自己的瞳人一样珍爱，重视我甚于整个的世界；他还说他要娶我为妻，否则就要爱我而死。

公主 上帝祝福你嫁到这样一位丈夫！这位高贵的君王是决不食言的。

国王 这是什么意思，公主？凭着我的生命和忠诚起誓，我从不曾向这位姑娘发过这样的盟誓。

罗瑟琳 苍天在上，您发过的；为了证明您的信实，您还给我这一件东西；可是陛下，请您把它拿回去吧。

国王 我把我的赤心和这东西一起献给公主的；凭着她衣袖上佩带的宝石，我认明是她。

公主 对不起，陛下，刚才佩带这宝石的是她呀。俾隆大人才是我的爱人，我得谢谢他。喂，俾隆大人，您还是要我呢，还是要我把您的珍珠还给您？

俾隆 什么都不要；我全都放弃了。我懂得你们的诡计，你们预先知道了我们的把戏，有心捣乱，让它变成一本圣诞节的喜剧。哪一个鼓唇摇舌的家伙，哪一个逢迎献媚的佞人，哪一个无聊下贱的蠢物，哪一个搬弄是非的食客，哪一个侍候颜色的奴才，泄漏了我们的计划；这些淑女们因为听到这样的消息，才把各人收到的礼物交换佩带，我们只知道认明标记，却不曾想到已经张冠李戴。我们本来已经负上一重欺神背誓的罪名，现在又加上第二次的背誓；第一次是有意，这一次是无心。（向鲍益）看来都是你破坏了我们的兴致，使我们言而无信。你不是连我们公主的脚寸有多少长短也知道得清清楚楚，老是望着她的眼睛堆起一脸笑容的吗？你不是常常靠着火炉，站在她的背后，手里捧了一盆食物，讲些逗人发笑的话吗？好，你是个有特权的人，随你什么时候死了，让一件女人的衬衫做你的殓衾吧。你把眼睛瞟着我吗？哼，你的眼睛就像一柄铅剑，伤不了人的。

鲍益 这一场玩意儿安排得真好，怪有趣的。

俾隆 听！他简直向我挑战。算了，我可不跟你斗嘴啦。

考斯塔德上。

俾隆 欢迎，纯粹的哲人！你来得正好，否则我们又要开始一场恶战了。

考斯塔德 主啊！先生，他们想要知道那三位伟人要不要就进来？

俾隆 什么，只有三个吗？

考斯塔德 不，先生；好得很，因为每一个人都扮着三个哩。

俾隆 三个的三倍是九个。

考斯塔德 不，先生；您错了，先生，我想不是这样。我们知道就知道，不知道就不知道；我希望，先生，三个的三倍——

俾隆 不是九个。

考斯塔德 先生，我们一定要知道了总数以后，才知道究竟有多少。

俾隆 天哪，我一向总以为三个的三倍是九个。

考斯塔德 主啊，先生！您可不能靠着打算盘吃饭哩，先生。

俾隆 那么究竟多少呀？

考斯塔德 主啊，先生！那班表演的人，先生，可以让您知道究竟一共有几个；讲到我自己，那么正像他们说的，我这个下贱的人，只好扮演一个；我扮的是庞贝大王，先生。

俾隆 你也是一个伟人吗？

考斯塔德 他们以为我可以扮演庞贝大王；讲到我自己，我可不知道伟人是一个什么官衔，可是，他们要叫我扮演他。

俾隆 去，叫他们预备起来。

考斯塔德 我们一定会演得好好的，先生；我们一定演得非常小心。（下）

国王 俾隆，他们一定会丢尽我们的脸；叫他们不要来吧。

俾隆 我们的脸已经丢尽了，陛下，还怕什么？让他们表演一幕比国王和他的同伴们所表演的更拙劣的戏剧，也可以遮遮我们的羞。

国王 我说不要叫他们来。

公主 不，我的好陛下，这一回让我作了主吧。最有趣的游戏是看一群手脚无措的人表演一些他们自己也不明白的玩意儿；他们拼命卖力，想讨人家的喜欢，结果却在过分卖力之中失去了原来的意义；虽然他们糟蹋了大好的材料，他们那慌张的姿态却很可以博人一笑。

俾隆 陛下，这几句话把我们的游戏形容得确切之至。

亚马多上。

亚马多 天命的君王，我请求你略微吐出一些芳香的御

气，赐给我一两句尊严的圣语。（亚马多与国王谈话，以一纸呈国王）

公主　这个人是敬奉上帝的吗？

俾隆　您为什么问这个问题？

公主　他讲的话不像是一个上帝造下的人所说的。

亚马多　那都是一样，我的美好的、可爱的、蜜一般甜的王上；因为我要声明一句，那教书先生是太乖僻，太太自负，太太自负了；可是我们只好像人家说的，胜败各凭天命。愿你们心灵安静，最尊贵的一双！（下）

国王　看来要有一场很出色的伟人表演哩。他扮的是特洛亚的赫克托；那乡人扮庞贝大王；教区牧师扮亚历山大；亚马多的童儿扮赫剌克勒斯；那村学究扮犹大·麦卡俾斯；要是这四位伟人在第一场表演中得到成功，他们就要改换服装，再来表演其余的五个。

俾隆　在第一场里有五个伟人。

国王　你弄错了，不是五个。

俾隆　一个冬烘学究，一个法螺武士，一个穷酸牧师，一个傻瓜，一个孩子；要是我们对于初次登场的人不要责望过奢，那么全世界也找不出同样的五个人来。

国王　船已经扯起帆篷，乘风而来了。

考斯塔德穿甲胄扮庞贝重上。

考斯塔德　“我是庞贝——”

鲍益　胡说，你不是他。

考斯塔德　“我是庞贝，人称庞贝老大——”

杜曼　“大王”。

考斯塔德　是“大王”，先生。

“——人称庞贝大王；
在战场上挺起盾牌，杀得敌人流浆；
这回沿着海岸旅行，偶然经过贵邦，
放下武器，敬礼法兰西的可爱姑娘。”

公主小姐要是说一声“谢谢你，庞贝”，我就可以下场了。

公主　多谢多谢，伟大的庞贝。

考斯塔德　这不算什么；可是我希望我没有闹了笑话。我就是把“大王”念错了。

俾隆　我拿我的帽子跟别人打赌半便士，庞贝是最好的伟人。

纳森聂尔牧师穿甲胄扮亚历山大[1]上。

纳森聂尔　“当我在世之日，我是世界的主人；
东西南北四方传布征服的威名：
我的盾牌证明我就是亚历山大——”

1　亚历山大（Alexander），马其顿雄主。

鲍益 你的鼻子说不，你不是；因为它太直了。

俾隆 你的鼻子也会嗅出个“不”字来，真是一位嗅觉灵敏的武士。

公主 这位征服者在发恼了。说下去，好亚历山大。

纳森聂尔 “当我在世之日，我是世界的主人；——”

鲍益 不错，对的；你是世界的主人，亚历山大。

俾隆 庞贝大王——

考斯塔德 您的仆人考斯塔德在此。

俾隆 把这征服者，把这亚历山大摔下去。

考斯塔德 （向纳森聂尔）啊！先生，您丧尽了亚历山大的威风！从此以后，人家要把您的尊容从画布上擦掉，把您那衔着斧头坐在便桶上的狮子送给埃阿斯；他将要坐第九把伟人的交椅了。一个盖世的英雄，吓得不敢说话！赶快溜走吧，亚归山大，别丢脸啦！（纳森聂尔退下）各位看吧，一个又笨又和善的人；一个老实的家伙，你们瞧，一下子就会着慌！他是个很好的邻居，凭良心说，而且滚得一手好球；可是叫他扮亚历山大，——唉，你们都看见的，——实在有点儿不配。可是还有几个伟人就要来啦，他们会用另外一种样式说出他们的心思来的。

公主 站开，好庞贝。

霍罗福尼斯穿甲胄扮犹大；毛子穿甲胄扮赫剌克勒斯上。

霍罗福尼斯　　“这小鬼扮的是赫剌克勒斯，

他一棍打得死三头猘犬；

他在儿童孩提少小之时，

多少的蛇死于他的铁腕。

诸位听了我这一番交代，

请看他幼年的英雄气概。”

放出一些威势来，下去。（毛子退下）

“我是犹大——”

杜曼　　一个犹大！

霍罗福尼斯　　不是犹大·伊斯凯里奥特[1]，先生。

“我是犹大，姓麦卡俾斯——”

俾隆　　你怎么证明你不是当面接吻，背地里出卖基督的犹大？

霍罗福尼斯　　“我是犹大——”

杜曼　　不要脸的犹大！

霍罗福尼斯　　您是什么意思，先生？

鲍益　　他的意思是要叫你去上吊。

霍罗福尼斯　　你们不能这样不给我一点脸子。

俾隆　　因为你是没有脸子的。

霍罗福尼斯　　这是什么？

鲍益　　一个琵琶头。

杜曼　　一个针孔。

1　犹大·伊斯凯里奥特（JudasIscariot），出卖耶稣之门徒。

俾隆 一个指环上的骷髅。

朗格维 一张模糊不清的罗马古钱上的面孔。

鲍益 恺撒的剑把。

杜曼 水瓶上的骨雕人面。

俾隆 别针上半面的圣乔治。

杜曼 嗯，这别针还是铅的。

俾隆 嗯，插在一个拔牙齿人的帽子上。现在说下去吧，你有面子了。因为我们已经给了你许多面子。

霍罗福尼斯 这太刻薄、太欺人、太不客气啦。

鲍益 替犹大先生拿一个火来！天黑起来了，他也许会跌跤。

公主 唉，可怜的麦卡俾斯！他给你们作弄得好苦！

亚马多披甲胄扮赫克托重上。

俾隆 藏好你的头，阿喀琉斯；赫克托全身甲胄来了。[1]

国王 跟这个人一比，赫克托不过是一个特洛亚人。

鲍益 可是这是赫克托吗？

国王 我想赫克托不会长得这么漂亮。

朗格维 赫克托的小腿也不会有这么粗。

俾隆 这个人决不是赫克托。

杜曼 他不是一个天神，就是一个画师，因为他会制造

1 赫克托（Hector），特洛埃最英勇之战士，阿喀琉斯（Achilles）之劲敌；后者为特洛埃战役中希腊第一名将。

千变万化的脸相。

亚马多 “马斯，那长枪万能的无敌战神，

垂眷于赫克托，——”

杜曼 你们猜马斯给了赫克托一件什么东西？

俾隆 一颗镀金的豆蔻。

朗格维 一只柠檬。

杜曼 里头塞着丁香。

亚马多 不要吵！

“马斯，那长枪万能的无敌战神，

垂眷于赫克托，伊利恩的后人，[1]

把无限勇力充满了他的全身，

使他百战不殆，从清晨到黄昏。

我就是那战士之花，——”

杜曼 那薄荷花。

朗格维 那白鸽花。

亚马多 亲爱的朗格维大人，请你把你的舌头收一收住。

朗格维 我必须用缰绳拉住它，免得它冲倒了赫克托。

亚马多 这位可爱的武士久已死去烂掉了；好人儿们，不要敲死人的骨头；当他在世的时候，他也是一条汉子。可是我要继续我的台词。（向公主）亲爱的公主，请你俯赐垂听。

公主 说吧，勇敢的赫克托；我们很喜欢听着你哩。

亚马多 我崇拜你的可爱的纤履。

---

1 伊利恩（Ilium），特洛埃（Troy）之别名。

“这赫克托比汉尼拔[1]凶狠万分——”

考斯塔德 那个人已经有了孕啦；赫克托朋友，她有了孕啦；她已经怀了两个月的身孕。

亚马多 你说什么话？

考斯塔德 真的，您要是不做一个老老实实的特洛亚人，这可怜的丫头就要从此完啦。她有了孕，那孩子已经在她的肚子里说话了；它是您的。

亚马多 你要在这些君主贵人之前破坏我的名誉吗？我要叫你死。

考斯塔德 赫克托害杰奎妮妲有了身孕，本该抽一顿鞭子；要是他再犯了杀死庞贝的人命重案，绞罪是免不了的。

杜曼 举世无匹的庞贝！

鲍益 遐迩闻名的庞贝！

俾隆 比伟大更伟大，伟大的、伟大的、伟大的庞贝！庞大绝伦的庞贝！

杜曼 赫克托发抖了。

俾隆 庞贝也动怒了。打！打！叫他们打起来！叫他们打起来！

杜曼 赫克托会向他挑战的。

俾隆 嗯，即使他肚子里所有的男人的血，还喂不饱一头跳蚤。

亚马多 凭着北极起誓，我要向你挑战。

1 汉尼拔（Hannibal），迦太基名将。

考斯塔德　我不知道什么北极不北极；我只知道拿起一柄剑就斫。请你让我再去借那身盔甲穿上。

杜曼　伟人发怒了，让开！

考斯塔德　我就穿着衬衫跟你打。

杜曼　最坚决的庞贝！

毛子　主人，让我给您解开一个钮扣。您不看见庞贝已经脱下衣服，准备厮杀了吗？您是什么意思？您这样会毁了您的名誉的。

亚马多　各位先生和武士，原谅我；我不愿穿着衬衫决斗。

杜曼　你不能拒绝；庞贝已经向你挑战了。

亚马多　好人儿们，我可以拒绝，我必须拒绝。

俾隆　你凭着什么理由拒绝？

亚马多　赤裸裸的事实是，我没有衬衫。我因为忏悔罪孽，贴身只穿着一件羊毛的衣服。

鲍益　真的，罗马因为缺少麻布，所以向教徒们下了这样的命令；自从那时候起，我可以发誓，他只有一方杰奎妮妲的揩碟布系在他的胸前，作为一件纪念的礼物。

法国使者马凯德上。

马凯德　上帝保佑您，公主！

公主　欢迎，马凯德；可是你打断我们的兴致了。

马凯德　我很抱歉，公主，因为我给您带来了一个我所不愿意出口的消息。您的父王——

公主　死了，一定是的！

马凯德　正是，我的话已经让您代说了。

俾隆　各位伟人，大家去吧！这场面被愁云笼罩起来了。

亚马多　讲到我自己，却呼吸到了自由的空气。从反省的小孔之中，我已经看见了自己的过失，我要像一个军人般赎回这个侮辱。（众伟人下）

国王　公主安好吗？

公主　鲍益，准备起来；我今天晚上就要动身。

国王　公主，不；请你再少留几天。

公主　我说，准备起来。殷勤的陛下和各位大人，我感谢你们一切善意的努力；我还要用我这一颗新遭惨变的心灵向你们请求，要是我们在言语之间有什么放肆失礼之处，愿你们运用广大的智慧，多多包涵我们任性的孟浪；是你们的宽容纵坏了我们。再会，陛下！一个人在悲哀之中，说不出娓娓动听的话；原谅我用这样菲薄的感谢，交换您的慷慨的允诺。

国王　人生的种种鹄的，往往在最后关头达到了完成的境界；长期的艰辛所不能取得结果的，却会在无意之中得到决定。虽然天伦的哀痛打断了爱情的温柔的礼仪，使它不敢提出那萦绕心头的神圣的请求，可是这一个论题既然已经开始，让悲伤的暗云不要压下它的心愿吧；因为欣幸获得新交的朋友，是比哀悼已故的亲人更为有益的。

公主　我不懂您的意思；我的悲哀是双重的。

俾隆 坦白直率的言语，最容易打动悲哀的耳朵；让我替王上解释他的意思。为了你们的缘故，我们蹉跎了大好的光阴，毁弃了神圣的誓言。你们的美貌，女郎们，使我们神魂颠倒，违反了我们本来的意志。恋爱是充满了各种失态的怪癖的，因此它才使我们表现出荒谬的举止，像孩子一般无赖、淘气而自大；它是产生在眼睛里的，因此它像眼睛一般，充满了无数迷离惝恍、变幻多端的形象，正像眼珠的转动反映着它所观照的事事物物一样。要是恋爱加于我们身上的这一种轻佻狂妄的外表，在你们天仙般的眼睛里看来，是不适宜于我们的誓言和身份的，那么你们必须知道，就是这些看到我们的缺点的天仙般的眼睛，使我们造成了这些缺点。所以，女郎们，我们的爱情既然是你们的，爱情所造成的错误也都是你们的；我们一度不忠于自己，从此以后，永远把我们的一片忠心，紧系在那能使我们变心也能使我们尽忠的人的身上——美貌的女郎们，我们要对你们永远忠实；凭着这一段耿耿的至诚，洗净我们叛誓的罪愆。

公主 我们已经收到你们充满了爱情的信札，并且拜领了你们的礼物，那些爱情的使节；在我们这几个少女的心目中看来，这一切不过是调情的游戏、风雅的玩笑的酬酢的虚文，有些夸张过火而适合时俗的习尚，可是我们却没有看到比这更挚诚的情感；所以我们才用你们自己的方式应付你们的爱情，只把它当作一场玩笑。

杜曼 公主，我们的信里并不只是一些开玩笑的话。

朗格维 我们的眼光里也流露着真诚的爱慕。

罗瑟琳 我们却不是这样解释。

国王 现在在这最后一分钟的时间，把你们的爱给了我们吧。

公主 我想这是一个太短促的时间，缔结这一注天长地久的买卖。不，不，陛下，你毁过太多的誓，你的罪孽太深重啦；所以请你听我说，要是你为了我的爱，愿意干无论什么事情——我知道这种情形是不会有的——你就得替我做这一件事：我不愿相信你所发的誓；你必须赶快找一处荒凉僻野的隐居的所在，远离一切人世的享乐；在那边安心住下，直到天上的列星终结了它们一岁的行程。要是这种严肃而孤寂的生活，改变不了你在一时热情冲动之中所作的提议；要是霜雪和饥饿、粗劣的居室和菲薄的衣服，摧残不了你的爱情的绚艳的花朵；它经过了这一番磨炼，并没有憔悴而枯萎；那么在一年终了的时候，你就可以来见我，让我知道你已经实践我要求你履行的条件。我现在和你握手为盟，那时候我一定愿意成为你的；在那时以前，我将要在一所惨淡凄凉的屋子里闭户幽居，为了纪念死去的父亲而流着悲伤的泪雨。要是这一个条件你不能接受，让我们从此分手；分明不是姻缘，要请您另寻佳偶。

国王 倘为了贪图身体的安乐，我拒绝了你这一番提议，愿死的魔手闭上我的双目！从今以往，我的心永远和你在一起。

俾隆 你对我有什么话说，我的爱人？你对我有什么话说？

罗瑟琳 你也必须洗涤你的罪恶；你的身上沾染着种种恶德，而且还负着叛誓的重罪；所以要是你希望得到我的好感，你必须在这一年之内，昼夜不休地服侍那些呻吟床榻的病人。

杜曼 可是你对我有什么话说，我的爱人？可是你对我有什么话说？

凯瑟琳 一把胡须，一个健康的身体，一颗正直的良心；我用三重的爱希望你有这三种东西。

杜曼 啊！我可不可以说，谢谢你，温柔的妻子？

凯瑟琳 不，我的大人。在这一年之内，无论哪一个小白脸来向我求婚，我都一概不理睬他们。等你们的国王来看我们公主的时候，你也来看我；要是那时候我有很多的爱，我会给你一些的。

杜曼 我一定对你恪尽忠诚，等候那一天的到来。

凯瑟琳 不要发誓了，免得再背誓。

朗格维 玛利娅怎么说？

玛利娅 一年过去以后，我愿意为了一个忠心的朋友脱下我的黑衣。

朗格维 我愿意耐心等候；可是这时间太长了。

俾隆 我的爱人在想些什么？姑娘，瞧着我吧。瞧我的心灵的窗门，我的眼睛，在多么谦恭而恳切地等候着你的答复；吩咐我为了你的爱干些什么事吧。

罗瑟琳 俾隆大人，我在没有识荆以前，就常常听到你的名字；世间的长舌说你是一个玩世不恭的人物，满嘴都是借题隐射的讥讽和尖酸刻薄的嘲笑；无论贵贱贫富，只要触动了你的灵机，你都要把他们挖苦得不留余地。要是你希望得到我的爱，第一就得把这种可厌的习气从你的脑海之中根本除去；为了达到这一个目的，你必须在这一年的时期之内，不许有一天间断，去访问那些无言的病人，和那些痛苦呻吟的苦人儿谈话；你的唯一的任务，就是竭力运用你的才智，逗那受着疾病折磨的人们一笑。

俾隆 在濒死者的喉间激起哄然的狂笑来吗？那可办不到，绝对不可能的；谐谑不能感动一个痛苦的灵魂。

罗瑟琳 这是克服口头上的轻薄的唯一办法。自恃能言的傻子，倘没有浅薄的听众随声哗笑，就只好收起他的如簧之舌。如其耳朵里充满了自己的呻吟惨叫的病人，忘却本身的痛苦，而来听你的无聊的讥嘲，那么继续把你的笑话说下去吧，我愿意连同你这一个缺点把你接受下来；可是如其他们没有那样的闲情听你说笑，那么还是赶快丢掉这种习气的好，我看见你这样勇于改过，一定会非常高兴的。

俾隆 十二个月！好，不管命运怎样把人玩弄，我要把一岁光阴，三寸妙舌，在病榻之前葬送。

公主 （向国王）是的，我的好陛下；我就此告别了。

国王 不，公主，我们要送你一程。

俾隆 我们的求婚结束得不像一本旧式的戏剧；有情人未成眷属，好好的喜剧缺少一幕团圆的场面。

国王 算了，老兄，只要挨过一年就完了。

俾隆 那么这本戏演得又太长了。

亚马多重上。

亚马多 亲爱的陛下，准许我——

公主 这不是赫克托吗？

杜曼 特洛亚的可尊敬的武士。

亚马多 我要敬吻你的御指，然后向你告别。我已经许下愿心，向杰奎妮妲发誓，为了她的爱，我要帮助她耕种三年。可是，最可尊敬的陛下，你们要不要听听那两位有学问的人所写的赞美鸱鸮和杜鹃的一段对话？它本来是预备放在我们的表演以后歌唱的。

国王 快叫他们来；我们倒要听听。

亚马多 喂！进来！

霍罗福尼斯、纳森聂尔、毛子、考斯塔德及余人等重上。

亚马多　这一边是冬天，这一边是春天；鸱鸮代表冬天，杜鹃代表春天。春天，你先开始。

春之歌

当杂色的雏菊开遍牧场，
蓝的紫罗兰，白的美人衫，
还有那杜鹃花吐蕾娇黄，
描出了一片广大的欣欢；
听杜鹃在每一株树上叫，
把那娶了妻的男人讥笑：
咯咕！
咯咕！咯咕！啊，可怕的声音！
害得做丈夫的肉跳心惊。

当无愁的牧童口吹麦笛，
清晨的云雀惊醒了农人，
斑鸠乌鸦都在觅侣求匹，
女郎们漂洗夏季的衣裙；
听杜鹃在每一株树上叫，
把那娶了妻的男人讥笑：
咯咕！
咯咕！咯咕！啊，可怕的声音！
害得做丈夫的肉跳心惊。

冬之歌

当一条条冰柱檐前悬吊，
汤姆把木块向屋内搬送，
牧童狄克呵着他的指爪，
挤来的牛乳凝结了一桶，
刺骨的寒气，泥泞的路途，
大眼睛的鸱鸮夜夜高呼：
哆呵！
哆喊，哆呵！它歌唱着欢喜，
当油垢的琼转她的锅子。

当怒号的北风漫天吹响，
咳嗽打断了牧师的箴言，
鸟雀们在雪里缩住颈项，
玛利恩冻得红肿了鼻尖，
炙烤的螃蟹在锅内吱喳，
大眼睛的鸱鸮夜夜喧哗：
哆呵！
哆喊，哆呵！它歌唱着欢喜，
当油垢的琼转她的锅子。

亚马多　听罢了阿波罗的歌声，麦鸠利的语言是粗糙的。[1]你们向那边去；我们向这边去。（各下）

1 阿波罗（Apollo），希腊日神，亦为司音乐之神；麦鸠利（Mercury），罗马司口才及工艺之神，又为诸神之使者。

维洛那二绅士

The Two Gentlemen of Verona

剧中人物

米兰公爵	西尔维娅的父亲
凡伦丁 普洛丢斯	二绅士
安东尼奥	普洛丢斯的父亲
修里奥	凡伦丁的愚蠢的情敌
爱格勒莫	助西尔维娅脱逃
史比德	凡伦丁的傻仆
朗斯	普洛丢斯的傻仆
潘西诺	安东尼奥的仆人
旅店主	朱利娅在米兰的居停
强盗	随凡伦丁啸聚的一群

朱利娅	普洛丢斯的恋人
西尔维娅	凡伦丁的恋人
露西塔	朱利娅的女仆

仆人、乐师等

地 点

维洛那；米兰及曼多亚边境

第一幕

第一场

维洛那；旷野

凡伦丁及普洛丢斯上。

凡伦丁 不用劝我，亲爱的普洛丢斯；年轻人株守家园，见闻总是限于一隅。倘不是爱情把你锁系在你情人的温柔的眼波里，我倒很想请你跟我一块儿去见识见识外面的世界，那总比在家里无所事事，把青春消磨在懒散的无聊里好得多。可是你现在既然在恋爱着了，那么就恋爱下去吧，祝你得到美满的结果；我要是着起迷来，也会是这样的。

普洛丢斯 你真的要走了吗？亲爱的凡伦丁，再会吧！你在旅途中要是见到什么值得注意的新奇事物，请你想起你的普洛丢斯；当你得意的时候，也许你会希望我能够分享你的幸福；当你万一遭遇什么风波危险的时候，你可以不用忧虑，因为我是在虔诚祈祷你的平安。

凡伦丁 你是念着恋爱经的时候祈祷我的平安吗？

普洛丢斯 我将讽诵我所珍爱的经典为你祈祷。

凡伦丁 那一定是里昂德游泳过赫勒思滂海峡去会他的情人一类深情蜜爱的浅薄故事。

普洛丢斯 他为了爱不顾一切，那证明了爱情是多么深刻。

凡伦丁 不错，你为了爱也不顾一切，可是你却没有游泳过赫勒思滂海峡去。

普洛丢斯 嗳，别取笑吧。

凡伦丁 不，我不在取笑你，那实在一点意思也没有。

普洛丢斯 什么？

凡伦丁 我是说恋爱。苦恼的呻吟换来了轻蔑；多少次心痛的叹息才换得了羞答答的秋波一盼；片刻的欢娱，是二十个晚上辗转无眠的代价。即使成功了，也许所得不偿所失；要是失败了，那就白费一场辛苦。恋爱汩没了人的聪明，使人变为愚蠢。

普洛丢斯 照你说来，那么我是一个傻子了。

凡伦丁 瞧你的样子，我恐怕你的确是一个傻子。

普洛丢斯 你所诋斥的是爱情；我可是身不容主。

凡伦丁 爱情是你的主宰，甘心供爱情驱使的，我想总不见得是一个聪明人吧。

普洛丢斯 可是做书的人这样说：最芬芳的花蕾中有蛀虫，最聪明人的心里，才会有蛀蚀心灵的爱情。

凡伦丁 做书的人还说：最早熟的花蕾，在未开放前就给蛀虫吃去；稚嫩的聪明，也会被爱情化成愚蠢，当他正在盛年的时候就丧失了他的欣欣向荣的生机，未来一切美妙的希望都成为泡影。可是你既然是爱情的皈依者，我又何必向你多费唇舌呢？再会吧！我的父亲在码头上等着我送我上船。

普洛丢斯 我也要送你上船，凡伦丁。

凡伦丁 好普洛丢斯，不用了吧，让我们就此分手。我在米兰等着你来信报告你在恋爱上的成功，以及我去了以后这儿的一切消息；我也会同样寄信给你。

普洛丢斯 祝你在米兰一切顺利幸福！

凡伦丁 祝你在家里也是这样！好，再见。（下）

普洛丢斯 他追求着荣誉，我追求着爱情；他离开了他的朋友，使他的朋友们因他的成功而增加光荣；我为了爱情，把我自己、我的朋友们以及一切都舍弃了。朱利娅啊，你已经把我变成了另一个人，使我无心学问，虚掷光阴，违背良言，忽略世事；我的智慧因思虑而变成软弱，我的心灵因恋慕而痛苦异常。

史比德上。

史比德 普洛丢斯少爷，上帝保佑您！您看见我家主人吗？

普洛丢斯 他刚刚才离开这里，上船到米兰去了。

史比德 那么他多半已经上了船了。我就像一头迷路的羊，把他丢了。

普洛丢斯 是的，牧羊人一走开，羊就会走失了。

史比德 您说我家主人是牧羊人，而我是一头羊吗？

普洛丢斯　是的。

史比德　不，我可以用譬喻证明您的话不对。

普洛丢斯　我也可以用另外一个譬喻证明我的话不错。

史比德　牧羊人寻羊，不是羊寻牧羊人；我找我的主人，不是我的主人找我，所以我不是羊。

普洛丢斯　羊为了吃草跟随牧羊人，牧羊人并不为了吃饭跟随羊；你为了工钱跟随你的主人，你的主人并不为了工钱跟随你，所以你是羊。

史比德　您要是再说这样一个譬喻，那我真的要咩咩地叫起来了。

普洛丢斯　我问你，你有没有把我的信送给朱利娅小姐？

史比德　啊，少爷，我，一头迷路的羔羊，把您的信给她，一头细腰的绵羊；可是她这头细腰的绵羊却什么谢礼也不给我这头迷路的羔羊。

普洛丢斯　这么多的羊，这片牧场上要容不下了。可是她怎么说呢？（史比德点头）她就点点头吗，你这蠢货？

史比德　好，我的爷，我给您辛辛苦苦把信送到，您赏给我的只是"蠢"货两字。

普洛丢斯　那么就算你是个聪明人吧。

史比德　聪明有什么用，要是它打不开您的钱袋来。

普洛丢斯　算了算了，简简单单把事情交代明白；她说些什么话？

史比德　打开您的钱袋来，一面交钱，一面交话。

普洛丢斯　好，拿去吧。（给他钱）她说什么？

史比德 老实对您说吧，少爷，我想您是得不到她的爱的。

普洛丢斯 怎么？这也给你看出来了吗？

史比德 少爷，我在她身上什么都看不出来；我把您的信送给她，可是我连一块钱的影子也看不见。我给您传情达意，她待我却这样刻薄；那么当您当面向她谈情说爱的时候，她也是会一样冷酷无情的。她的心肠就像铁石一样硬，您还是不用送她什么礼物，就送些石子给她吧。

普洛丢斯 什么？她一句话也不说吗？

史比德 就连一句谢谢你也没有出口。总算是您慷慨，赏给我这一块钱，谢谢您，以后请您自己带信给她吧。现在我要告辞了。

普洛丢斯 去你的吧，船上有了你，可以保证不会中途沉没，因为你是命定要在岸上吊死的。（史比德下）我一定要找一个可靠些的人送信去；我的朱利娅从这样一个狗才手里接到我的信，也许会不高兴答复我。（下）

第二场

同前；朱利娅家中花园

朱利娅及露西塔上。

朱利娅 露西塔，现在这儿没有别人，告诉我，你赞成我跟人家恋爱吗？

露西塔 我赞成，小姐，只要您不是莽莽撞撞的。

朱利娅 照你看起来，在每天和我言辞晋接的这一批高贵绅士中间，哪一位最值得敬爱？

露西塔 请您一个个举出他们的名字来，我可以用我的粗浅的头脑批评他们。

朱利娅 你看漂亮的爱格勒莫爵士怎样？

露西塔 他是一个谈吐风雅、衣冠楚楚的武士；可是假如我是您，我就不会选中他。

朱利娅 你看富有的墨凯西奥怎样？

露西塔 他虽然有钱，人品却不过如此。

朱利娅 你看温柔的普洛丢斯怎样？

露西塔 主啊！主啊！请看我们凡人是何等愚蠢！

朱利娅 咦！你听见了他的名字怎么大发感慨起来？

露西塔 恕我，亲爱的小姐；可是像我这样一个卑贱之人，怎么配批评高贵的绅士呢？

朱利娅 为什么别人可以批评，普洛丢斯却批评不得？

露西塔 因为他在许多优美的男子中间是最好的一个。

朱利娅 何以见得？

露西塔 我除了女人的直觉以外没有别的理由；我以为他最好，因为我觉得他最好。

朱利娅 你愿意让我把爱情用在他的身上吗？

露西塔 是的，要是您不以为您是在浪掷您的爱情。

朱利娅 可是他比其余的任何人都更不能诱动我的心。

露西塔 可是我想他比其余的任何人都更要爱您。

朱利娅 他不多说话，这表明他的爱情是有限的。

露西塔 火关得越紧，烧起来越是猛烈。

朱利娅 在恋爱中的人们，不会一无表示。

露西塔 不，越是到处宣扬着他们的爱情的，他们的爱情越是靠不住。

朱利娅 我希望我能知道他的心思。

露西塔 请读这封信吧，小姐。（给朱利娅信）

朱利娅 “给朱利娅”——这是谁写来的？

露西塔 您看过就知道了。

朱利娅 说出来，谁交给你这封信？

露西塔 凡伦丁的仆人送来这封信，我想是普洛丢斯叫他送来的。他本来要当面交给您，我因为刚巧遇见他，所以就假冒着您的名字收下了。请您原谅我的放肆吧。

朱利娅 嘿，好一个红娘！你竟敢接受调情的书简，瞒着我跟人家串通一气，来欺侮我的年轻吗？这真是一件好差使，你也真是一个能干的角色。把这信拿去，给我退回原处，否则再不用见我的面啦。

露西塔 为爱求情，难道就得到一顿责骂吗？

朱利娅 你还不去吗？

露西塔 我就去，好让您仔细思忖一番。（下）

朱利娅 可是我希望我曾经窥见这信的内容。我把她这样责骂过了，现在又不好意思叫她回来，反过来恳求她。这傻丫头明知我是一个闺女，偏不把信硬塞给我看。一个温淑的姑娘嘴里尽管说不，她却要人家解释作是的。唉！唉！这一段痴愚的恋情是多么颠倒，正像一个坏脾气的婴孩一样，一忽儿在他保姆身上乱抓乱打，一忽儿又服服帖帖地甘心受责。刚才我把露西塔这样凶狠地撵走，现在却巴不得她快点儿回来；当我一面装出了满脸怒容的时候，内心的喜悦却使我心坎里满含着笑意。现在我必须引咎自责，叫露西塔回来，请她原谅我刚才的愚蠢。喂，露西塔！

露西塔重上。

露西塔 小姐有什么吩咐？

朱利娅　　现在是快吃饭的时候了吧?

露西塔　　我希望它是，免得您空着肚子在用人身上出气。

朱利娅　　你在那边小小心心地拾起来的是什么?

露西塔　　没有什么。

朱利娅　　那么你为什么俯下身子去?

露西塔　　我在地上掉了一张纸，把它拾了起来。

朱利娅　　那张纸难道就不算什么?

露西塔　　它不干我什么事。

朱利娅　　那么让它躺在地上，留给相干的人吧。

露西塔　　小姐，它对相干的人是不会说谎的，除非它给人家误会了。

朱利娅　　是你的什么情人寄给你的情诗吗?

露西塔　　小姐，要是您愿意给它谱上一个调子，我可以把它唱起来。

朱利娅　　我可没有心思干那种玩意儿。

露西塔　　您别把它太看轻了；您要是唱起来，一定是怪缠绵婉转的。

朱利娅　　那么你为什么不唱?

露西塔　　它是要留给知音的人的，我可不配。

朱利娅　　我倒要瞧瞧你的歌儿。（取信）怎么，这贱丫头!

露西塔　　您就这么唱起来吧；可是我想我不大喜欢这个调子。

朱利娅　　你不喜欢?

露西塔　　是，小姐，它高得太刺耳了。

朱利娅　　这放肆的贱丫头。你再油嘴滑舌，我可不答应了。瞧谁再敢拿进这种不三不四的书信来！（撕信）给我出去，让这些纸头丢在地上；你把它们碰一碰我就要生气。

露西塔 她故意这样装模作样，其实心里巴不得人家再送一封信来，好让她再发一次脾气。（下）

朱利娅 不，就是这一封信已经够使我心痛了！啊，这一双可恨的手，忍心把这些可爱的字句撕成粉碎！就像残酷的黄蜂一样，刺死了蜜蜂而吮吸它的蜜。为了补赎我的罪愆，我要遍吻每一片碎纸。瞧，这里写着“仁慈的朱利娅”；狠心的朱利娅！我要惩罚你的薄情，把你的名字掷在砖石上，把你任情地践踏蹂躏。这里写着“受创于爱情的普洛丢斯”：疼人的受伤的名字！把我的胸口做你的眠床，养息到你的创痕完全平复吧，让我用起死回生的一吻吻在你的伤口上。这儿有两三次提着普洛丢斯的名字；风啊，请不要吹起来，好让我找到这封信里的每一个字；我单单不要看见我自己的名字，让一阵旋风把它卷到狰狞丑怪的岩石上，再把它打下波涛汹涌的海中去吧！瞧，这儿有一句句子里，两次提到他的名字：“被遗弃的普洛丢斯，受制于爱情的普洛丢斯，给可爱的朱利娅。”我要把朱利娅的名字撕去；不，他把我们两人的名字配合得如此巧妙，我要把它们折叠在一起；现在你们可以放胆地相吻拥抱，彼此满足了。

露西塔重上。

露西塔 小姐，饭已经预备好了，老爷在等着您。

朱利娅 好，我们去吧。

露西塔 怎么！让这些纸片丢在这儿，给人家瞧见笑话吗？

朱利娅 你要是这样关心着它们，那么还是把它们拾起来吧。

露西塔 不，我可不愿再挨骂了；可是让它们躺在地上，也许会受了寒的。

朱利娅 你倒是怪爱惜它们的。

露西塔 呃，小姐，随您怎样说吧；也许您以为我是瞎子，可是我也生着眼睛呢。

朱利娅 来，来，还不走吗？（同下）

第三场

同前；安东尼奥家中一室

安东尼奥及潘西诺上。

安东尼奥 潘西诺，刚才我的兄弟跟你在走廊里谈些什么正经话儿？

潘西诺 他说起他的侄子，您的少爷普洛丢斯。

安东尼奥 噢，他怎么说呢？

潘西诺 他说他不懂您老爷为什么让少爷在家里消度他的青春；人家名望不及我们的，都把他们的儿子送到外面去找机会：有的投身军旅，博得一官半职；有的到远远的海岛上去探险发财；有的到大学校里去寻求高深的学问。他说普洛丢斯少爷也应该像他们一样到外面去走走；他叫我在您面前说起，请您不要让少爷老在家里游荡，年轻人不走走远路，对于他的前途是很有妨碍的。

安东尼奥 这倒不消你说的，我这一个月来就在考虑着这件事情。我也想到他这样蹉跎时间，的确不大好；他要是不在外面多经历经历世事，将来很难成为大用。一个人的经验是要在刻苦中得到的，也只有岁月的磨炼能够使它成熟。那么照你看来，我最好叫他到什么地方去？

潘西诺 我想老爷大概还记得他有一个朋友，叫做凡伦丁的，现在在公爵府中供职。

安东尼奥 不错，我知道。

潘西诺 我想老爷要是送他到那里去，那倒很好。他可以在那里练习挥枪使剑，听听人家高雅优美的谈吐，和贵族们谈谈说说，还可以受到些适合于他的青春和家世的种种训练。

安东尼奥 你说得很对，你的意思很好，我很赞成你的建议；看吧，我马上就照你的话做去。我立刻就叫他到公爵的宫廷里去。

潘西诺 老爷，亚尔芳索大人和其余各位士绅明天就要动身去朝见公爵。

安东尼奥 那么普洛丢斯有了很好的同伴了。他应当立刻预备起来，跟他们同去。我们现在就要对他说。

普洛丢斯上。

普洛丢斯 甜蜜的爱情！甜蜜的字句！甜蜜的人生！这是她亲笔所写，表达着她的心情；这是她爱情的盟誓，她的荣誉的典质。啊，但愿我们的父亲赞同我们的相爱，为我们成全好事！啊，天仙一样的朱利娅！

安东尼奥 喂，你在读谁寄来的信？

普洛丢斯 禀父亲，这是凡伦丁托他的朋友带来的一封问候的书信。

安东尼奥 把信给我，让我看看那里有什么消息。

普洛丢斯 没有什么消息，父亲。他只是说他在那里生活得如何快乐，公爵如何看得起他，每天和他见面；他希望我也和他在一起，分享他的幸运。

安东尼奥 那么你对于他的希望作何感想？

普洛丢斯 他虽然是一片好心，我的行动却是要听您老人家指挥的。

安东尼奥 我的意思和他的希望差不多。你也不用因为我的突然的决定而吃惊，我要怎样，就是怎样，干脆一句话没有更动。我已经决定你应当到公爵宫廷里去，和凡伦丁在一块儿过日子；他的亲族给他多少维持生活的费用，我也照样拨给你。明天你就要预备动身，不许有什么推托，我的意志是坚决的。

普洛丢斯 父亲，这么快我怎么来得及预备？请您让我延迟一两天吧。

安东尼奥 听着，你要是缺少什么，我马上就会寄给你。不用耽搁时间，明天你非去不可。来，潘西诺，你要给他收拾收拾东西，让他早些动身。（安东尼奥、潘西诺下）

普洛丢斯　　我因为恐怕灼伤而躲过了火焰，不料却在海水中惨遭没顶。我不敢把朱利娅的信给我父亲看，因为生恐他会责备我的恋爱；谁知道他却利用我的推托之词，给我的恋爱这样一记无情的猛击。唉！青春的恋爱就像阴晴不定的四月天气，太阳的光彩刚刚照耀大地，片刻间就遮上了黑沉沉的乌云一片！（下）

第二幕

第一场

米兰；公爵府中一室

凡伦丁及史比德上。

史比德 少爷，您的手套。（以手套给凡伦丁）

凡伦丁 这不是我的；我的手套戴在手上。且慢！让我看。呃，把它给我，这是我的。天仙手上可爱的装饰物！啊，西尔维娅！西尔维娅！

史比德 （叫喊）西尔维娅小姐！西尔维娅小姐！

凡伦丁 怎么，这狗才？

史比德 她不在这里，少爷。

凡伦丁 谁叫你喊她的？

史比德 是您哪，少爷；难道我又弄错了吗？

凡伦丁 哼，你老是这么莽莽撞撞的。

史比德 可是上次您却骂我太迟钝。

凡伦丁 好了好了，我问你，你认识西尔维娅小姐吗？

史比德 就是您爱着的那位小姐吗？

凡伦丁　咦，你怎么知道我在恋爱？

史比德　啊，我从各方面看出来的。第一，您学会了像普洛丢斯少爷一样把手臂交叉在胸前，像一个满腹牢骚的人那种神气；听见了情歌您会出神，就像一头知更雀似的；喜欢一个人独自走路，好像一个害着瘟疫的人；老是唉声叹气，好像一个忘记了字母的小学生；动不动流起眼泪来，好像一个死了妈妈的小姑娘；见了饭吃不下去，好像一个节食的人；东张张西望望，好像担心着什么强盗；说起话来带着三分哭音，好像一个万圣节的叫花子。从前您可不是这个样子。您从前笑起来声震四座，好像一只公鸡报晓；走起路来挺胸凸肚，好像一头狮子；吃起东西来像狼吞虎咽；只有在没有钱用的时候才面带愁容。现在您被情人迷住了，您已经完全变了一个人，当我瞧着您的时候，我简直不相信您是我的主人了。

凡伦丁　你能够在我身上看出这一切来吗？

史比德　它们都可以从您外表上看得出来。这一种愚蠢盘踞在您的心里，透过了您的身体，无论谁一眼见了您，都像一个医生一样诊断得出您的病症来。

凡伦丁　可是我问你，你认识西尔维娅小姐吗？

史比德　就是在吃晚饭的时候您一眼不霎地望着的那位小姐吗？

凡伦丁　那也给你看见了吗？我说的就是她。

史比德　噢，少爷，我不认识她。

凡伦丁　你看见我望着她，怎么却又说不认识她？

史比德　她不是长得很难看的吗，少爷？

凡伦丁　她的面貌还不及她的心肠那么美。

史比德　少爷，那个我知道。

凡伦丁　你知道什么？

史比德　她长得并不漂亮，不过您喜欢着她就是了。

凡伦丁　我是说她的美貌是无比的，可是她的好心肠更不可限量。

史比德　我说，少爷，她的美貌是装扮出来的，没有人以为她长得好看。

凡伦丁　那么我呢？我还是以为她很美的。

史比德　可是她自从残废以后，您还没有看见过她。

凡伦丁　她是几时残废的？

史比德　自从您爱上了她之后，她就已经残废了。

凡伦丁　我第一次看见她的时候就爱上了她，可是我始终看见她是美丽的。

史比德　您要是爱她，您就看不见她。

凡伦丁　为什么？

史比德　因为爱情是盲目的。唉！要是您有我的眼睛就好了！从前您看见普洛丢斯少爷忘记扣上袜带而讥笑他的时候，您的眼睛也是明亮的。

凡伦丁　要是我的眼睛明亮便怎样？

史比德　您就可以看见您自己的愚蠢和她的不堪领教的丑陋。普洛丢斯少爷因为恋爱的缘故，忘记扣上他的袜带；您现在因为恋爱的缘故，连袜子也忘记穿上了。

凡伦丁 这样说来，那么你也是在恋爱了；因为今天早上你忘记了擦我的鞋子。

史比德 不错，少爷，我正在恋爱着我的眠床，幸亏您把我摇醒了，所以我现在也敢大胆提醒提醒您不要太过于迷恋了。

凡伦丁 总而言之，我已经永远爱定了她。昨天晚上她请我代她写一封信给她所爱的一个人。

史比德 您有没有写好？

凡伦丁 我已经用心写好了。静些，她来了。

西尔维娅上。

凡伦丁 小姐，早安！

西尔维娅 我的仆人，凡伦丁先生，早安。

凡伦丁 您吩咐我写一封信给您的一位秘密的无名的朋友，我已经照办了。我很不愿意写这封信，但是您的旨意是不可违背的。（以信给西尔维娅）

西尔维娅 谢谢你，好仆人。你写得很用心。

凡伦丁 相信我，小姐，它是很不容易写的，因为我不知道受信的人究竟是谁，随便写去，不知道写得对不对。

西尔维娅 也许你嫌这工作太烦难吗？

凡伦丁 不，小姐，只要您用得着我，尽管吩咐我，就是一千封信我也愿意写，可是——

西尔维娅 好一个可是！你的意思我猜得到。可是我不愿意说出名字来；可是即使说出来也没有什么关系；可是把这信拿去吧；可是我谢谢你，以后从此不再麻烦你了。

凡伦丁 这是什么意思？您不喜欢它吗？

西尔维娅 不，不，信是写得很巧妙，可是你既然写的时候不大愿意，那么你就拿回去吧。嗯，你拿去吧。（还信）

凡伦丁 小姐，这信是给您写的。

西尔维娅 是的，那是我请你写的，可是，我现在不要了，就给了你吧。我希望它能写得再动人一点。

凡伦丁 那么请您许我另写一封吧。

西尔维娅 好，你写好以后，就代我把它读一遍；要是你自己觉得满意，那就罢了；要是你自己觉得不满意，也就罢了。

凡伦丁 要是我自己觉得满意，那便怎样？

西尔维娅 要是你自己满意，那么就把这信给你作为酬劳吧。再见，仆人。（下）

史比德 人家说，一个人看不见自己的鼻子，教堂屋顶上的风信标变幻莫测，这一个玩笑也开得玄妙神奇！求爱的人代人求爱，写信人变成了受信人自己。

凡伦丁 怎么？你在说些什么？

史比德 我说，您变成了西尔维娅小姐的代言人了。

凡伦丁 我代她向什么人传话？

史比德　向您自己哪。她不是送给您一封情书了吗?

凡伦丁　怎么，她又不曾写信给我。

史比德　她何必自己动笔呢？您不是会替她代写的吗？咦，您还没有懂得这个玩笑的用意吗?

凡伦丁　我可不懂。

史比德　您还不知道她已经把爱情的凭证给了您吗?

凡伦丁　除了责怪以外，她没有给我什么呀。

史比德　真是！她不是给您一封信吗?

凡伦丁　那是我代她写给她的朋友的。

史比德　那封信现在已经送到了。

凡伦丁　我希望你没有猜错。

史比德　包在我身上，准没有差错。你写信给她，她因为害羞提不起笔，或者因为没有闲工夫，或者因为恐怕传书的人窥见了她的心事，所以她才教她的爱人代她答复他自己。这一套我早在书上看见过了。喂，少爷，您在想些什么？好吃饭了。

凡伦丁　我已经吃过了。

史比德　哎呀，少爷，这个没有常性的爱情虽然可以喝空气过活，我可是非吃饭吃肉不可。您可不要像您爱人那样忍心，求您发发慈悲吧！（同下）

第二场

维洛那；朱利娅家中一室

普洛丢斯及朱利娅上。

普洛丢斯 请你忍耐着吧，好朱利娅。

朱利娅 没有办法，我也只好忍耐着了。

普洛丢斯 我如果有机会回来，我会立刻回来的。

朱利娅 你只要不变心，回来的日子是不会远的。请你保留着这个，常常想起你的朱利娅吧。（给他戒指）

普洛丢斯 让我们彼此交换，你把这个拿去吧。（给她另一个戒指）

朱利娅 我们用神圣的一吻永固我们的盟誓。

普洛丢斯 我举手宣誓我的不变的忠诚。朱利娅，要是我在哪一天哪一个时辰里不曾为了你而叹息，那么在下一个时辰里，让不幸的灾祸来惩罚我的薄情吧！我的父亲在等着我，你不用回答我了。潮水已经升起，船就要开了；不，我不是说你的泪潮，那是会留住了我，使我误了行期的。朱利娅，再会吧！（朱利娅下）啊，一句话也不说就去了吗？是的，真正的爱情是不能用言语表达的，行为才是忠心的最好的说明。

潘西诺上。

潘西诺 普洛丢斯少爷，他们在等着您哩。

普洛丢斯 好，我就来，我就来。唉！这一场分别啊，真叫人满怀愁绪难宣。（同下）

第三场

同前；街道

朗斯牵犬上。

朗斯 嗳哟，我到现在才哭好呢，咱们朗斯一族里的人都有这个心肠太软的毛病。我像《圣经》上的浪子一样，派到了我的一份家产，现在要跟着普洛丢斯少爷上京城里去。我想我的狗克来勃是最狠心的一条狗。我的妈眼泪直流，我的爸涕泗横流，我的妹妹放声大哭，我家的丫头也嚎啕喊叫，就是我们养的猫儿也悲伤得乱搓两手，一份人家弄得七零八乱，可是这条狠心的恶狗却不流一点泪儿。他是一块石头，像一条狗一样没有心肝；就是犹太人，看见我们分别的情形，也会禁不住流泪的；看我的老祖母吧，她眼睛早已盲了，可是因为我要离家远行，也把她的眼睛都哭瞎了呢。我可以把我们分别的情形扮给你们看。

这只鞋子算是我的父亲；不，这只左脚的鞋子是我的父亲；不，不，这只左脚的鞋子是我的母亲；不，那也不对——哦，不错，对了，这只鞋子底已经破了，它已经穿了一个洞，它就算是我的母亲；这一只是我的父亲。他妈的！就是这样。这一根棒是我的妹妹，因为她就像百合花一样的白，像一根棒那样的瘦小。这一顶帽子是我家的丫头阿南。我就算是狗；不，狗是他自己，我是狗——哦，狗是我，我是我自己。对了，就是这样。现在我走到我父亲跟前："爸爸，请你祝福我"；现在这只鞋子就要哭得说不出一句话来；然后我就要吻我的父亲，他还是哭个不停。现在我再走到我的母亲跟前；唉！我希望她现在能够像一个木头人一样开起口来！我就是这么吻了她，她的一口气这么喘上喘下的。现在我要到我妹妹跟前，你瞧她哭得多么伤心！可是这条狗站在旁边，瞧着我一把一把眼泪挥在地上，却始终不流一点泪也不说一句话。

潘西诺上。

潘西诺 朗斯，快走，快走，好上船了！你的主人已经登船，你得坐小划子赶去。什么事？这家伙，怎么哭起来了？去吧，蠢货！你再耽搁下去，潮水要退下去了。

朗斯 这条狗这么狠心，我就把它丢了也罢。

潘西诺 呸，这家伙！我说，潮水要是退下去，你就要失去这次航行了；失去这次航行，你就要失去你的主人；失去你的主人，你就要失去你的工作；失去你的工作——你干吗堵住我的嘴？

朗斯 我怕你会失去你的舌头。我对你说吧，要是河水干了，我会用眼泪把它灌满；要是风势低了，我会用叹息把船只吹送。

潘西诺 来吧，来吧；还不走吗？

朗斯 好，走就走。（同下）

第四场

米兰；公爵府中一室

凡伦丁、西尔维娅、修里奥及史比德上。

西尔维娅 仆人！

凡伦丁 小姐？

史比德 少爷，修里奥大爷在向您怒目而视呢。

凡伦丁 嗯，那是为了爱情的缘故。

西尔维娅 仆人，你心里不高兴吗？

凡伦丁 是的，小姐，我好像不大高兴。

修里奥 好像不大高兴，其实还是很高兴吧？

凡伦丁 也许是的。

修里奥 原来是装腔作势。

凡伦丁 你也是一样。

修里奥 我装些什么腔？

凡伦丁 你瞧上去还像个聪明人。

修里奥 你凭什么证明我不是个聪明人？

凡伦丁 就凭你的愚蠢。

修里奥 什么？

西尔维娅 咦，生气了吗，修里奥？瞧你脸色变成这样子！

凡伦丁 让他去，小姐，他是头善变的蜥蜴。

修里奥 这头蜥蜴可要喝你的血，它不愿意和你共戴一天。

凡伦丁 你说得很好。

修里奥 现在我可不同你多讲话了。

凡伦丁 我早就知道你总是未开场先结束的。

修里奥 凡伦丁，你要是跟我斗嘴，我会说得你哑口无言的。

凡伦丁 我知道尊驾有一个专门管理言语出入的库房，在你手下的人，都用空言代替工钱；从他们寒伧的装束上，就可以看出他们是靠着你的空言过活的。

西尔维娅 两位别说下去了，我的父亲来啦。

公爵上。

公爵 西尔维娅，你给他们两位包围起来了吗？凡伦丁，你的父亲身体很好；你家里有信来，带来了许多好消息，你要不要我告诉你？

凡伦丁 殿下，我愿意洗耳恭听。

公爵 你认识你的同乡中有一位安东尼奥吗？

凡伦丁 是，殿下，我知道他是一位德高望重的士绅。

公爵 他不是有一个儿子吗？

凡伦丁　是，殿下，他有一个克绍箕裘的贤嗣。

公爵　你和他很熟悉吗？

凡伦丁　我知道他就像知道我自己一样，因为我们从小便是在一起同游同学的。我虽然因为习于游惰，不肯用心上进，可是普洛丢斯——那是他的名字——却不曾把他的青春蹉跎过去。他少年老成，虽然涉世未深，识见却超人一等；他的种种好处，我一时也称赞不尽。总而言之，他的品貌才学，都是尽善尽美，凡是上流人所应有的美德，他身上无不具备。

公爵　真的吗？要是他真是这样好法，那么他是值得一个皇后的眷爱，适宜于充任一个帝王的辅弼的。现在他已经到我们这儿来了，许多大人物都有信来给他吹嘘。他预备在这儿耽搁一些时候，我想你一定很高兴听见这消息吧。

凡伦丁　那真是我求之不得的。

公爵　那么就准备着欢迎他吧。西尔维娅，我有话要对你说；修里奥，我也要对你说几句话。凡伦丁就请在这儿稍待片刻，我就去叫你的朋友来和你相见。（下）

凡伦丁　这就是我对您说起过的那个朋友；他本来是要跟我一起来的，可是他的眼睛给他情人的晶莹的盼睐摄住了，所以不能脱身。

西尔维娅　大概现在她已经释放了他，另外有人向她奉献他的忠诚了。

凡伦丁 不，我相信他仍旧是她的俘虏。

西尔维娅 他既然还在恋爱，那么他就应该是盲目的；他既然盲目，怎么能够迢迢而来，找到了你的所在呢？

凡伦丁 小姐，爱情是有二十对眼睛的。

修里奥 他们说爱情不生眼睛。

凡伦丁 爱情没有眼睛来看见像你这样的情人；对于丑陋的事物，它是会闭目不视的。

西尔维娅 算了，算了。客人来了。

普洛丢斯上。

凡伦丁 欢迎，亲爱的普洛丢斯！小姐，请您用特殊的礼遇欢迎他吧。

西尔维娅 要是这位就是你时常念念不忘的好朋友，那么凭着他的才德，一定会得到竭诚的欢迎的。

凡伦丁 这就是他。小姐，请您接纳了他，让他同我一样做您的仆人。

西尔维娅 这样高贵的仆人，侍候这样卑微的女主人，未免太屈尊了。

普洛丢斯 哪里的话，好小姐，草野贱士，能够在这样一位卓越的贵人之前亲聆謦咳，实在是三生有幸。

凡伦丁 大家不用谦虚了。好小姐，请您收容他做您的仆人吧。

普洛丢斯 我将以能够奉侍左右，勉效奔走之劳，作为我最大的光荣。

西尔维娅 尽职的人必能得到酬报。仆人，一个庸愚的女主人欢迎着你。

一仆人上。

仆人 小姐，老爷叫您去说话。

西尔维娅 我就来。（仆人下）来，修里奥，咱们一块儿去。新来的仆人，我再向你说一声欢迎。现在我让你们两人畅叙家常，等会儿我们再谈吧。

普洛丢斯 我们两人都随时等候着您的使唤。（西尔维娅、修里奥、史比德同下）

凡伦丁 现在告诉我，家乡的一切情形怎样?

普洛丢斯 你的亲友们都很安好，他们都叫我问候你。

凡伦丁 你的亲友们呢?

普洛丢斯 我离开他们的时候，他们也都很康健。

凡伦丁 你的爱人怎样?你们的恋爱进行得怎么样了?

普洛丢斯 我的恋爱故事是向来使你厌倦的，我知道你不爱听这种儿女私情。

凡伦丁 可是现在我的生活已经改变过来了；我正在忏悔我自己从前对于爱情的轻视，它的至高无上的威权，正在用痛苦的绝食、悔罪的呻吟、夜晚的哭泣和白昼的叹息惩罚着我。为了报复我从前对它的侮蔑，爱情已经从我被蛊惑的眼睛中驱走了睡眠，使它们永远注视着我自己心底的忧伤。啊，普洛丢斯！爱情是一个有绝大威权的君王，我已经在他面前甘心臣服，他的惩罚使我甘之如饴，为他服役是世间最大的快乐。现在我除了关于恋爱方面的谈话以外，什么都不要听；单单提起爱情的名字，便可以代替了我的三餐一宿。

普洛丢斯 够了，我在你的眼睛里可以读出你的命运来。你所膜拜的偶像就是她吗？

凡伦丁 就是她。她不是一个天上的神仙吗？

普洛丢斯 不，她是一个地上的美人。

凡伦丁 她是神圣的。

普洛丢斯 我不愿谄媚她。

凡伦丁 为了我的缘故谄媚她吧，因为爱情是喜欢听人家恭维的。

普洛丢斯 当我有病的时候，你给我苦味的丸药，现在我也要以其人之道还治其人之身。

凡伦丁 那么就说老实话吧，她即使不是神圣，也是并世无双的魁首，她是世间一切有生之伦的女皇。

普洛丢斯 除了我的爱人以外。

凡伦丁 不，没有例外，除非你有意诽谤我的爱人。

普洛丢斯 我没有理由喜爱我自己的爱人吗？

凡伦丁 我也愿意帮助你喜爱她：她可以得到这样隆重的光荣，为我的爱人捧持衣裾，免得卑贱的泥土偷吻她的裙角；它在得到这样意外的幸运之余，会变得骄傲起来，不肯再去滋养盛夏的花卉，使苛酷的寒冬永驻人间。

普洛丢斯 哎呀，凡伦丁，你简直在信口乱吹。

凡伦丁 原谅我，普洛丢斯，我的一切赞美之词，对她都毫无用处；她的本身的美点，就可以使其他一切美人黯然失色。她是独一无二的。

普洛丢斯 那么你不要作非分之想吧。

凡伦丁 什么也不能禁止我的爱她。告诉你吧，老兄，她是属于我的；我有了这样一宗珍宝，就像是二十个大海的主人，它的每一粒泥沙都是珠玉，每一滴海水都是天上的琼浆，每一块石子都是纯粹的黄金。不要因为我从来不曾梦到过你而见怪，因为你已经看见我是怎样倾心于我的恋人。我那愚蠢的情敌，她的父亲因为他雄于资财而看中了他，刚才和她一同去了，我现在必须追上他们，因为你知道爱情是充满着嫉妒的。

普洛丢斯 可是她也爱你吗?

凡伦丁 是的，我们已经互许终身了；而且我们已经约好设计私奔，结婚的时间也已定当。我先用绳梯爬上她的窗口，把她接了出来，各种手续程序都已完全安排好了。好普洛丢斯，跟我到我的寓所去，我还要请你在这种事情上多多指教呢。

普洛丢斯 你先去吧，你的寓所我会打听得到的。我还要到码头上去，拿一点必需的用品，然后我就来看你。

凡伦丁 那么你赶快一点吧。

普洛丢斯 好的。（凡伦丁下）正像一阵更大的热焰压盖住原来的热焰，一枚大钉敲落了小钉，我的旧日的恋情，也因为一个新的对象而完全冷忘了。是我的眼睛在作祟吗？还是因为凡伦丁把她说得天花乱坠？还是她的真正的完美使我心醉？或者是我的见异思迁的罪恶，使我全然失去了理智？她是美丽的，我所爱的朱利娅也是美丽的；可是我对于朱利娅的爱已经成为过去了，那一段恋情，就像投入火中的蜡像，已经全然溶解，不留一点原来的痕迹。好像我对于凡伦丁的友谊已经突然冷淡，我不再像从前那样喜爱他了；啊，这是因为我太过于爱他的爱人了，所以我才对他毫无好感。我这样不假思索地爱上了她，如果跟她相知渐深之后，更将怎样为她倾倒？我现在看见的只是她的外相，可是那已经使我的理智的灵光晕眩不定，那么当我看到她内心的美好时，我一定要变成盲目的了。我要尽力克制我的罪恶的恋情；否则就得设计赢取她的芳心。（下）

第五场

同前；街道

史比德及朗斯上。

史比德 朗斯，凭着我的良心起誓，欢迎你到米兰来！

朗斯 别胡乱起誓了，好孩子，没有人会欢迎我的。一个人没有吊死，总还有命；要是酒账未付，老板娘没有笑逐颜开，也谈不到欢迎两个字。

史比德 来吧，你这疯子，我就请你上酒店去，那边你可以用五便士去买到五千个欢迎。可是我问你，你家主人跟朱利娅小姐是怎样分别的？

朗斯 呃，他们热烈地山盟海誓之后，就这样开玩笑似的分别了。

史比德 她将要嫁给他吗？

朗斯 不。

史比德 怎么？他将要娶她吗？

朗斯 也是个不。

史比德　　咦，他们破裂了吗？

朗斯　　不，他们两人都是完完整整的。

史比德　　那么究竟是怎么一回事呀？

朗斯　　是这么的，要是他没有什么问题，她也没有什么问题。

史比德　　你真是头蠢驴！我不懂你的话。

朗斯　　你真是块木头，话都听不懂！

史比德　　老实对我说吧，这头婚姻成不成？

朗斯　　问我的狗好了：他要是说是，那就是成；他要是说不，那也是成；他要是摇摇尾巴不说话，那也还是成。

史比德　　总而言之，一定成功。可是，朗斯，你知道吗？我的主人也变成一个大情人了。

朗斯　　让他去在爱情里烧死了吧，那不干我的事。你要是愿意陪我上酒店去，很好；不然的话，你就是一个希伯来人，一个犹太人，不配称为一个基督徒。

史比德　　为什么？

朗斯　　因为你连请一个基督徒喝杯酒儿的博爱精神都没有。你去不去？

史比德　　遵命。（同下）

第六场

同前；公爵府中一室

普洛丢斯上。

普洛丢斯 舍弃我的朱利娅，我就要违背了盟誓；恋爱美丽的西尔维娅，我也要违背了盟誓；中伤我的朋友，尤其是违背了盟誓。爱情的力量当初使我信誓旦旦，现在却又诱令我干犯三重寒盟的大罪。动人灵机的爱情啊！你已经引诱我犯罪，现在教教我如何为自己辩解吧。我最初爱慕的是一颗闪烁的星星，如今崇拜的是一个中天的太阳；无心中许下的誓愿，可以有意把它毁弃不顾；只有没有智慧的人，才会迟疑于好坏二者间的选择。呸，呸，不敬的唇舌！她是你从前用二万遍以灵魂作证的盟言，甘心供她驱使的，现在怎么好把她加上恶名！我不能朝三暮四转爱他人，可是我已经变了心了；可是我现在所爱的才是真正值得我爱的。我失去了朱利娅，失去了凡伦丁；要是我继续对他们忠实，我必须失去我自己。我失去了凡伦丁，换来了我自己；失去了朱利娅，换来了西尔维娅。爱情永远是自私的，我自己当然比一个朋友更为宝贵，朱利娅在天生丽质的西尔维娅相形之下，不过是一个黝黑的丑妇。我要忘记朱利娅尚在人间，记着我对她的爱情已经死去；我要把凡伦丁当作敌人，努力取得西尔维娅更甜蜜的友情。要是我不用些诡计破坏凡伦丁，我就无法贯彻自己的心愿。今晚他要用绳梯爬上西尔维娅卧室的窗口，他不知道我是他的情敌，使我与闻了这个秘密。现在我就去把他们设计逃走的事情通知她的父亲；他在勃然大怒之下，一定会把凡伦丁驱逐出境，因为他本来的意思是要把他的女儿下嫁给修里奥的。凡伦丁一去之后，我就可以用些巧妙的计策，拦截修里奥迟钝的进展。爱神啊，你已经帮助我运筹划策，请你再借给我一副翅膀，让我赶快达到我的目的！（下）

第七场

维洛那；朱利娅家中一室

朱利娅及露西塔上。

朱利娅 给我出个主意吧，露西塔好姑娘，你得帮帮我忙。你就像是一块石板一样，我的心事都清清楚楚地刻在上面；现在我用爱情的名义，请求你指教我，告诉我有什么好法子让我到我那亲爱的普洛丢斯那里去，而不致出乖露丑。

露西塔 唉！这条路是悠长而累人的。

朱利娅 一个虔诚的巡礼者用他的软弱的脚步跋涉过万水千山，是不会觉得疲乏的；一个借着爱神之翼的女子，当她飞向像普洛丢斯那样亲爱、那样美好的爱人怀中去的时候，尤其不会觉得路途的艰远。

露西塔 还是不必多此一举，等候着普洛丢斯回来吧。

朱利娅 啊，你不知道他的目光是我灵魂的滋养吗？我在饥荒中因渴慕而憔悴，已经好久了。你要是知道一个人在恋爱中的内心的感觉，你就会明白用空言来压遏爱情的火焰，正像雪中取火一般无益。

露西塔　我并不是要压住您的爱情的烈焰，可是这把火不能够让它燃烧得过于炽盛，那是会把理智的藩篱完全烧去的。

朱利娅　你越是把它遏制，它越是燃烧得厉害。汩汩的轻流如果遭遇障碍就会激成怒湍；可是它的路程倘使顺流无阻，它就会在光润的石子上弹奏柔和的音乐，轻轻地吻着每一根在它巡礼途中的芦苇，以这种游戏的心情经过许多曲折的路程，而到了辽阔的海洋。所以让我去，不要阻止我吧；我会像一道耐心的轻流一样，忘怀长途跋涉的辛苦，一步步挨到爱人的门前，然后我就可以得到休息。就像一个有福的灵魂，在经历无数的磨折以后，永息在幸福的天国里一样。

露西塔　可是您在路上应该怎样打扮呢？

朱利娅　为了避免轻狂男子的调戏，我要扮成男装。好露西塔，给我找一套合身的衣服来，使我穿扮起来就像个良家少年一样。

露西塔　那么，小姐，您的头发不是要剪短了吗？

朱利娅　不，我要用丝线把它扎起来，扎成各种花样的同心结。装束得炫奇一点，人家会以为我是一个有钱人家的子弟。

露西塔　小姐，您的裤子要裁成什么式样的？

朱利娅　你这样问我，就像人家问“老爷，您的裙子腰围要多么大”一样。露西塔，你看怎样好就怎样做就是了。可是告诉我，我这样冒险远行以后，世人将要怎样批评我？我怕他们都要说我的坏话呢。

露西塔 既然如此，那么住在家里不要去吧。

朱利娅 不，那我可不愿。

露西塔 那么不要管人家说坏话，要去就去吧。要是普洛丢斯看见您来了很喜欢，那么别人赞成不赞成您去又有什么关系？可是我怕他不见得会怎样高兴吧。

朱利娅 那我可一点不担心；一千遍的盟誓、海洋一样的眼泪以及爱情无限的证据，都向我保证我的普洛丢斯一定会欢迎我。

露西塔 什么盟誓眼泪，都不过是假心的男子们的工具。

朱利娅 卑贱的男人才会把它们用来骗人；可是普洛丢斯有一颗生就的忠心，他说的话永无变更，他的盟誓等于天诰，他的爱情是真诚的，他的思想是纯洁的，他的眼泪出自衷心，诈欺沾不进他的心肠，就像霄壤一样不能相合。

露西塔 但愿您看见他的时候，他还是像您所说的一样！

朱利娅 你要是爱我的话，请你不要怀疑他的忠心；你也应当像我一样爱他，我才喜欢你。现在你快跟我进房去，把我在旅途中所需要的物件检点一下。我所有的东西，我的土地财产，我的名誉，一切都归你支配；我只要你赶快帮我收拾动身。来，别多说话了，赶快！我心里急得什么似的。（同下）

第三幕

第一场

米兰；公爵府中应接室

公爵、修里奥及普洛丢斯上。

公爵 修里奥，请你让我们两人说句话儿，我们有点秘密的事情要商议一下。（修里奥下）现在告诉我吧，普洛丢斯，你要对我说些什么话？

普洛丢斯 殿下，按照朋友的情分而论，我本来不应该把这件事情告诉您；可是我想起像我这样无德无能的人，多蒙殿下恩宠有加，倘使这次知而不报，在责任上实在说不过去；虽然如果换了别人，无论多少世间的财富，都不能诱我开口的。殿下，您要知道在今天晚上，我的朋友凡伦丁想要把令嫒劫走，他曾经把他的计划告诉我。我知道您已经决定把她嫁给修里奥，令嫒对这个人却是不大满意的；现在假如她跟凡伦丁逃走了，那对于您这样年纪的人一定是一个重大的打击。所以我为了责任所迫，宁愿破坏我的朋友的计谋，却不愿代他隐瞒起来，免得您因为事出不意，而气坏了您的身子。

公爵 普洛丢斯，多谢你这样关切着我；我活着一天，一定会补报你的。他们虽然当我在睡梦之中，可是我早就看出他们两人在恋爱；我也常常想禁止凡伦丁和她亲近，或是不许他到我的宫廷里来，可是因为我不愿操切从事，生恐我的猜疑并非事实，反倒错怪了好人，所以仍旧照样持之以礼，慢慢看出他的举止用心来。我知道年轻人血气未定，易受诱惑，早就防范到这一步，每天晚上我叫她睡在阁上，她房间的钥匙由我亲自保管，所以别人是没有法子把她偷走的。

普洛丢斯 殿下，他们已经想出了一个法子，他预备用绳梯爬上她的窗口，把她从窗里接下来。他现在去拿绳梯去了，等会儿就会经过这里，您要是愿意的话，就可以拦住问他。可是殿下，您盘问他的时候话要说得巧妙一点，别让他知道是我走了风，因为我这样报告您，只是出于我对您的忠诚，不是因为对我的朋友有什么过不去的地方。

公爵 我用名誉为誓，他不会知道我是从你地方知道这消息的。

普洛丢斯 再会，殿下，凡伦丁就要来了。（下）

凡伦丁上。

公爵　凡伦丁，你这么急急地要到哪儿去？

凡伦丁　启禀殿下，有一个寄书人在外面，等着我把信交给他带给我的朋友们。

公爵　是很重要的信吗？

凡伦丁　不过告诉他们我在殿下这儿很好很快乐而已。

公爵　那没什么要紧，陪着我谈谈吧。我要告诉你一些我的切身的事情，你可不要对外面的人说。你知道我曾经想把我的女儿许给我的朋友修里奥。

凡伦丁　那我很知道，殿下，这头亲事要是成功，那的确是门当户对；而且这位先生品行又好，又慷慨，又有才学，令嫒配给他真是再好没有了。殿下不能够叫她也喜欢他吗？

公爵　就是这么说。这孩子脾气坏，没有规矩，瞧不起人，又不听话又固执，一点不懂得孝道；她忘记了她是我的女儿，也不把我当一个父亲那样敬畏。不瞒你说，她这样忤逆，使我对于她的爱也完全消失了。我本来想像我这样年纪的人，有这么一个女儿承欢膝下，也可以娱此余生；现在事与愿违，我已经决定再娶一房妻室；至于我这女儿，谁要她便送给他，她的美貌就是她的嫁奁，因为她既然瞧不起我，当然也不会把我的财产放在心上的。

凡伦丁　关于这件事情，殿下有什么要吩咐我做的？

公爵　在这儿维洛那地方，我看中了一位姑娘；可是她很贞静幽娴，我这老头子说的话是打不动她的心的。我已经老早忘记了求婚的那一套法子，而且现在时世也已经不同了，所以我现在要请你教导教导我，怎样才可以使她那太阳一样明亮的眼睛眷顾到我。

凡伦丁 她要是不爱听空话，那么就用礼物去博取她的欢心；无言的珠宝比之流利的言辞，往往更能打动女人的心肠。

公爵 我也曾经送过礼物给她，可是她一点不看重它。

凡伦丁 女人有时在表面上装作不以为意，其实心里是万分喜欢的。你应当继续把礼物送去给她，切不可灰心；起先的冷淡，将会使以后的恋爱更加热烈。她要是向你假意生嗔，那不是因为她讨厌你，而是因为她希望你更加爱她。她要是骂你，那不是因为她要你离开她，你要是真的走开了，那才是一个大傻瓜。无论她怎么说，你总不要后退，因为她嘴里叫你去，实在并不是要你去。称赞恭维是讨好女人的秘诀；尽管她生得又黑又丑，你不妨说她是天仙化人。一个男人生着三寸不烂之舌，要是说服不了一个女人，那还算是什么男人！

公爵 可是我所说起的那位姑娘，已经由她的亲族们许配给一个年轻的绅士了。她家里门户森严，任何男人在白天走不进去。

凡伦丁 那么要是我就在夜里去见她。

公爵　可是门户密闭，没有钥匙，在夜里更走不进去。

凡伦丁　门里走不进去，不是可以打窗里进去吗？

公爵　她的寝室在很高的楼上，要是爬上去，准有生命之虞。

凡伦丁　那么你只要找一副轻便的绳梯，用一对铁钩把它抛到屋顶上，就可以上去会你的情人了。

公爵　请你告诉我什么地方可以弄到这种梯子。

凡伦丁　你什么时候要用？请你告诉我。

公爵　我今夜就要，因为恋爱就像小孩一样，想要什么东西巴不得立刻就有。

凡伦丁　七点钟我可以给你弄到这么一副梯子来。

公爵　可是我想一个人去看她，这副梯子怎么带去呢？

凡伦丁　那是很轻便的，你可以把它藏在外套里面。

公爵　像你这样长的外套藏得下吗？

凡伦丁　可以藏得下。

公爵　那么让我穿穿你的外套看，我要照这尺寸另做一件。

凡伦丁　啊，殿下，随便什么外套都一样可用的。

公爵　外套应当怎样穿法才对？请你让我试穿一下吧。（拉开凡伦丁的外套）这封是什么信？上面写着的是什么？——给西尔维娅！这儿还有我所需要的工具！恕我这回无礼，把这封信拆开了。

相思夜夜飞，飞绕情人侧；
身无彩凤翼，无由见颜色。

灵犀虽可通，室迩人常遐，
空有梦魂驰，漫漫怨长夜！

这儿还写着什么？“西尔维娅，请于今夕偕遁。”原来如此，这就是你预备好的梯子！哼，好一副偷天换日的本领！你因为看见星星向你闪耀，就想上去把它们采摘吗？去，你这妄图非分的小人，放肆无礼的奴才！向你的同类们去胁肩谄笑吧！不要以为你自己有什么了不起的地方，我因为不屑和你计较，才叫你立刻离开此地，不来过分为难你。我从前已经给过你太多的恩惠，现在就向你再开一次恩吧。可是你假如不立刻收拾动身，在我的领土上多停留一刻工夫，哼！那时我发起怒来，可什么都不管了。快去！我不要听你无益的辩解；你要是看重你的生命，就立刻给我走吧。（下）

凡伦丁 与其活着受煎熬，何不一死了事？死不过是把自己放逐出自己的躯壳以外；西尔维娅已经和我合成一体，离开她就是离开我自己，这不是和死同样的刑罚吗？看不见西尔维娅，世上还有什么光明？没有西尔维娅在一起，世上还有什么乐趣？我只好闭上眼睛假想她在旁边，用这样美好的幻影寻求片刻的陶醉。除非夜间有西尔维娅陪着我，夜莺的歌唱只是不入耳的噪音；除非白天有西尔维娅在我的面前，否则我的生命将是一个不见天日的长夜。她是我生命的精华，我要是不能在她的煦护拂庇之下滋养我的生机，就要干枯憔悴而死。即使能逃过他这可怕的判决，我将面临死亡而无所恐惧；因为我留在这儿，结果不过一死，可是离开了这儿，就是离开了生命所寄托的一切。

普洛丢斯及朗斯上。

普洛丢斯 快跑，小子！跑，跑，把他找出来。

朗斯 喂！喂！

普洛丢斯 你看见什么？

朗斯 我们所要找的那个人；他头上每一根头发都是凡伦丁。

普洛丢斯 是凡伦丁吗？

凡伦丁 不是。

普洛丢斯 那么是谁？他的鬼吗？

凡伦丁 也不是。

普洛丢斯 那么你是什么？

凡伦丁 我不是什么。

朗斯 那么你怎么会说话呢？少爷，我打他好不好？

普洛丢斯 你要打谁？

朗斯 不打谁。

普洛丢斯 狗才，住手。

朗斯 唷，少爷！我打的不是什么呀。

普洛丢斯 我叫你不许放肆。——凡伦丁，我的朋友，让我跟你讲句话儿。

凡伦丁 我的耳朵里满是坏消息，现在就是有好消息也听不见了。

普洛丢斯 那么我还是把我所要说的话埋葬在无言的沉默里吧，因为它们是刺耳而不愉快的。

凡伦丁 难道是西尔维娅死了吗？

普洛丢斯 没有，凡伦丁。

凡伦丁 没有凡伦丁，不错，神圣的西尔维娅已经没有她的凡伦丁了！难道是她把我遗弃了吗？

普洛丢斯 没有，凡伦丁。

凡伦丁 没有凡伦丁，她要是把我遗弃了，世上自然再没有凡伦丁这个人了！那么你有些什么消息？

朗斯 凡伦丁少爷，外面贴着告示说把你驱逐出境呢。

普洛丢斯 是的，那就是我要告诉你的消息，你必须离开这里，离开西尔维娅，离开我，你的朋友。

凡伦丁 唉！我已经充满忧伤，太多的恶消息，将使我噎塞而死。西尔维娅知道我已经被放逐了吗？

普洛丢斯 是的，她听见这个判决以后，曾经流过无数珍珠溶化成的眼泪，跪倒在她凶狠的父亲脚下苦苦哀求，她那皎洁的纤手好像因为悲哀而化为惨白，在她的胸前搓绞着；可是跪地的双膝、高举的玉手、悲伤的叹息、痛苦的呻吟、银色的泪珠，都不能感动她那冥顽不灵的父亲，他坚持着凡伦丁倘在米兰境内被捕，就必须把他处死；而且当她在恳求他收回成命的时候，他因为她的多事而大为震怒，竟把她关禁起来，恫吓着要把她终身幽锢。

凡伦丁 别说下去了，除非你的下一句话能够致我于死命，那么我就请你轻声送进我的耳中，好让我能够从无底的忧伤中获得解放，从此长眠不醒。

普洛丢斯 事已至此，悲伤也不中用，还是想个补救的办法吧；只要静待时机，总有运命转移的一天。你要是停留在此地，仍旧见不到你的爱人，而且你自己的生命也要保不住。希望是恋人们的唯一凭借，你不要灰心，尽管到远处去吧。虽然你自己不能到这里来，你仍旧可以随时通信，只要写明给我，我就可以把它转交到你爱人的乳白的胸前。现在时间已经很匆促，我不能多多向你劝告，来，我送你出城，在路上我们还可以谈谈关于你的恋爱的一切。你即使不以你自己的安全为重，也应该为你的爱人着想；请你就跟着我走吧。

凡伦丁 朗斯，你要是看见我那小子，叫他赶快到北城门口会我。

普洛丢斯 去，狗才，快去找他。来，凡伦丁。

凡伦丁 啊，我的亲爱的西尔维娅！倒霉的凡伦丁！（凡伦丁、普洛丢斯同下）

朗斯 瞧吧，我不过是一个傻瓜，可是我却知道我的主人不是个好人，这且不用去说它。没有人知道我也在恋爱了；可是我真的在恋爱了；可是几匹马也不能把这秘密从我嘴里拉出来，我也决不告诉人我爱的是谁。不用说，那是一个女人；可是她是怎样一个女人，这我可连自己也不肯告诉的。总之她是一个挤牛乳的姑娘；她是不是处女我可不知道，因为有人在说她的闲话；可是她是个拿工钱给东家做事的女人。她的好处比水里的猎狗还多，这在一个基督徒可就不容易了。（取出一纸）这儿是一张清单，记载着她的种种情形。第一条，她可供奔走之劳，为人来往取物。啊，就是一头马也不过如此；不，马可供奔走之劳，却不能来往取物，所以她比一匹吊儿郎当的马好得多了。第二条，她会挤牛乳。听着，一个姑娘要是有着一双干净的手，这是一件很大的好处。

史比德上。

史比德 喂，朗斯先生！您好？您在念些什么？

朗斯 白纸上的黑字。

史比德 让我也看看。

朗斯 呸，你这呆鸟！你又不识字。

史比德 谁说的？我怎么不识字？

朗斯 那么我倒要考考你。告诉我，谁生下了你？

史比德 呃，我的祖父的儿子。

朗斯 哎哟，你这没有学问的浪荡货！你是你祖母的儿子生下来的。这就可见得你是个不识字的。

史比德 好了，你才是个蠢货，不信让我念给你听。

朗斯 好，拿去，圣尼古拉斯[1]保佑你！

史比德 第一条，她会挤牛奶。

朗斯 是的，这是她的拿手本领。

史比德 第二条，她会酿上好的麦酒。

朗斯 所以有那么一句古话："你酿得好麦酒，上帝保佑你。"

史比德 第三条，她会缝纫。第四条，她会编织。

朗斯 有了这样一个女人，可不用担心袜子破了。

史比德 第五条，她会揩拭抹洗。

朗斯 妙极，这样我可以不用替她揩身抹脸了。

史比德 第六条，她会织布。

朗斯 这样我可以靠她织布维持生活，写写意意过日子了。

史比德 第七条，她有许多无名的美德。

朗斯 正像私生子一样，因为不知谁是他的父亲，所以连自己的姓名也不知道。

史比德 下面是她的缺点。

朗斯 紧接在她好处的后面。

史比德 第一条，她的口气很臭，未吃饭前不可和她接吻。

朗斯 嗯，这个缺点是很容易矫正过来的，只要吃过饭吻她就是了。念下去。

---

1 圣尼古拉斯（St. Nicholas），文士及盗贼之保护神。

史比德　第二条，她喜欢吃糖食。

朗斯　那可以掩盖住她的口臭。

史比德　第三条，她常常睡梦里说话。

朗斯　那没有关系，只要不在说话的时候打瞌睡就是了。

史比德　第四条，她说起话来慢吞吞的。

朗斯　他妈的！这怎么算是她的缺点？说话慢条斯理是女人最大的美德。请你把这条涂去，把它改记到她的好处里面。

史比德　第五条，她很骄傲。

朗斯　把这条也涂去了。女人是天生骄傲的，谁也把她无可如何。

史比德　第六条，她没有牙齿。

朗斯　那我也不在乎，我就是爱啃面包皮的。

史比德　第七条，她爱发脾气。

朗斯　哦，她没有牙齿，不会咬人，这还不要紧。

史比德　第八条，她喜欢不时喝杯酒。

朗斯　是好酒她当然喜欢喝，就是她不喝我也要喝，好东西是人人喜欢的。

史比德　第九条，她为人太随便。

朗斯　她不会随便说话，因为上面已经写着她说起话来慢吞吞的；她也不会随便用钱，因为我会管牢她的钱袋；至于在另外的地方随随便便，那我也没有法子。好，念下去吧。

史比德　第十条，她的头发比智慧多，她的错处比头发多，她的财富比错处多。

朗斯　慢慢，听了这一条，我又想要她，又想不要她；你且给我再念一遍。

史比德　她的头发比智慧多——

朗斯　这也许是的，我可以用譬喻证明：包盐的布包袱比盐多，包住脑袋的头发也比智慧多，因为多的才可以包住少的。下面怎么说？

史比德　她的错处比头发多，——

朗斯　那可糟透了！哎哟，要是没有这句话多么好！

史比德　她的财富比错处多。

朗斯　啊，有这么一句，她的错处也变成好处了。好，我一定要娶她；要是这头亲事成功，天下没有不可能的事情，——

史比德　那么你便怎样？

朗斯　那么我就告诉你吧，你的主人在北城门口等你。

史比德　等我吗？

朗斯　等你！嘿，你算什么人！他才不会等你哩。

史比德　那么我一定要到他那边去吗？

朗斯　你非得奔去不可，因为你在这里耽搁了这么多的时候，跑去恐怕还来不及的。

史比德　你为什么不早告诉我？他妈的还念什么情书！（下）

朗斯　他擅自读我的信，现在可要挨一顿揍了。谁叫他不懂规矩，滥管人家的闲事。我倒要跟上前去，瞧瞧这狗头受些什么教训，也好让我痛快一番。（下）

第二场

同前；公爵府中一室

公爵及修里奥上。

公爵 修里奥，不要担心她会不爱你，现在凡伦丁已经不在她眼前了。

修里奥 自从他被放逐以后，她格外讨厌我，不愿跟我在一起，见了面就要骂我，现在我简直没有法子去看见她。

公爵 这一种爱情的脆弱的刻痕就像冰雪上的纹印一样，片刻的热气，就能把它溶化在水中而消减了影踪。她的凝冻的心思不久就会融解，那时她就会忘记卑贱的凡伦丁。

普洛丢斯上。

公爵 啊，普洛丢斯！你的同乡有没有照我的命令离开米兰？

普洛丢斯 他已经走了，殿下。

公爵 我的女儿因为他走了很伤心呢。

普洛丢斯 殿下，过几天她的悲伤就会渐渐淡下去的。

公爵 我也这样想，可是修里奥却不以为如此。普洛丢斯，我知道你为人可靠，现在我要跟你商量商量。

普洛丢斯 只要我活在世上一天，我对于殿下的忠心是永无变更的。

公爵 你知道我很想把修里奥和我的女儿配合成亲。

普洛丢斯 是，殿下。

公爵 我想你也不会不知道她是怎样违梗着我的意思。

普洛丢斯 那是当凡伦丁在这儿的时候，殿下。

公爵 是的，可是她现在仍旧执迷不悟。我们怎样才可以叫这孩子忘记了凡伦丁，转过心来爱修里奥？

普洛丢斯 最好的法子是散播关于凡伦丁的坏话，说他心思不正，行为懦弱，出身寒贱，这三件是女人家听见了最恨的事情。

公爵 不错，可是她会以为这是人家故意造他的谣中伤他。

普洛丢斯 是的，如果那种话是出之于他的仇敌之口的话。所以我们必须叫一个她所认为是他的朋友的人，用巧妙婉转的措辞去告诉她。

公爵 那么这件事就得有劳你了。

普洛丢斯 殿下，那可是我最最不愿意做的事。本来这种事就不是一个上流人所应该做的，何况又是说自己好朋友的坏话。

公爵 你的忠言不曾使他得益，那么你对他的诽谤也未必对他有什么害处，所以这件事其实是无所谓的，请你瞧在我的面上勉为其难吧。

普洛丢斯 殿下既然这么说，那么我也只好尽力效劳，使她不再爱他。可是即使她因为听了我对于凡伦丁所说的坏话，而断绝了她对他的痴心，那也不见得她就会爱上修里奥。

修里奥 所以你在替她斩断情丝的时候，就得把她的情丝转系到我的身上；你说了凡伦丁怎样一句坏话，就反过来说我怎样一句好话。

公爵 普洛丢斯，我们敢于信任你去干这件工作，因为我们听见凡伦丁说起过，知道你已经是一个爱神龛前的忠实信徒，不会见异思迁的，所以我们可以放心让你和西尔维娅自由谈话。她现在心绪非常恶劣，因为你是凡伦丁的朋友，她一定高兴你去和她谈谈，你就可以婉劝她割绝对凡伦丁的爱情，来爱我的朋友。

普洛丢斯 我一定尽我的力量办去。可是修里奥大人，您在恋爱上面的功夫还差一点儿，您该写几首缠绵凄恻的情诗，申说着您是怎样愿意为她鞠躬尽瘁，才可以固结住她对您的好感哩。

公爵 对了，诗歌感人之力是非常深刻的。

普洛丢斯 您可以说在她美貌的圣坛上，您愿意贡献您的眼泪、您的叹息以及您的赤心。您要写到墨水干涸，然后再用眼泪润湿您的笔尖，写下几行动人的诗句，表明您的爱情是如何真诚。因为俄耳甫斯[1]的琴弦是用诗人的心肠做成的，它的金石之音足以使木石为之感动，猛虎听见了会帖耳驯服，巨大的海怪会离开了深不可测的海底，在沙滩上应声起舞。您在寄给她这种悲歌以后，便应该在晚间到她的窗下用柔和的乐器，一声声弹奏出心底的忧伤。黑夜的静寂是适宜于这种温情的哀诉的，只有这样才能博取她的芳心。

公爵 你这样循循善诱，足见情场老手。

修里奥 我今夜就照你的指教实行。普洛丢斯，我的好师傅，咱们一块儿到城里去访寻几位音乐的好手。我有一首现成的情诗在此，不妨先把它来试一下看。

公爵 那么你们立刻就去吧！

普洛丢斯 我们还要侍候殿下用过晚餐，然后再决定如何进行。

公爵 不，现在就去预备起来吧，我不会见怪你们的。（同下）

1 俄耳甫斯（Orpheus），希腊传说中之古代诗人，得爱坡罗所授七弦琴，每一弹奏，能使猛兽驯伏，海波静流。

第四幕

第一场

米兰与维洛那之间的森林

若干强盗上。

盗甲 弟兄们，站定，我看见有一个过路人来了。

盗乙 尽管来他十个二十个，大家不要胆小，上前去。

凡伦丁及史比德上。

盗丙 站住，老兄，把你的东西丢下来；倘有半个不字，我们就要动手抄了。

史比德 少爷，咱们这回完了；这班人就是行路人最害怕的那种家伙。

凡伦丁 列位朋友——

盗甲 你错了，老兄，我们是你的仇敌。

盗乙 别嚷，听他怎么说。

盗丙 不错，我们要听听他怎么说，因为他瞧上去还像个好人。

凡伦丁 不瞒列位说，我是一个命运不济的人，除了这一身衣服以外，实在没有一点财物。列位要是一定要我把衣服脱下，那么我请你们一股脑儿拿去了吧。

盗乙 你要到哪里去？

凡伦丁 到维洛那去。

盗甲 你是从哪儿来的？

凡伦丁 米兰。

盗丙 你住在那里多久了？

凡伦丁 十六个月；倘不是厄运临到我身上，我也不会就离开米兰的。

盗乙 怎么，你是给他们驱逐出来的吗？

凡伦丁 是的。

盗乙 为了什么罪名？

凡伦丁 一提起这件事情，使我心里异常难过。我杀了一个人，现在觉得十分后悔；可是幸而他是我在一场争斗中杀死的，我并不曾用诡计阴谋加害于他。

盗甲 果然是这样，那么你也不必后悔。可是他们就是为了这么一件小小过失，把你驱逐出境吗？

凡伦丁 是的，他们给我这样的判决，我自己已经认为是一件幸事。

盗乙 你会讲各地方言吗？

凡伦丁 我因为在年轻时候就走远路，所以勉强会说几句。

盗丙 这个人叫他做咱们这一伙儿的首领，倒很不错哩。

盗甲 我们要收容他。弟兄们，讲句话儿。

史比德　少爷，您去和他们合伙吧；他们倒是一群光明磊落的强盗呢。

凡伦丁　别胡说，狗才！

盗乙　告诉我们，你现在有没有什么事情好做？

凡伦丁　没有，我现在悉听命运的支配。

盗丙　那么老实对你说吧，我们这一群里面也很有几个良家子弟，因为少年气盛，胡作非为，被循规蹈矩的上流社会所摈斥。我自己也是维洛那人，因为想要劫走一位公爵近亲的贵家嗣女，所以才遭放逐。

盗乙　我因为一时气恼，把一位绅士刺死了，给他们从曼多亚赶走出来。

盗甲　我也是犯着和他们差不多的小罪。可是闲话少说，我们所以把我们的过失告诉你，因为要知道我们过这种犯法的生涯，也是不得已而出此；一方面我们也是见你长得一表人才，照你自己说来又会说各地方言，像你这样的人，倒是我们所需要的。

盗乙　而且尤其因为你也是一个被放逐之人，所以我们不愿与你为难。你愿不愿意做我们的首领？穷途落难，未始不可借此栖身，你就像我们一样生活在旷野里吧！

盗丙　你说怎么样？你愿意和我们同伙吗？你只要答应下来，我们就推戴你做首领，大家听从你的号令，把你尊为寨主。

盗甲 可是你倘不接受我们的好意，那你休想活命。

盗乙 我们决不放你活着回去向人家吹牛。

凡伦丁 我愿意接受列位的好意，和你们大家在一起；可是我也有一个条件，你们不许侵犯无知的女人，也不许劫夺穷苦的旅客。

盗丙 不，我们一向不干这种卑劣的行为。来，跟我们去吧。我们要带你去见我们的合寨弟兄，把我们所得到的一切金银财宝都给你看，什么都由你支配，我们大家都愿意服从你。（同下）

普洛丢斯上。

普洛丢斯 我已经对凡伦丁不忠实，现在又必须把修里奥欺诈；我假意替他吹嘘，实际却是为自己开辟求爱的门径。可是西尔维娅是太好、太贞洁、太神圣了，我的卑微的礼物是不能把她污渎的。当我向她申说不变的忠诚的时候，她责备我对朋友的无义；当我向她的美貌誓愿贡献我的一切的时候，她叫我想起被我所背盟遗弃的朱利娅。她的每一句冷酷的讥刺，都可以使一个恋人心灰意懒；可是她越是不理我的爱，我越是像一头猎狗一样不愿放松她。现在修里奥来了；我们就要到她的窗下去，为她奏一支夜乐。

修里奥及众乐师上。

修里奥 啊，普洛丢斯！你已经一个人先溜来了吗？

普洛丢斯 是的，为爱情而奔走的人，当他嫌跑得不够快的时候，就会溜了过去的。

修里奥 你说得不错；可是我希望你的爱情不是着落在这里吧？

普洛丢斯 不，我所爱的正在这里，否则我到这儿来干吗？

修里奥 谁？西尔维娅吗？

普洛丢斯 正是西尔维娅，我为了你而爱她。

修里奥 多谢多谢。现在，各位，大家调起乐器来，用劲地吹奏吧。

旅店主上，朱利娅男装随后。

旅店主 我的小客人，你怎么这样闷闷不乐似的，请问你有什么心事呀？

朱利娅 呃，老板，那是因为我快乐不起来。

旅店主 来，我要叫你快乐起来。让我带你到一处地方去，那边你可以听到音乐，也可以见到你所打听的那位绅士。

朱利娅 可是我能够听见他说话吗？

旅店主 是的，你也可以听得见。

朱利娅 那就是音乐了。（乐声起）

旅店主 听！听！

朱利娅 他也在这里面吗？

旅店主　　是的，可是你别闹，咱们听吧。

（歌）

西尔维娅伊何人，
乃能颠倒众生心？
神圣娇丽且聪明，
天赋诸美萃一身，
俾令举世诵其名。

伊人颜色如花浓，
伊人宅心如春柔；
盈盈妙目启瞽曚，
创平痍复相思瘳，
寸心永驻眼梢头。

弹琴为伊歌一曲，
伊人美好世无伦；
尘世萧条苦寂寞，
唯伊灿耀如星辰；
穿花为束献佳人。

旅店主　　怎么，你现在反而更加悲伤了吗？你怎么啦，孩子？这音乐不中你的意吧。

朱利娅　　您错了，我恼的是奏音乐的人。

旅店主　　为什么，我的好孩子？

朱利娅　　因为他奏错了调子，老人家。

旅店主　　怎么，他弹得不对吗？

朱利娅　　不是，可是他搅酸了我的心弦。

旅店主　　你倒有一双知音的耳朵。

朱利娅　　唉！我希望我是个聋子；听了这种音乐，我的心也停止跳动了。

旅店主　　我看你是不喜欢音乐的。

朱利娅　　一点不，可是这种音乐太刺耳了。

旅店主　　听！现在又换了一个好听的调子了。

朱利娅　　嗯，我恼的就是这种变化无常。

旅店主　　那么你情愿他们老是奏着一个调子吗？

朱利娅　　我希望一个人终生奏着一个调子。可是，老板，我们说起的这位普洛丢斯常常到这位小姐这儿来吗？

旅店主　　我听他的仆人朗斯告诉我，他爱她爱得什么似的。

朱利娅　　朗斯在哪儿？

旅店主　　他去找他的狗去了；他的主人吩咐他明天把那狗送去给他的爱人。

朱利娅　　别说话，站开些，这一班人散开了。

普洛丢斯　　修里奥，您放心好了，我一定给您婉转说情，您看我的手段吧。

修里奥　　那么咱们在什么地方会面？

普洛丢斯　　在圣葛雷古利井。

修里奥　　好，再见。（修里奥及众乐师下）

西尔维娅自上方窗口出现。

普洛丢斯　小姐，晚安。

西尔维娅　谢谢你们的音乐，诸位先生。说话的是哪一位？

普洛丢斯　小姐，您要是知道我的纯洁的真心，您就会听得出我的声音。

西尔维娅　是普洛丢斯先生吧？

普洛丢斯　正是您的仆人普洛丢斯，好小姐。

西尔维娅　您来此有何见教？

普洛丢斯　我是为侍候您的旨意而来的。

西尔维娅　好吧，我就让你知道我的旨意，请你赶快回去睡觉吧。你这居心险恶背信弃义之人！你曾经用你的誓言骗过不知多少人，现在你以为我也这样容易受骗，想用你的甘言来引诱我吗？快点儿回去，设法补赎你对你爱人的罪愆吧。我凭着这苍白的月亮起誓，你的要求是我所绝对不愿允许的；为了你的非分的追求，我从心底里瞧不起你，现在我这样向你多说废话，回头我还要痛恨我自己呢。

普洛丢斯　亲爱的人儿，我承认我曾经爱过一位女郎，可是她现在已经死了。

朱利娅　（旁白）一派胡言，她还没有下葬呢。

西尔维娅　就算她死了，你的朋友凡伦丁还活着；你自己亲自作证我已经将身心许给他。现在你这样向我絮渎，你也不觉得愧对他吗？

普洛丢斯　我听说凡伦丁也已经死了。

西尔维娅　那么你就算我也已经死了吧；你可以相信我的爱

已经埋葬在他的坟墓里。

普洛丢斯 好小姐，让我再把它发掘出来吧。

西尔维娅 到你爱人的坟上，去把她叫活转来吧；或者至少也可以把你的爱和她埋葬在一起。

朱利娅 （旁白）这种话他是听不进去的。

普洛丢斯 小姐，您既然这样心硬，那么请您允许把您卧室里挂着的您那幅小像赏给我，安慰我这一片痴心吧。我要每天对着它说话，向它叹息流泪。因为您的卓越的本人既然爱着他人，那么我不过是一个影子，只好向您的影子贡献我的真情了。

朱利娅 （旁白）这画像倘使是一个真人，你一定也会有一天欺骗她，把她像我一样当作一个影子。

西尔维娅 先生，我很不愿意被你当作偶像，可是你既然是一个虚伪成性的人，那么让你去崇拜虚伪的影子，倒也是于你很合适。明儿早上你叫一个人来，我就让他把它带给你。现在你可以去好好地休息一下了。

普洛丢斯 正像不幸的人们终夜无眠，等候着清晨的处决一样。（普洛丢斯、西尔维娅各下）

朱利娅 老板，咱们也走吧。

旅店主 哎哟，我睡得好熟！

朱利娅 请问您，普洛丢斯耽搁在什么地方？

旅店主 就在我的店里。哎哟，现在天快亮了。

朱利娅 还没有哩；可是今夜啊，是我一生中最悠长、最难挨的一夜！（同下）

第三场

同前

爱格勒莫上。

爱格勒莫 这是西尔维娅小姐约我去见她的时辰，她要差我做一件重要的事情。小姐！小姐！

西尔维娅在窗口出现。

西尔维娅 是谁？

爱格勒莫 是您的仆人和朋友，来听候您的使唤的。

西尔维娅 爱格勒莫先生，早安！

爱格勒莫 早安，尊贵的小姐！我遵照您的吩咐，一早到这儿来，不知道您要叫我做些什么事？

西尔维娅 啊，爱格勒莫，你是一个正人君子，不要以为我在恭维你，我发誓我说的是真心话，你是一个勇敢、智慧、慈悲、能干的人。你知道我对于被放逐在外的凡伦丁抱着怎样好感；你也知道我的父亲要强迫我嫁给我所憎厌的骄傲的修里奥。你自己也是恋爱过来的，我曾经听你说过，没有一种悲哀比之你真心的爱人死去那时候更使你心碎了，你已经对你爱人的坟墓宣誓终身不娶。爱格勒莫先生，我要到曼多亚去找凡伦丁，因为我听说他住在那边；可是我担心路上不好走，想请你陪着我去，我是完全相信你为人的可靠的。爱格勒莫，不要用我父亲将要发怒的话来劝阻我；请你想一想我的伤心，一个女人的伤心吧；而且我的逃走是为要避免一头最不合适的婚姻，它将会招致不幸的后果。我从我自己充满了像海洋中沙砾那么多的忧伤的心底向你请求，请你答应和我做伴同行；要是你不肯答应我，那么也请你把我对你说过的话保守秘密，让我一个人冒险前去吧。

爱格勒莫 小姐，我非常同情您的不幸；我知道您的用心是纯洁的，所以我愿意陪着您去；我也管不了此去对于我自己利害如何，但愿您能够遭遇一切的幸福。您打算什么时候走？

西尔维娅 今天晚上。

爱格勒莫 我在什么地方和您会面？

西尔维娅 在伯特力克神父的庵院里，我想先在那里做一次忏悔礼拜。

爱格勒莫 我决不失约。再见，好小姐。

西尔维娅 再见，善良的爱格勒莫先生。（各下）

第四场

同前

朗斯携犬上。

朗斯 一个人不走时运，自己的仆人也会像恶狗一样反过来咬他一口。这畜生，我把它从小喂养长大；它的三四个兄弟姊妹落下地来眼睛还没睁开，便给人淹死了，是我把它救了出来。我辛辛苦苦地教导它，正像人家说的，教一条狗也不过如此。我的主人要我把它送给西尔维娅小姐，我一脚刚踏进膳厅的门，这作怪的东西就跳到砧板上把阉鸡腿衔去了。唉，一条狗当着众人面前，一点不懂规矩，那可真糟糕！倘不是我比它聪明几分，把它的过失认在自己身上，它早给人家吊死了。你们替我评评看，它是不是自己讨死？它在公爵食桌底下和三四条绅士模样的狗在一起，一下子就撒起尿来，满房间都是臭气。一位客人说：

“这是哪儿来的癞皮狗？”另外一个人说：“赶掉他！赶掉他！”第三个人说：“用鞭子把他抽出去！”公爵说：“把他吊死了吧。”我闻惯这种尿臊气，知道是克来勃干的事，连忙跑到打狗的人面前，说：“朋友，您要打这狗吗？”他说：“是的。”我说：“那您可冤枉了他了，这尿是我撒的。”他就干脆把我一顿打赶了出来。天下有几个主人肯为他的仆人受这样的委屈？我可以对天发誓，我曾经因为它偷了人家的香肠而给人铐住了手脚，否则它早就一命呜呼了；我也曾因为它咬死了人家的鹅而颈上套枷，否则它也逃不了一顿打。你现在可全不记得这种事情了。嘿，我还记得在我向西尔维娅小姐告别的时候，你闹了怎样一场笑话。我不是关照过你，瞧我怎么做你也怎么做吗？几时你看见过我跷起一条腿来，当着一位小姐的裙边撒尿？你看见过我闹过这种笑话吗？

普洛丢斯及朱利娅男装上。

普洛丢斯 你的名字叫西巴斯辛吗？我很喜欢你，就要差你做一件事情。

朱利娅 请您吩咐下来吧，我愿意尽力做去。

普洛丢斯 那很好。（向朗斯）喂，你这蠢材！这两天你究竟浪荡在什么地方？

朗斯 呃，少爷，我是照您的话给西尔维娅小姐送狗去的。

普洛丢斯 她看见我的小宝贝说些什么话？

朗斯 呃，她说，您的狗是一条恶狗；她叫我对您说，您这样的礼物她是不敢领教的。

普洛丢斯 她不接受我的狗吗？

朗斯 不，她不受；现在我把它带回来了。

普洛丢斯 什么！你给我把这畜生送给她吗？

朗斯 是的，少爷；那头小松鼠儿在市场上给那些不得好死的偷去了，所以我才把我自己的狗送去给她。这条狗比您的狗大十倍，这礼物的价值当然也要大得多了。

普洛丢斯 快给我去把我的狗找回来；要是找不回来，不用再回来见我了。快滚！你要我见着你生气吗？这奴才老是替我丢尽了面子。（朗斯下）西巴斯辛，我所以收容你的缘故，一半是因为我需要像你这样一个孩子给我做些事情，不像那个蠢汉一样靠不住；可是大半还是因为我从你的容貌行为上，知道你是一个受过良好教养、诚实可靠的人。现在你就给我去把这戒指送给西尔维娅小姐，它本来是一个爱我的人送给我的。

朱利娅 大概您已经不爱她了吧，所以把她的纪念物送给别人？是不是她已经死了？

普洛丢斯 不，我想她还活着。

朱利娅 唉！

普洛丢斯　你为什么叹气？

朱利娅　我禁不住可怜她。

普洛丢斯　你为什么可怜她？

朱利娅　因为我想她爱您就像您爱您的西尔维娅小姐一样。她梦寐怀念着一个忘记了她的爱情的男人；您痴心热恋着一个不愿接受您的爱情的女子。恋爱是这样的参差颠倒，想起来真是可叹！

普洛丢斯　好，好，你把这戒指和这封信送去给她；那就是她住的房间。对那位小姐说，我要向她索讨她所答应给我的她那幅天仙似的画像。办好了差使以后，你就赶快回来，你会看见我一个人在房里伤心。（下）

朱利娅　有几个女人愿意干这样一件差使？唉，可怜的普洛丢斯！你找了一头狐狸来替你牧羊了。唉，我才是个傻子！他那样厌弃我，我为什么要可怜他？他因为爱她，所以厌弃我；我因为爱他，所以不能不可怜他。这戒指是我们分别的时候我要他永远记得我而送给他的；现在我这不幸的使者，却要替他求讨我所不愿意他得到的东西，转送我所不愿意送去的东西，称赞我所不愿意称赞的忠实。我真心爱着我的主人，可是我倘要尽忠于他，就只好不忠于自己。没有办法，我只能为他前去求爱，可是我要把这事情干得十分冷淡，天知道，我不愿他如愿以偿。

西尔维娅上，众女侍随从。

朱利娅 早安，小姐！有劳您带我去见一见西尔维娅小姐。

西尔维娅 假如我就是她，你有什么见教？

朱利娅 假如您就是她的话，那么我奉命而来，有几句话要奉渎清听。

西尔维娅 奉谁的命而来？

朱利娅 我的主人普洛丢斯，小姐。

西尔维娅 噢，他叫你来拿一幅画像吗？

朱利娅 是的，小姐。

西尔维娅 欧苏拉，把我的画像拿来。（女侍取画像至）你把这拿去给你的主人，请你再对他说，有一位被他朝秦暮楚的心所忘却的朱利娅，是比这个画里的影子更值得晨昏供奉的。

朱利娅 小姐，请您读一读这封信。——不，请您原谅我，小姐，是我大意送错了信了；这才是给您的信。

西尔维娅 请你让我再瞧瞧那一封。

朱利娅 这是不可以的，好小姐，原谅我吧。

西尔维娅 那么你拿去吧。我不要看你主人的信，我知道里面满是些山盟海誓的话，他说过了就把它丢在脑后，正像我把这纸头撕碎了一样不算怎么一回事。

朱利娅 小姐，他叫我把这戒指送上。

西尔维娅 这尤其是他的不该；我曾经听他说起过上千次，这是他的朱利娅在分别时候给他的。他的没有良心的指头虽然已经玷污了这戒指，我可不愿对不起朱利娅而把它戴上。

朱利娅 她谢谢你。

西尔维娅 你说什么？

朱利娅 我谢谢您，小姐，因为您这样关心她。可怜的姑娘！我的主人太对不起她了。

西尔维娅 你也认识她吗？

朱利娅 我熟悉她的为人，就像知道我自己一样明白。不瞒您说，我因为想起她的不幸，曾经流过几百次的眼泪哩。

西尔维娅 她多半以为普洛丢斯已经抛弃她了吧。

朱利娅 我想她是这样想着，这也就是她所以悲伤的缘故。

西尔维娅 她长得好看吗？

朱利娅 小姐，她从前是比现在好看多了。当她以为我的主人很爱她的时候，在我看来她是跟您一样美的；可是自从她无心对镜、懒敷脂粉以后，她的颊上的蔷薇已经不禁风吹而枯萎，她的百合花一样的肤色也已经憔悴下来，现在她是跟我一样的黑丑了。

西尔维娅 她的身材怎样？

朱利娅 跟我差不多高；因为在五旬节串演各种戏剧的时候，他们总是要我扮作女人，把朱利娅小姐的衣服借给我穿着，刚巧合着我的身材，大家说这身衣服就像是为我而裁剪的，所以我知道她跟我差不多高。那时候我扮着阿里阿德涅，悲痛着忒修斯的薄情遗弃；[1]我表演得那样凄惨逼真，使我那小姐忍不住频频拭泪。现在她自己被人这样对待，怎么不使我为她难过！

西尔维娅 她知道你这样同情她，一定很感激你的。唉，可怜的姑娘，被人这样抛弃不顾！听了你的话，我也要流起泪来了。孩子，为了你那好小姐的缘故，我给你这几个钱，因为你是爱她的。再见。

朱利娅 您要是认识她的话，她也会因为您的善心而感谢您的。（西尔维娅及侍从下）她是一位贤淑美丽的贵家女子。她这样关切着朱利娅，看来我的主人向她求爱是没有多大希望的。唉，爱情是多么善于愚弄它自己！这一幅是她的画像，让我瞻仰一番。我想，我要是也有这样一顶帽子，我这面庞和她的比起来也是一样可爱；可是画师似乎把她的美貌格外润色了几分，否则就是我自己太顾影自怜了。她的头发是赭色的，我的是纯粹的金黄；他如果就是为了这一点差别而爱她，那么我愿意装上一头假发。她的灰色的眼睛像水晶一样清澈，我的眼睛也是一样；可是我的额角比她的高些。爱神倘不是盲目的，那么我有哪一点及不上她？把这影子卷起来吧，它是你的情敌呢。啊，你这无知无觉的形象！他将要崇拜你，爱慕

1　五旬节（Pentecost），逾越节后第五十日，为庆祝收获之节日。忒修斯（Theseus），传说中之雅典英雄，亦即《仲夏夜之梦》中的“公爵”，为阿里阿德涅（Ariadne）所恋；忒修斯得后者之助，深入迷宫，杀死半牛半人之食人怪兽；唯其后卒将该女遗弃。

你，吻你，抱你；倘使他的盲目的恋爱是有几分理性的话，他就应该爱我这血肉之身而忘记了你；可是因为她没有待错了我，所以我也要爱惜你，珍重你；不然的话，我要发誓剜去你那双视而不见的眼睛，好让我的主人不再爱你。（下）

第五幕

第一场

米兰；一寺院

爱格勒莫上。

爱格勒莫 太阳已经替西天镀上了金光，西尔维娅约我在伯特力克神父的庵院里会面的时候快要到了。她是不会失约的，因为在恋爱中的人们，只有先时而至，决不会误了钟点。瞧，她已经来啦。

西尔维娅上。

爱格勒莫 小姐，晚安！

西尔维娅 阿门，阿门！好爱格勒莫，快打寺院的后门出去，我怕有暗探在跟随着我。

爱格勒莫 别怕，离这儿不满十哩就是森林，只要我们能够到得那边，准可万无一失。（同下）

第二场

同前；公爵府中一室

修里奥、普络丢斯及朱利娅上。

修里奥 普洛丢斯，西尔维娅对于我的求婚作何表示？

普洛丢斯 啊，老兄，她的态度比原先软化得多了，可是她对于您还有几分不满。

修里奥 怎么！她嫌我的腿太长吗？

普洛丢斯 不，她嫌它太瘦小了。

修里奥 那么我就穿上一双长统靴子去，好叫它瞧上去粗一些。

朱利娅 （旁白）你可不能把爱情一靴尖踢到它所憎嫌的人的怀里啊！

修里奥 她怎样批评我的脸庞？

普洛丢斯 她说您有一张俊俏的小白脸。

修里奥 这丫头胡说八道，我的脸是又粗又黑的。

普洛丢斯 可是老古话说：“粗黑的男子，是美人眼中的明珠。”

朱利娅 （旁白）不错，这种明珠会耀得美人们睁不开眼来，我见了他就宁愿闭上眼睛。

修里奥 她对于我的言辞谈吐觉得怎样？

普洛丢斯 当您讲到战争的时候，她是会觉得头痛的。

修里奥 那么当我讲到恋爱的时候，她是很喜欢的吗？

朱利娅 （旁白）你一声不响人家才更满意呢。

修里奥 她对于我的勇敢怎么说？

普洛丢斯 啊，那是她一点不怀疑的。

朱利娅 （旁白）她不必怀疑，因为她早知道他是一个懦夫。

修里奥 她对于我的家世怎么说？

普洛丢斯 她说您系出名门。

朱利娅 （旁白）不错，他是个辱没祖先的不肖子孙。

修里奥 她看重我的财产吗？

普洛丢斯 啊，是的，她还觉得十分痛惜呢。

修里奥 为什么？

朱利娅 （旁白）因为偌大财产都落在一头蠢驴的手里。

普洛丢斯 因为它们都典给人家了。

朱利娅 公爵来了。

公爵上。

公爵 啊，普洛丢斯！修里奥！你们两人看见过爱格勒莫没有？

修里奥　没有。

普洛丢斯　我也没有。

公爵　你们看见我的女儿吗？

普洛丢斯　也没有。

公爵　啊呀，那么她已经私自出走，到凡伦丁那家伙那边去了，爱格勒莫一定是陪着她去的。一定是的，因为劳伦斯神父在林子里修行的时候，曾经看见他们两个人；爱格勒莫他是认识的，还有一个人他猜想是她，可是因为她假扮着，不能十分确定。而且她今晚本来要到伯特力克神父庵院里做忏悔礼拜，可是她却不在那里。这么看起来，她的逃走是完全证实了。我请你们不要站在这儿多讲话，赶快备好马匹，咱们在通到曼多亚去的山麓高地上会面，他们一准是到曼多亚去的。赶快整装出发吧！（下）

修里奥　真是一个不懂好歹的女孩子，叫她享福她偏不要享。我要追他们去，叫爱格勒莫知道些厉害，却不是为了爱这个不知死活的西尔维娅。（下）

普洛丢斯　我也要追上前去，为了西尔维娅的爱，却不是对那和她同走的爱格勒莫有什么仇恨。（下）

朱利娅　我也要追上前去，阻碍普洛丢斯对她的爱情，却不是因为恼恨为爱而出走的西尔维娅。（下）

第三场

曼多亚边境；森林

众盗挟西尔维娅上。

盗甲　来，来，不要急，我们要带你见寨主去。

西尔维娅　无数次不幸的遭遇，使我学会了如何忍耐今番这一次。

盗乙　来，把她带走。

盗甲　跟她在一起的那个绅士呢？

盗丙　他因为跑得快，给他逃掉了，可是摩瑟斯和伐勒律斯已经追上前去。你带她到树林的西面角上，我们的首领就在那边。我们再去追那逃走的家伙，四面包围得紧紧的，料他逃不出去。（除盗甲及西尔维娅外余同下）

盗甲　来，我带你到寨里去见寨主。别怕，他是个光明正大的汉子，不会欺侮女人的。

西尔维娅　凡伦丁啊！我是为了你才忍受这一切的。（同下）

第四场

森林的另一部分

凡伦丁上。

凡伦丁 习惯是多么能够变化人的生活！在这座浓阴密布、人迹罕至的荒林里，我觉得要比人烟繁杂的市镇里舒服得多。我可以在这里一人独坐，和着夜莺的悲歌调子，泄吐我的怨恨忧伤。唉，我那心坎儿里的人儿呀，不要长久抛弃你的殿堂吧，否则它会荒芜而颓圮，不留下一点可以供人凭吊的痕迹！我这破碎的心，是要等着你来修补呢，西尔维娅！你温柔的女神，快来安慰你的寂寞孤零的恋人呀！（内喧嚷声）今天什么事这样吵吵闹闹的？这一班是我的弟兄们，他们不受法律的拘管，现在又在追赶不知哪一个倒霉的旅客了。他们虽然厚爱我，可是我也费了不少气力，才叫他们不要做什么非礼的暴行。且慢，谁到这儿来啦？待我退后几步看个明白。

普洛丢斯、西尔维娅及朱利娅上。

普洛丢斯 小姐，您虽然看不起我，可是这次是我冒着生命的危险，把您从那个家伙手里救了出来，保全了您的清白。就凭着这一点微劳，请您向我霁颜一笑吧；我不能向您求讨一个比这更小的恩惠，我相信您也总不致拒绝我这一个最低限度的要求。

凡伦丁 （旁白）我眼前所见所闻的一切，多么像一场梦景！爱神哪，请你让我再忍耐一会儿吧！

西尔维娅 啊，我是多么倒霉多么不幸！

普洛丢斯 在我没有到来之前，小姐，您是不幸的；可是因为我来得凑巧，现在不幸已经变成大幸了。

西尔维娅 因为你来了，所以我才更不幸。

朱利娅 （旁白）因为他找到了你，我才不幸呢。

西尔维娅 要是我给一头饿狮抓住，我也宁愿给它充作一顿早餐，不愿让薄情无义的普洛丢斯把我援救出险。啊，上天作证，我是多么爱凡伦丁，他的生命就是我的灵魂。正像我把他爱到极点一样，我也痛恨背盟无义的普洛丢斯到极点。快给我去吧，别再缠绕我了。

普洛丢斯 只要您肯温和地看我一眼，无论什么与死为邻的危险事情，我都愿意为您去做。唉，这是爱情的永久的咒诅，一片痴心难邀美人的眷顾！

西尔维娅　　普洛丢斯不爱那爱他的人，怎么能叫他爱的人爱他？想想你从前深恋的朱利娅吧，为了她你曾经发过一千遍誓诉说你的忠心，现在这些誓言都变成了诳话，你又想把它们拿来骗我了。你会出卖你的好朋友，你这人是没有半点真心的！

普洛丢斯　　一个人为了爱情，怎么还能顾到朋友呢？

西尔维娅　　只有普洛丢斯才是这样。

普洛丢斯　　好，我的婉转哀求要是打不动您的心，那么我只好像一个军人一样，用武器来向您求爱，强迫您接受我的痴情了。

西尔维娅　　天啊！

普洛丢斯　　我要强迫你服从我。

凡伦丁　　（上前）混账东西，不许无礼！你这出卖朋友的朋友！

普洛丢斯　　凡伦丁！

凡伦丁　　卑鄙奸诈不忠不义的家伙，现今世上就多的是像你这样的朋友！要不是我今天亲眼看见，我万万想不到你竟是这样一个人。现在我不敢再说我在世上有一个朋友了。要是一个人的心腹股肱都会背叛他，那么还有谁可以信托？普洛丢斯，我从此不再相信你了；茫茫人海之中，从此我只剩孑然一身。自己的朋友竟会变成最坏的仇敌，世间还有比这更可痛心的事吗？

普洛丢斯　　我的羞愧与罪恶使我说不出话来。饶恕我吧，凡伦丁！如果真心的悔恨可以赎取罪愆，那么请你原谅我这一次吧！

凡伦丁 那就罢了，你既然真心悔过，我也就不再计较，仍旧把你当作一个朋友。能够忏悔的人，无论天上人间都可以不咎既往。为了表示我对你的友情的坦率真诚起见，我愿意把我在西尔维娅心中的地位让给你。

朱利娅 我好苦啊！（晕倒）

普洛丢斯 瞧这孩子怎么啦？

凡伦丁 喂，孩子！喂，小鬼！啊，怎么一回事？醒过来！你说话呀！

朱利娅 啊，好先生，我的主人叫我把一个戒指送给西尔维娅小姐，可是我粗心把它忘了。

普洛丢斯 那戒指呢，孩子？

朱利娅 在这儿，这就是。（以戒指交普洛丢斯）

普洛丢斯 啊，让我看。咦，这是我给朱利娅的戒指呀。

朱利娅 啊，请您原谅，我弄错了；这才是您送给西尔维娅的戒指。（取出另一戒指）

普洛丢斯 可是这一个戒指是我在动身的时候送给朱利娅的，现在怎么会到你的手里？

朱利娅 朱利娅自己把它给我，而且她自己把它带到这儿来了。

普洛丢斯 怎么！朱利娅！

朱利娅 你曾经向她发过无数假誓深心里相信你不会骗她的朱利娅就在这里，请你瞧个明白吧！普洛丢斯啊，你看见我这样不成体统的装束，也觉得惭愧吗？可是比起男人的变换心肠来，女人的变换装束还是不算怎么一回事的。

普洛丢斯 比起男人的变换心肠来！不错，天啊！男人要是始终如一，他就是个完人；因为他有了这一个错处，便使他无往而非错，犯下了各种的罪恶。我要是没有变心，那么西尔维娅的脸上有哪一点不可以在朱利娅脸上同样找到，而且还要更加鲜润！

凡伦丁 来，来，让我给你们握手，从此破镜重圆，把旧时的恩怨一笔勾销吧。

普洛丢斯 上天为我作证，我的心愿已经得到永远的满足。

朱利娅 我也别无他求。

众盗拥公爵及修里奥上。

众盗 发了利市了！发了利市了！

凡伦丁 弟兄们不得无礼！这位是公爵殿下。殿下，小人是被放逐的凡伦丁，在此恭迎大驾。

公爵 凡伦丁！

修里奥 那边是西尔维娅；她是我的。

凡伦丁 修里奥，放手，否则我马上叫你死。不要惹我性起，要是你再说一声西尔维娅是你的，你就休想回到维洛那去。她现在站在这儿，你倘敢碰她一碰，或者向我的爱人吹一口气的话，就叫你尝尝厉害。

修里奥 凡伦丁，我不要她，我不要。谁要是愿意为一个不爱他的女人而去冒生命的危险，那才是一个大傻瓜。我不要她，她就算是你的吧。

公爵 你这卑鄙无耻的小人！从前那样向她苦苦追求，现在却这样把她轻轻放手。凡伦丁，我很佩服你的胆勇，你是值得一个女皇的眷宠的。现在我愿忘记以前的怨恨，准你回到米兰去，为了你的无比的才德，我要特别加惠于你；凡伦丁，西尔维娅是属于你的了，因为你已经可以受之而无愧。

凡伦丁 谢谢殿下，这样的恩赐，使我喜出望外。现在我还要请求殿下看在令嫒的面上，答应我一个要求。

公爵 无论什么要求，我都可以看在你的面上答应你。

凡伦丁 这一班跟我在一起的被放逐之人，他们都有很好的品性，请您宽恕他们在这儿所干的一切，让他们各回家乡。他们都是真心悔过，温和良善，可以干些大事业的人。

公爵 准你所请，我赦免了他们，也赦免了你。你就照他们各人的才能安置他们吧。来，我们去吧，我们要用盛大的仪式，欢欢喜喜地回家。

凡伦丁 我们一路走着的时候，我还要大胆向殿下说一个笑话。您看这个童儿好不好？

公爵 这孩子倒是很清秀文雅的，他在脸红呢。

凡伦丁 殿下，他清秀是很清秀的，文雅也很文雅，可是他却不是个童儿。

公爵 你这话是什么意思？

凡伦丁 请您许我在路上告诉您这一切奇怪的遭遇吧。来，普洛丢斯，我们要讲到你的恋爱故事，让你听着难过难过；之后，我们的婚期也就是你们的婚期，大家在一块儿欢宴，一块儿居住，一块儿过着快乐的日子。（同下）

驯悍记

The Taming of the Shrew

剧中人物

贵族　序幕中的人物
克利斯朵夫·斯赖　补锅匠，序幕中的人物
酒店主妇　序幕中的人物
小童
伶人
猎奴
从仆等

巴普提斯塔　帕度亚的富翁
文森修　比萨的老绅士
路森修　文森修的儿子，爱恋比恩卡者
彼特鲁乔　维洛那的绅士，凯瑟丽娜的求婚者
葛莱米奥　比恩卡的求婚者
霍坦西奥　比恩卡的求婚者
特拉尼奥　路森修的仆人
比昂台罗　路森修的仆人
葛鲁米奥　彼特鲁乔的仆人
寇提斯　彼特鲁乔的仆人
老学究　假扮文森修者
凯瑟丽娜　悍妇，巴普提斯塔的女儿
比恩卡　巴普提斯塔的女儿
寡妇

裁缝、帽匠及巴普提斯塔、彼特鲁乔两家的仆人

地 点

帕度亚；有时在彼特鲁乔的乡间住宅

序 幕

第一场

荒村酒店门前

女店主及斯赖上。

斯赖 操你妈的！

女店主 把你上了枷戴了铐，你才知道厉害，你这流氓！

斯赖 你是个烂污货！你去打听打听，俺斯赖家从来不曾出过流氓，咱们的老祖宗是跟着理查万岁爷一块儿来的。给我闭住你的臭嘴；老子什么都不管。

女店主 你打碎了的杯子不肯赔我吗？

斯赖 不，一个子儿也不给你。骚货，你还是钻进你那冰冷的被窝儿里去吧。

女店主 我知道怎样对付你这种家伙；我去叫官差来抓你。（下）

斯赖 随他来吧，我没有犯法，看他怎样奈何我。是好汉决不逃走，让他来吧。（躺在地上睡去）

号角声。猎罢归来的贵族率猎奴及从仆等上。

贵族 猎奴，你好好照料我的猎犬。可怜的茂里曼，它跑得嘴唇边流满了白沫！把克劳德和那大嘴巴的母狗放在一起。你没看见锡尔佛在那篱笆角上，居然会把那失去了踪迹的畜生找到了吗？人家给我二十镑我也不肯把它让给他。

猎奴甲 老爷，培尔曼也不出它差呢；它闻到一点点臭味就会叫起来，今天它已经两次发现了猎物的踪迹。我觉得还是它好。

贵族 你知道什么！爱柯要是脚步快一些，可以抵得过二十条这样的狗。可是你得好好喂饲它们，把它们留心照料。明天我还要打猎哩。

猎奴甲 是，老爷。

贵族 （见斯赖）这是什么？是个死人，还是喝醉了？瞧他有气没有气？

猎奴乙 老爷，他在呼吸。他要不是喝醉了酒，不会在这么冷的地上睡得这么熟。

贵族 瞧这蠢东西！他躺在那儿多么像一头猪！一个人死了以后，那样子也不过这样难看！我要把这醉汉作弄一番。让我们把他抬回去放在床上，给他穿上好看的衣服，在他的手指上套上许多戒指，床边摆好一桌丰盛的酒食，穿得齐齐整整的仆人伺候着他，等他醒来的时候，这叫花子不是会把他自己也忘记了吗?

猎奴甲 老爷，我想他一定想不出他自己是个什么人。

猎奴乙 他醒来以后，一定会大吃一惊。

贵族 就像置身在一场美梦或空虚的幻想中一样。你们现在就把他抬起来，轻轻地把他扛到我的最好的一间屋子里，四周的墙壁上挂满了我那些风流的图画，用温暖的香水给他洗头，房间里熏着芳香的栴檀，还要把乐器预备好，等他醒来的时候，便弹奏起美妙的仙曲来。他要是说什么话，就立刻恭恭敬敬地低声问他：“老爷有什么吩咐?”一个仆人捧着银盆，里面盛着浸满花瓣的蔷薇水，还有一个人捧着水壶，第三个人拿着手巾，说：“请老爷净手。”那时另外一个人就拿着一身华贵的衣服，问他喜欢穿哪一件；还有一个人向他报告他的猎犬和马匹的情形，并且对他说他的夫人因为他害病，心里非常难过。让他相信他自己曾经疯了；要是他说他自己是个什么人，就对他说他是在做梦，因为他是一个做大官的贵人。你们这样用心串演下去，不要闹得太过分，一定是一场绝妙的消遣。

猎奴甲 老爷，我们一定用心扮演，让他看见我们不敢怠慢的样子，相信他自己真的是一个贵人。

贵族 把他轻轻抬起来，让他在床上安息一会儿，等他醒来的时候，各人都按着各自的职分好好儿做去。（众扛斯赖下；号角声）来人，去瞧瞧那吹号角的是什么人来了。（一仆人下）也许有什么过路的贵人，要在这儿暂时歇足。

仆人重上。

贵族 啊，是谁？

仆人 禀老爷，是一班戏子要来伺候老爷。

贵族 叫他们过来。

众伶人上。

贵族 欢迎，列位！

众伶 多谢大人。

贵族 你们今晚想在我的地方耽搁一夜吗？

伶甲 大人要是不嫌弃的话，我们愿意伺候大人。

贵族 很好。这一个人很是面熟，我记得他曾经扮过一个农夫的长子，向一位小姐求爱，演得很不错。你的名字我忘了，可是那个角色你演来恰如其分，一点不做作。

伶甲 您大概说的是苏多吧。

贵族 对了，你扮得很好。你们来得很凑巧，因为我正要串演一幕戏文，你们可以给我不少帮助。今晚有一位贵人要来听你们的戏，他生平没有听过戏，我很担心你们看见他那傻头傻脑的样子，会忍不住笑起来，那就要把他恼怒了；我告诉你们，他只要看见人家微微一笑，就会发起脾气来的。

伶甲 大人，您放心好了。就算他是世上最古怪的人，我们也会控制我们自己。

贵族 来人，把他们领到食料房里去，好好款待他们；他们需要什么，只要是我家里有的，都可以尽量供给他们。（仆甲领众伶下）来人，你去找我的童儿巴索洛缪，把他装扮作一个贵妇，然后带着他到那醉汉的房间里去，叫他做太太，须要十分恭敬的样子。你代我吩咐他，他的一举一动，必须端庄稳重，就像他看见过的高贵的妇女在她们丈夫面前的那种样子；他对那醉汉说话的时候，必须温柔和婉，也不要忘记了屈膝致敬；他应当说："夫君有什么事要吩咐奴家，请尽管说出来，好让奴家稍尽一点做妻子的本分，表示一点对您的爱心。"然后他就装出很多情的样子把那醉汉拥抱亲吻，把头偎在他的胸前，眼睛里流着泪，因为她的丈夫疯癫了好久，七年以来，始终把自己当作一个穷苦的讨人厌的叫花子，现在眼看他清醒过来，所以快活得哭起来了。要是这孩子没有女人家随时淌眼泪的本领，只要用一棵胡葱包在手帕里，擦擦眼皮，眼泪就会来了。你对他说他要是扮演得好，我一定格外宠爱他。赶快就把这事情办好了，我还有别的事要叫你去做。（仆乙下）我知道这孩子一定会把贵妇的举止行动声音步态模仿得很像。我很想听一听他把那醉汉叫做丈夫。看看我那些下人们向这个愚蠢的乡人行礼致敬的时候，也许会禁不住发笑；我必须去向他们关照一番，也许他们看见有我在面前，自己会有些节制，不致露出破绽来。（率余众同下）

第二场

贵族家中的卧室

斯赖披富丽睡衣，众仆持衣帽壶盆等环侍，贵族亦作仆人装束杂立其内。

斯赖 看在上帝的面上，来一壶淡麦酒！

仆甲 老爷要不要喝一杯白葡萄酒？

仆乙 老爷要不要尝一尝这些蜜饯的果子？

仆丙 老爷今天要穿什么衣服？

斯赖 我是克利斯朵夫·斯赖，别老爷长老爷短的。我从来不曾喝过什么白葡萄酒黑葡萄酒；你们倘要给我吃蜜饯果子，还是切两片干牛肉来吧。不要问我爱穿什么，我没有衬衫，只有一个光光的背；我没有袜子，只有两条赤裸裸的腿；我的一双脚上难得有穿鞋子的时候，就是穿起鞋子来，我的脚趾也会钻到外面来的。

贵族 但愿上天给您扫除这一种无聊的幻想！真想不

到像您这样一个有权有势，出身高贵，富有资财，受人崇敬的人物，会沾染到这样一个下贱的邪魔！

斯赖 怎么！你们把我当作疯子吗？我不是勃登村斯赖老头子的儿子克利斯朵夫·斯赖，出身是一个小贩，也曾学过手艺，也曾走过江湖，现在当一个补锅匠吗？你们要是不信，去问曼琳·哈基特，那个温考特村里卖酒的胖婆娘，看她认不认识我；她要是不告诉你们我欠她十四便士的酒钱，就算我是天下第一名说谎的坏蛋。怎么！我难道疯了吗？这儿是——

仆甲 唉！太太就是看了您这样子，才终日哭哭啼啼。

仆乙 唉！您的仆人们就是看了您这样子，才个个垂头丧气。

贵族 您的亲戚们因为您害了这种奇怪的疯病，才裹足不进您的大门。老爷啊，请您想一想您的出身，重新记起您从前的那种思想，把这些卑贱的噩梦完全忘却吧。瞧，您的仆人们都在伺候着您，各人等候着您的使唤。您要听音乐吗？听！阿波罗在弹琴了，（音乐）二十只笼里的夜莺在歌唱。您要睡觉吗？我们会把您扶到温香美软的卧榻上。您要走路吗？我们会给您在地上铺满花瓣。您要骑马吗？您有的是鞍鞯上镶嵌着金珠的骏马。您要射猎吗？您有的是飞得比清晨的云雀还高的神鹰，您的猎犬的吠声，可以使山谷响应，上彻云霄。

仆甲 您要狩猎吗？您的猎犬奔跑得比麋鹿还要迅捷。

仆乙 您爱观画吗？我们可以马上给您拿一幅阿都尼的画像来，他站在流水之旁，西塞利娅隐身在芦苇里，那芦苇似乎因为受了她气息的吹动，在那里摇曳生姿一样。[1]

贵族 我们可以给您看那处女时代的伊俄怎样被诱遇暴的经过，[2]那情形就跟活的一样。

仆丙 或是在荆棘林中漫步的达芙妮，[3]她腿上为棘刺所伤，看上去就真像在流着鲜血；伤心的阿波罗瞧了她这样子，不禁潸然泪下；那血和泪都被画工描摹得栩栩如生。

贵族 您是一个不折不扣的贵人；您有一位太太，比世上任何一个女子都要美貌万倍。

仆甲 在她没有因为您的缘故而让滔滔的泪涛流满了她那可爱的脸庞之前，她是一个并世无俦的美人。

斯赖 我是一个老爷吗？我有这样一位太太吗？我是在做梦，还是到现在才从梦中醒来？我现在并没有睡着；我看见，我听见，我会说话；我嗅到一阵阵的芳香，我抚摸到柔软的东西。哎呀，我真的是一个老爷，不是补锅匠，也不是克利斯朵

1　阿都尼（Adonis），希腊神话中被维纳斯女神所恋之美少年；西塞利娅（Oytherea）为维纳斯的别名。

2　伊俄（Io），希腊神话中被宙斯所诱奸之女子。

3　达芙妮（Daphne）希腊神话中之女郎，因逃避爱普罗神之追求，化为月桂。

夫·斯赖。好吧，你们去给我请太太过来；可别忘记再给我倒一壶最淡的麦酒来。

仆乙 请老爷洗手。（数仆持壶盆手巾上前）啊，您现在已经恢复神智，知道您自己是个什么人，我们真是说不出地高兴！这十五年来，您一直在做梦，就是醒着的时候，也跟睡着一样。

斯赖 这十五年来！哎呀，这一觉可睡得长久！可是在那些时候我不曾说过一句话吗？

仆甲 啊，老爷，您话是说的，不过都是些胡言乱语；虽然您明明睡在这么一间富丽的房间里，您却说您给人家打出门外，还骂着那屋子里的女主人，说要上衙门告她去，因为她在酒瓶子里掺放石子；有时候您叫着西息莉·哈基特。

斯赖 不错，那是酒店里的一个女侍。

仆丙 哎哟，老爷，您几时知道有这么一家酒店，这么一个女人？您还说起过什么史蒂芬·斯赖，什么希腊人老约翰·拿普斯，什么彼得·忒夫，什么亨利·品布纳尔，还有一二十个诸如此类的名字，都是从来不曾有过，谁也不曾看见过的人。

斯赖 感谢上帝，我现在醒过来了！

众仆 阿门！

斯赖 谢谢你们，等会儿我重重有赏。

小童扮贵妇率侍从上。

小童　老爷，今天安好？

斯赖　喝好酒，吃好肉，当然很好啰。我的老婆呢？

小童　在这儿，老爷，您有什么吩咐？

斯赖　你是我的老婆，怎么不叫我丈夫？我的仆人才叫我老爷。我是你的亲人。

小童　您是我的夫君，我的主人；我是您的忠顺的妻子。

斯赖　我知道。我应当叫她什么？

贵族　夫人。

斯赖　艾丽丝夫人呢，还是琼夫人？

贵族　夫人就是夫人，老爷们都是这样叫着太太的。

斯赖　夫人太太，他们说我已经做了十五年多的梦。

小童　是的，这许多年来我不曾和您同床共枕，在我就好像守了三十年的活寡。

斯赖　那真太委屈了你啦。喂，你们都给我走开。夫人，宽下衣服，快到床上来吧。

小童　老爷，请您恕这我一两夜，否则就等太阳西下以后吧。医生们曾经关照过我，叫我暂时不要跟您同床，免得旧病复发。我希望这一个理由可以使您原谅我。

斯赖　我实在有些等不及，可是我不愿意再做那些梦，所以只好忍住欲火，慢慢再说吧。

一仆人上。

仆人　启禀老爷，那班戏子们听见贵体痊愈，想来演一出有趣的喜剧给您解解闷儿。医生说过，您因为思虑过度，所以血液停滞；太多的忧愁会使人发狂，因此他们以为您最好听听戏开开心，这样才可以消灾延寿。

斯赖 很好，就叫他们演起来吧。你说的什么喜剧，可不就是翻翻跟斗蹦蹦跳跳的那种玩意儿？

小童 不，老爷，那边要有趣得多哪。

斯赖 什么！是扮演妻贤子孝的那种东西吗？

小童 他们表演的是一桩故事。

斯赖 好，让我们瞧瞧。来，夫人太太，坐在我的身边，让我们享受青春，管他什么世事沧桑！（喇叭奏花腔）

第一幕

第一场

帕度亚；广场

路森修及特拉尼奥上。

路森修 特拉尼奥，我久慕帕度亚是人文渊薮，学术摇篮，这次多蒙父亲答应，叫你陪着我前来，到了这景物优胜的名都，真是三生有幸。让我们就在这里歇足下来，访几个名师益友，研究些有用的学问。我父亲五湖四海，经商立业，积聚了不少家财，在比萨是一个赫赫有名的公民；我必须勤求上进，敦品力学，方才不致辱没家声。所以，特拉尼奥，我想把我的时间用在研究哲学和做人的道理上，在修身养志的功夫里寻求我的乐趣，因为我离开比萨，来到帕度亚，就像一个人从清浅的池沼里踊身到汪洋大海中，希望满足他的焦渴一样。你的意思怎样？

特拉尼奥 我的好少爷，您能够立志在哲学里寻求至道妙理，使我听了非常高兴；可是少爷，我们一方面向慕着仁义道德，一方面却也不要板起一副不近人情的道学面孔，不要因为一味服膺亚里士多德的箴言，而把奥维德的爱经深恶痛绝。您在相识的面前，不妨运用逻辑和他们滔滔雄辩；日常谈话的中间，也可以练习练习修辞学；音乐和诗歌可以开启您的心灵；您要是胃口好的时候，研究研究数学和形而上学也未始不可。学问必须合乎自己的兴趣，方才可以得益，所以，少爷，您尽管拣您最喜欢的东西研究吧。

路森修 特拉尼奥，你这番话说得非常有理。等比昂台罗来了，我们就可以去找一个适当的寓所，将来有什么朋友也可以在那里招待招待。且慢，那边来的是些什么人？

特拉尼奥 少爷，大概这里的人知道我们来了，所以要演一场戏给我们看，表示他们的欢迎。

巴普提斯塔、凯瑟丽娜、比恩卡、葛莱米奥、霍坦西奥同上。路森修及特拉尼奥避立一旁。

巴普提斯塔 两位先生，你们不必向我多说，因为你们知道我的意思是非常坚决的。我必须先让我的大女儿有了丈夫以后，方才可以把小女儿出嫁。你们两位中间倘有哪一位喜欢凯瑟丽娜，那么因为你们两位都是熟人，我也很敬重你们，我一定答应你们向她求婚。

葛莱米奥 我可吃她不消。霍坦西奥，你娶了她吧。

凯瑟丽娜 （向巴普提斯塔）爸爸，你是不是要让我给这两个臭男人取笑？

霍坦西奥 姑娘，您放心吧，像您这样厉害的女人，无论哪个臭男人都会给您吓走的。

凯瑟丽娜 先生，你也放心吧，她是不愿嫁给你的；可是她要是嫁了你，她会用三脚的凳子打破你的鼻头，把你涂成花脸叫人笑话的。

霍坦西奥 求上帝保佑我们逃过这种灾难！

葛莱米奥 阿门！

特拉尼奥 少爷，咱们有好戏看了。那个女人倘不是个疯子，倒泼辣得可以。

路森修 可是还有那一位不声不响的姑娘，却很贞静幽娴。别说话了，特拉尼奥！

特拉尼奥 很好，少爷，咱们闭住嘴看个饱。

巴普提斯塔 两位先生，我刚才说过的话决不失信，——比恩卡，你进去吧；你不要懊恼，好比恩卡，爸爸疼着你，我的好孩子。

凯瑟丽娜 好心肝，好宝贝！她还是回去哭一场吧。

比恩卡 姊姊，你尽管看着我的懊恼而高兴吧。爸爸，我一切都听您的主张，我可以在家里翻翻书，玩玩乐器解闷儿。

路森修 特拉尼奥，你听！好一个贤淑的姑娘！

霍坦西奥 巴普提斯塔先生，您为什么一定这样固执？我们本来是一片好意，不料反而害得比恩卡小姐心里不快乐，真是抱歉得很。

葛莱米奥 巴普提斯塔先生，您难道要她代人受过，因为您那位大令嫒的悍声四播，而把她终身禁锢吗？

巴普提斯塔 请你们不要见怪，我已经这样决定了。比恩卡，进去吧。（比恩卡下）我知道她喜欢音乐诗歌，正要想请一位教师在家教授。霍坦西奥先生，葛莱米奥先生，你们要是知道有这样适当的人才，请介绍他到这儿来；我因为希望我的孩子们得到良好的教育，对于有才学的人是竭诚欢迎的。再会，两位先生。凯瑟丽娜，你可以在这儿多玩一会儿；我还要去跟比恩卡说两句话。（下）

凯瑟丽娜 什么，难道我就不可以进去？难道我走一步路都要按照时间，听人家的指挥？哼！（下）

葛莱米奥 你到魔鬼的老娘那里去吧！谁也不会留住你的。霍坦西奥先生，咱们虽然说不上有什么交情，可是现在同病相怜，大家还是回去把这段痴情斩断了吧。可是为了我对于可爱的比恩卡的爱慕，要是我能够找到一个可以教授她功课的人，我一定要把他介绍给她的父亲。

霍坦西奥 葛莱米奥先生，我也是这样的意思。可是我说我们两人虽然站在互相敌对的立场，然而为了共同的利害，我们应当在一件事情上携手合作，否则恐怕我们就是再要为了比恩卡的爱而成为情敌的机会也没有了。

葛莱米奥　愿闻其详。

霍坦西奥　简简单单一句话，给她的姊姊找一个丈夫。

葛莱米奥　找个丈夫！还是找个魔鬼给她吧。

霍坦西奥　我说，给她找个丈夫。

葛莱米奥　我说给她找个魔鬼。霍坦西奥，虽然她的父亲那么有钱，你以为有那样一个傻子，愿意娶了个活阎罗供在家里吗？

霍坦西奥　嘿，葛莱米奥！我们虽然受不住她那种打骂吵闹，可是世上尽有胃口好的人，看在金钱面上，会把她当作活菩萨一样迎了去的。

葛莱米奥　那我可不知道。可是我要是贪图她的嫁奁，我宁愿每天给人绑在柱子上抽一顿鞭子，作为娶她回去的交换条件。

霍坦西奥　正像人家说的，两只坏苹果之间，没有什么选择。可是这一条禁令既然已经使我们两人成为朋友，那么让我们的交情暂时继续下去，直到我们帮助巴普提斯塔把他的大女儿嫁出去，让他的小女儿也有了嫁人的机会以后，再做起敌人来吧。可爱的比恩卡！不知道哪一个幸运儿捷足先登！葛莱米奥先生，你说怎样？

葛莱米奥　我很赞成。要是能够找到那么一个人，我愿意把帕度亚最好的马儿送给他，让他立刻前去求婚，赶快和她结婚睡觉，把她早早带走。我们走吧。（葛莱米奥、霍坦西奥同下）

特拉尼奥　少爷，请您告诉我，难道爱情会这么快就把一个人征服吗？

路森修 啊，特拉尼奥！倘不是我自己今天亲身经历，我决不相信这样的事是可能的。当我在这儿闲望着他们的时候，我却在无意中感到了爱情的力量。特拉尼奥，你是我的心腹，我坦白向你招认了吧，要是我不能娶这位年轻的贞淑的姑娘做妻子，我一定会被爱情所燃烧而憔悴死去。给我想想法子吧，特拉尼奥，我知道你一定能够也一定肯帮助我的。

特拉尼奥 少爷，我现在也不能责怪您，因为爱情进了人的心里，是打骂不去的。它既然到了您的身上，就会占有您的一切。

路森修 谢谢你，再说下去吧。你的话很有道理，句句说中我的心意。

特拉尼奥 少爷，您那样出神地望着这位姑娘，恐怕没有注意到最重要的一点。

路森修 不，我没有把它忽略过去；我看见她那秀美的容颜，就是天神看见了她，也会向她屈膝长跪，请求她准许他吻一吻她的纤手的。

特拉尼奥 此外您没有注意到什么吗？您没有听见她那姊姊怎样破口骂人，差一点不大闹一场，把人家耳朵都嚷聋了吗？

路森修 特拉尼奥，我看见她的樱唇微启，她嘴里吐出的气息，把空气都熏得充满了麝兰的香味。我看见她的一切都是圣洁而美妙。

特拉尼奥 他已经着了迷了，我必须把他叫醒。少爷，请您醒醒吧；您要是爱这姑娘，就该想法把她弄到手里。事情是这样的：她的姊姊是个泼辣凶悍的女子，除非她的父亲先把她姊姊嫁了出去，那么少爷，您的爱人只好住在家里做个老处女；他因为不愿让那些求婚的人向她麻烦，所以已经把她关起来不让她出来了。

路森修 啊，特拉尼奥！他真是个狠心的父亲！可是你不听见他正在留心为她访寻一个好教师吗？

特拉尼奥 是的，少爷，我正在这上面想法子呢。

路森修 我有了计策了，特拉尼奥。

特拉尼奥 妙极，也许我们不谋而合。

路森修 你先说吧。

特拉尼奥 我知道您想去做她的教书先生。

路森修 是啊，你看这件事可做得到？

特拉尼奥 做不到；您去做了教书先生，有谁替您在这儿帕度亚充当文森修的公子？有谁可以替您主持家务，研究学问，招待朋友，访问邻里，宴请宾客？

路森修 不要紧，我已经仔细想过了。我们初到此地，还不曾到什么人家里去过，人家也不认识我们两人谁是主人谁是仆人，所以我想这样：你就顶替我的名字，代我主持家务，指挥仆人；我自己改名换姓，扮作一个从佛罗伦萨、那不勒斯或是比萨来的穷苦书生。就这么办吧。特拉尼奥，你快快

脱下衣服，戴上我的帽子，披上我的外套。等比昂台罗来了，就叫他侍候你；可是我还要先嘱咐他说话小心些。（二人交换服装）

特拉尼奥　少爷，既然这是您的意思，我也只好从命，因为在我们临走的时候，老爷曾经吩咐过我，“你要听少爷的话，用心做事”，虽然我想他未必想到会有今天的情形；可是因为我敬爱路森修，所以我愿意自己变成路森修。

路森修　很好，特拉尼奥，因为路森修正在恋爱着一个人了。她那惊鸿似的一面，已经摄去了我的魂魄；为了博取她的芳心，我甘心做一个奴隶。这狗才来了。

比昂台罗上。

路森修　喂，你到什么地方去了？

比昂台罗　我到什么地方去了！咦，怎么，您在什么地方？少爷，是特拉尼奥把您的衣服偷了呢，还是您把他的衣服偷了？还是两个人你偷我的我偷你的？究竟是怎么一回事呀？

路森修　你过来，我对你说，现在不是说笑话的时候，你好好听我的话。我上岸以后，因为跟人家吵架，杀死了一个人，恐怕被人看见，所以叫特拉尼奥穿上我的衣服，假扮作我的样子，我自己穿了他的衣服逃走。为了保全性命，我只好离开你们，你要好好伺候他，就像伺候我自己一样，你懂了吗?

比昂台罗 少爷，我一点都不懂!

路森修 你嘴里不许提起一声特拉尼奥来，特拉尼奥已经变成路森修了。

比昂台罗 算他运气，我也这样变一变就好了!

特拉尼奥 我更希望路森修能够得到巴普提斯塔的小女儿。可是我要劝你无论在什么人面前，都要规规矩矩，在私下我是特拉尼奥，当着人我就是你的主人路森修；这并不是我要在你面前摆什么架子，无非是为着少爷的好处起见。

路森修 特拉尼奥，我们去吧。我还要你做一件事，你也必须去做一个求婚的人，为什么你不必问，总之我自有道理。（同下）

舞台上方观剧者的谈话。

仆甲 老爷，您在瞌睡了，您没有听戏吗?

斯赖 不，我在听着。好戏好戏，下面还有吗?

小童 还刚开始呢，夫君。

斯赖 是一本非常的杰作，夫人；我希望它快些完结!（继续看戏）

第二场

同前；霍坦西奥家门前

彼特鲁乔及葛鲁米奥上。

彼特鲁乔 我暂时告别了维洛那，到帕度亚来访问朋友，尤其要看看我的好朋友霍坦西奥；他的家大概就在这里，葛鲁米奥，你去敲门。

葛鲁米奥 （敲门）喂，里面有人吗？

霍坦西奥上。

霍坦西奥 啊，我道是谁，原来是我的老朋友葛鲁米奥！还有我的好朋友彼特鲁乔！你们在维洛那都好？是哪一阵好风把你们从维洛那吹到帕度亚来了？

彼特鲁乔 因为年轻人倘不在外面走走，老是住在家里，孤陋寡闻，终非长策，所以风才把我吹到这儿来了。不瞒你说，霍坦西奥，家父已经不幸去世，所以我才到这异乡客地，想要物色一位妻房，成家立业；我袋里有的是钱，家里有的是财产，闲着没事，出来见见世面也好。

霍坦西奥 彼特鲁乔，你既然想娶一个妻子，我倒想起一个人来了；可惜她脾气太坏，又长得难看，恐怕你一定不会中意；不过我可以向你保证她很是有钱；可是因为你是我的好朋友，我还是不要把她介绍给你的好。

彼特鲁乔 霍坦西奥，咱们是知己朋友，用不着多说废话。我的目的本来是要娶一个有钱的妻子，只要是合着这一个条件的，无论她怎样淫贱老丑，泼辣凶悍，我都是一样欢迎；尽管她的性子暴躁得像起着风浪的怒海，也不能影响我对她的好感，只要她的嫁奁丰盛，我就心满意足了。

葛鲁米奥 霍坦西奥大爷，你听，他说的都是老老实实的真心话，只要有钱，就是把一个木人泥偶给他做妻子他也要；倘然她是一个满嘴牙齿落得一个不剩的老太婆，浑身病痛有五十二匹马合起来那么多，他也会满不在乎。

霍坦西奥 彼特鲁乔，我们既然已经谈起了这件事，那么我要老实告诉你，我刚才说的话，一半是笑话。彼特鲁乔，我可以帮助你娶到一位妻子，又有钱，又年轻，又美貌，而且还受过良好的教育；她就是有一个很大的缺点，她的脾气非常之坏，撒起泼来，谁也吃她不消，即使我是个身无立锥之地的穷光蛋，她愿意倒贴一座金矿嫁给我，我也要敬谢不敏的。

彼特鲁乔 算了吧，霍坦西奥，你可不知道金钱的好处哩。我只要你告诉我她父亲的名字就够了。尽管她骂起人来像秋天的雷鸣一样震耳欲聋，我也要把她娶了回去。

霍坦西奥 她的父亲是巴普提斯塔·米诺拉，是一位彬彬有礼的绅士；她的名字叫做凯瑟丽娜·米诺拉，在帕度亚以善于骂人出名。

彼特鲁乔 我虽然不认识她，可是我认识她的父亲，他和先父也是老朋友。霍坦西奥，我要是不见她一面，我会睡不着觉的，所以我要请你恕我无礼，匆匆相会，又要向你告别了。要是你愿意陪着我去，那可再好没有。

葛鲁米奥 霍坦西奥大爷，您让他趁着这股兴致就去吧。说句老实话，她要是也像我一样知道他得明白，她就会明白对于像他这样的人，骂死也是白骂。她也许会骂他一二十声死人杀千刀，可是那算得了什么，他要是开口骂起人来，什么稀奇古怪的话儿都会骂得出来。我告诉您吧，她要是顶撞了他一下，他会随手抓起什么东西来，向她的脸上摔过去的。您还没有知道他呢。

霍坦西奥 等一等，彼特鲁乔，我要跟你同去。因为在巴普提斯塔手里还有一颗无价的明珠，他的美丽的小女儿比恩卡，她是我生命中最珍贵的东西，可是巴普提斯塔却把她保管得非常严密，不让向她求婚的人们有亲近她的机会。他恐怕凯瑟丽娜有了我刚才说过的那种缺点，没有人愿意向她求婚，所以一定要让凯瑟丽娜这泼妇嫁到了人以后，方才允许人家向比恩卡提起亲事。

葛鲁米奥　凯瑟丽娜这泼妇！一个姑娘家，什么头衔不好，一定要加上这么一个头衔！

霍坦西奥　彼特鲁乔，我的好朋友，现在我要请求你一件事。我想换上一身朴素的服装，扮成一个教书先生的样子，请你把我举荐给巴普提斯塔，就说我精通音律，可以做比恩卡的教师。我用了这个计策，就可以有机会向她当面求爱，不致于引起人家的疑心了。

葛鲁米奥　好狡猾的计策！瞧，现在这种年轻人瞒着老年人干的好事！

葛莱米奥、路森修化装挟书上。

葛鲁米奥　大爷，大爷，您瞧谁来啦？

霍坦西奥　别闹，葛鲁米奥！这是我的情敌。彼特鲁乔，我们站旁边些。

葛鲁米奥　好一个卖弄风流的哥儿！

葛莱米奥　啊，很好，那些关于恋爱方面的书籍，我就去叫人把它们精工装订起来；你必须把它们随时带在身边，念给她听。你懂得我的意思吗？巴普提斯塔先生对于你的待遇当然不会错的，就是我也还要给你一份谢礼哩。你带去的那些笔墨纸砚，我也要叫人把它们熏得香喷喷的，因为她自己比任何香料都要芬芳。你预备读些什么东西给她听？

路森修 我无论向她读些什么，都是代您申诉您的心曲，就像您自己在她面前一样；而且也许我所用的字句，比您自己所用的更为适当，也未可知。

葛莱米奥 啊，学问真是好东西！

葛鲁米奥 啊，这家伙真是傻瓜！

彼特鲁乔 闭嘴，狗才！

霍坦西奥 葛鲁米奥，不要多话。葛莱米奥先生，您好！

葛莱米奥 咱们遇见得巧极了，霍坦西奥先生。您知道我现在到什么地方去吗？我是到巴普提斯塔家里去的。我答应他替比恩卡留心访寻一位教师，算我运气，找到了这位年轻人，他的学问品行，都可以说得过去，他读过不少诗书，而且都是很好的书哩。

霍坦西奥 那好极了。我也碰到一位朋友，他答应替我找一位很好的音乐家来教她音乐，我对于我那心爱的比恩卡总算也尽了责任了。

葛莱米奥 我可以用我的行为证明，比恩卡是我心爱的人。

霍坦西奥 葛莱米奥，现在不是我们争风吃醋的时候，你要是对我客客气气，我可以告诉你一个好消息，对于我们两人都是一样有好处的。这位朋友我刚才偶然遇到，他已经答应愿意去向那泼妇凯瑟丽娜求婚，而且只要她的嫁奁丰盛，他就可以和她结婚。

葛莱米奥 这当然很好，可是霍坦西奥，你有没有把她的缺点告诉他？

彼特鲁乔 我知道她是一个喜欢吵吵闹闹的长舌妇，倘然她就是有这一点毛病，那我以为没有什么要紧。

葛莱米奥 你说没有什么要紧吗，朋友？请教贵乡？

彼特鲁乔 舍间是维洛那，已故的安东尼奥就是家父。我因为遗产颇堪温饱，所以很想尽情玩玩，过些痛痛快快的日子。

葛莱米奥 啊，你要过痛快的日子，却去找这样一位妻子，真是奇怪！可是你要是真有那样的胃口，那么我是非常赞成你去试一试的，但凡有可以效劳之处，请老兄尽管吩咐好了。可是你真的要向这头野猫求婚吗？

彼特鲁乔 那还用得着问吗？我倘不是为了这一件事情，何必到这儿来？你们以为一点点的吵闹，就可以使我掩耳退却吗？难道我不曾听见过狮子的怒吼？难道我不曾听见过海上的狂风暴浪，像一头疯狂的巨熊一样咆哮？难道我不曾听见过战场上的炮轰、天空中的霹雳？难道我不曾在白刃相交的激战中，听见过震天的杀声、万马的嘶奔、金鼓的雷鸣？你们现在却向我诉说女人的口舌如何可怕；就是把一枚栗子丢在火里，那爆声也要比它响得多哩。嘿，你们想捉了个跳蚤来吓小孩子吗？

葛莱米奥　霍坦西奥，这位朋友既然不以为意，那就再好也没有了，他自己既然人财两得，而且也帮了我们很大的忙。

霍坦西奥　他所需要的一切求婚费用，就归我们两个人共同担负吧。

葛莱米奥　很好，只要他能够娶她回去。

特拉尼奥盛装偕比昂台罗上。

特拉尼奥　列位先生请了！我要大胆借问一声，到巴普提斯塔·米诺拉先生家里去打哪一条路走最近？

比昂台罗　您说的就是有两位漂亮小姐的那位老先生吗？

特拉尼奥　就是他，比昂台罗。

葛莱米奥　先生，您说的不就是她——

特拉尼奥　也许是他，也许是她，这和你有什么相干？

彼特鲁乔　大概不是爱骂人的那个她吗？

特拉尼奥　先生，我不爱骂人的人。比昂台罗，我们走吧。

路森修　（旁白）特拉尼奥，你装扮得很好。

霍坦西奥　先生，请您慢走一步。请问您也是要去向您刚才说起的那位小姐求婚的吗？

特拉尼奥　假如我是去求婚的，那不会有什么罪吧？

葛莱米奥　只要你乖乖儿地给我回去，那就什么事都没有。

特拉尼奥　咦，我倒要请问，官塘大路，你走得我就走不得？

葛莱米奥　她可不用你多费心。

特拉尼奥　这是什么理由？

葛莱米奥 告诉你吧，因为她是葛莱米奥大爷的爱人。

霍坦西奥 因为她是霍坦西奥大爷中意的人儿。

特拉尼奥 两位先生少安毋躁，你们倘然都是通达事理的君子，请听我说句话儿。巴普提斯塔是一位有名望的绅士，我的父亲和他也是素识，他的女儿就是再美上十倍，也应该有比现在更多十倍的男子向她求婚，为什么我就不能在其中参加一份呢？勒达的美貌的女儿[1]有一千个求婚者，那么美貌的比恩卡为什么不能在她原有的求婚者之外，再加上一个去呢？虽然帕里斯希望鳌头独占，路森修却也要加入这一场竞赛。

葛莱米奥 啊，这个人的口才会把我们全都压倒哩。

路森修 让他试试身手吧，我知道他会临阵怯退的。

彼特鲁乔 霍坦西奥，你们这样净说废话，有什么意思？

霍坦西奥 请问尊驾有没有见过巴普提斯塔的女儿？

特拉尼奥 没有，可是我听说他有两个女儿，大的那个是出名的泼辣，小的那个是出名的美貌温文。

彼特鲁乔 诸位，那个大的已经被我定下了，你们不用提她。

葛莱米奥 对了，这一份艰巨的工作，还是让我们伟大的英雄去独力进行吧。

彼特鲁乔 新来的朋友，让我告诉你，你听人家说起的那个小女儿，被她的父亲看管得很是严紧，在他的大

---

1 勒达（Leda），古代斯巴达王后，天神宙斯（Zeus）与之通而生海伦（Helen）。海伦始嫁米尼劳斯（Menelaus），后为特洛伊王子巴里斯（Paris）所盗占，结果酿成特洛伊战争。

女儿没有嫁人以前，他拒绝任何人向他的小女儿求婚，也不愿意把她许嫁给任何人。

特拉尼奥 这样说来，那么我们都要仰仗尊驾的大力，就是小弟也要沾您老兄的光了。您要是能够娶到了他的大女儿，给我们开辟出一条路来，好让我们有机会争取他的小女儿，无论这一场幸运落在哪一个人身上，对您老兄总是一样终生感激的。

霍坦西奥 您说得有理，既然您说您自己也是一个求婚者，那么您对于这位朋友也该给他一些酬报才是，因为我们大家都是一样仰赖着的。

特拉尼奥 那可不用说，为了表示我的诚意，我想就在今天下午，请在场各位大家在一块儿欢宴一次，恭祝我们共同的爱人的健康。我们在情场上尽管是死冤家活对头，在吃吃喝喝的时候还是像好朋友一样。

葛鲁米奥
比昂台罗 妙极妙极！咱们大家去吧！（同下）

第二幕

第一场

帕度亚；巴普提斯塔家中一室

凯瑟丽娜及比恩卡上。

比恩卡 好姊姊，我是你的亲妹妹，不要把我当作婢子奴才一样看待。你要是不喜欢我身上穿戴的东西，那么请你松开我手上的捆缚，我会自己把它们拿下来的；只要你吩咐我，我把裙子脱下来都可以；你要我怎么做，我就听你的话怎么做，因为你是姊姊，我是应该服从你的。

凯瑟丽娜 那么我要问你，在那些向你求婚的男人中间，你最爱哪一个？你可不许说谎。

比恩卡 相信我，姊姊，在一切男子中间，我到现在还没有遇到一个特别中我心意的人。

凯瑟丽娜 丫头，你说谎！是不是霍坦西奥？

比恩卡 姊姊，你要是喜欢他，我可以发誓我一定竭力帮助你得到他。

凯瑟丽娜 噢，那么你大概希望嫁到一个比霍坦西奥更有钱的人；你要葛莱米奥把你终生供养吗？

比恩卡 你是为了他才这样恨我吗？不，你是说着玩玩儿的；我现在知道了，你刚才的话原来都是说着玩玩儿的。凯德好姊姊，请你松开我的手吧。

凯瑟丽娜 你说我说着玩玩儿，我就打着你玩玩儿。（打比恩卡）

巴普提斯塔上。

巴普提斯塔 怎么，怎么，这丫头！又在撒泼吗？比恩卡，你站开些。可怜的孩子！你看，她给你欺侮得哭起来了。你去做你的针线活儿吧，别理她。你这恶鬼一样的贱人！她从来不曾惹过你，你怎么又欺侮她了？她什么时候顶撞过你一句？

凯瑟丽娜 她嘴里一声不响，心里瞧不起我；我气她不过，非叫她知道些利害不可。（追比恩卡）

巴普提斯塔 怎么，当着我的面你也敢这样放肆吗？比恩卡，你快进去。（比恩卡下）

凯瑟丽娜 啊！你不让我打她吗？好，我知道了，她是你的宝贝，她一定要嫁个好丈夫，像我这样的人是一辈子嫁不出去的。不要向我说话，我要去找个地方坐下来痛哭一场。你看着吧，我总有一天要报仇的。（下）

巴普提斯塔 世上还有比我更倒霉的父亲吗？可是谁来了？

葛莱米奥率路森修作寒士装束、彼特鲁乔率霍坦西奥化装乐师、特拉尼奥率比昂台罗携七弦琴及书籍各上。

葛莱米奥 早安，巴普提斯塔先生！

巴普提斯塔 早安，葛莱米奥先生！各位先生，你们都好？

彼特鲁乔 您好，老先生。请问您不是有一位美貌贤德的令嫒名叫凯瑟丽娜吗？

巴普提斯塔 先生，我有一个小女名叫凯瑟丽娜。

葛莱米奥 你说话太莽撞了，要慢慢儿说到题目上去。

彼特鲁乔 葛莱米奥先生，请你不用管我。巴普提斯塔先生，我是从维洛那来的一个绅士，因为久闻令嫒美貌多才，端庄贤淑，品格出众，举止温柔，所以不揣冒昧，到府上来做一个不速之客，瞻仰瞻仰这位心仪已久的绝世佳人。为了表示我的寸心起见，我特地介绍这一位朋友给您，（介绍霍坦西奥）他熟谙音律，精通数理，可以担任令嫒的教师，我知道她对于这两门功课一定研究有素。您要是不嫌弃我，就请把他收留下来；他的名字叫里西奥，是曼多亚人。

巴普提斯塔 你们两位我都是一样欢迎。可是说起小女凯瑟丽娜，我实在非常抱歉，她是仰攀不上您这样一位人物的。

彼特鲁乔 看来您是疼惜令嫒，不愿把她遣嫁，否则就是您对我这个人不大满意。

巴普提斯塔　哪里的话，我说的是实在的情形。请问贵乡何处，尊姓大名？

彼特鲁乔　贱名是彼特鲁乔，安东尼奥是我的先父，他在意大利是很有一点名望的。

巴普提斯塔　我跟他是很熟悉，您原来就是他的贤郎，欢迎欢迎！

葛莱米奥　彼特鲁乔，不要尽管一个人说话，让我们也说几句吧；退后一步，你真太自鸣得意啦。

彼特鲁乔　啊，对不起，葛莱米奥先生，我也巴不得把事情早点儿讲妥呢。

葛莱米奥　我相信你一定会成功，可是以后你要是后悔今天不该来此求婚，可不要抱怨别人。巴普提斯塔先生，我因为平常多蒙您另眼相看，十分厚待，无以为报，所以特地把这位青年学士介绍给您。（介绍路森修）他曾经在里姆留学多年，对于希腊文、拉丁文以及其他各国语言，都非常精通。他的名字叫堪比奥，请您准许他在您这儿服务吧。

巴普提斯塔　我非常感谢您的好意，葛莱米奥先生；堪比奥，我很欢迎你。（向特拉尼奥）可是这位先生好像是从外省来的，恕我冒昧，请问尊驾来此有何贵干？

特拉尼奥　巴普提斯塔先生，我才要请您多多原谅呢，因为我初到贵地，居然敢大胆前来，向您美貌贤德的令嫒比恩卡小姐求婚，实在是冒昧万分。我也知道您的意思是要先给您那位大令嫒许配了婚姻，然后再谈其他，所以我现在唯一的请求，是希望您在知道我的家世以后，能够给我一个和其他各位求婚者同等的机会。这一件不值钱的乐器，和这一包希腊文和拉丁文的书籍，是奉献给两位女公子的一点小小礼物，您要是不嫌菲薄，受纳下来，那就是我莫大的荣幸了。

巴普提斯塔 台甫是路森修，请问府上在什么地方？

特拉尼奥 敝乡是比萨，文森修就是家严。

巴普提斯塔 啊，他是比萨地方数一数二的人物，我闻名已久，您就是他的令郎，欢迎欢迎！（向霍坦西奥）你把这琴拿了，（向路森修）你把这几本书拿了，我就叫人领你们去见你们的学生。喂，来人！

一仆人上。

巴普提斯塔 你把这两位先生领去见大小姐二小姐，对她们说这两位就是来教她们的先生，叫她们千万不可怠慢。（仆人领霍坦西奥、路森修下）诸位，我们现在先到花园里散步片刻，然后吃饭。你们都是难得的佳宾，请你们相信我是诚心欢迎着你们。

彼特鲁乔 巴普提斯塔先生，我事情很忙，不能每天到府上来求婚。您知道我父亲的为人，您也可以根据我父亲的为人，推测到我这个人是不是靠得住！他去世以后，全部田地产业都已归我承继下来，我在自己手里也挣下了一些家产。现在我要请您告诉我，要是我得到了令嫒的垂青，您愿意拨给她怎样一份嫁奁？

巴普提斯塔 我死了以后，我的田地的一半都给她，另外再给她二万个克朗[1]。

彼特鲁乔 很好，您既然答应了我这样一份嫁奁，我也可以向她保证要是我比她先死，我的一切田地产业都归她所有。我们现在就把契约订好，双方各执一份为凭吧。

巴普提斯塔 好的，可是最要紧的，还是先去把她的爱求到了再说。

彼特鲁乔 啊，那算得什么难事！告诉您吧，老伯，她固然脾气高傲，我也是天性刚强；一星星的火花，虽然会被微风吹成烈焰，可是一阵拔山倒海的飓风，却可以把大火吹熄；我对她就是这样，她见了我一定会屈服的，因为我是个性格暴躁的人，我不会像小孩子一样谈情说爱。

巴普提斯塔 那么很好，愿你马到成功！可是你要准备着听几句刺耳的说话呢。

彼特鲁乔 那我也有恃无恐，尽管狂风吹个不停，山岳是始

1 克朗（Crown），往时各国上印王冠之货币名称，价值高下不一；英国之克朗值五先令。

终屹立不动的。

霍坦西奥头破血流上。

巴普提斯塔 怎么，我的朋友！你怎么这样面无人色？

霍坦西奥 我是吓成这个样子的。

巴普提斯塔 怎么，我的女儿是不是一个可造之材？

霍坦西奥 我看令嫒很可以当兵打仗去；只有铁链可以锁住她，我这琴儿是经不起她一敲的。我不过告诉她她把音柱弄错了，按着她的手教她怎样弹奏，她就冒起火来，把琴敲着我的头，琴是给她敲穿了，我的头颈也给琴套住了；我像一个戴枷的犯人一样站着发怔，一面她还骂我拉胡琴的瘪三，沿街卖唱的叫花子，以及诸如此类的难听的名字。

彼特鲁乔 嗳呀，好一个勇敢的姑娘！我现在更加爱她十倍了。啊，我真想跟她谈谈天！

巴普提斯塔 （向霍坦西奥）好，你跟我去，请不要懊恼；你可以去教我的小女儿，她是很愿意虚心学习，很懂得好歹的。彼特鲁乔先生，您还是愿意陪我们一块儿走走呢，还是让我叫我的女儿凯德出来见您？

彼特鲁乔 有劳您去叫她出来吧，我就在这儿等着她。（巴普提斯塔、葛莱米奥、特拉尼奥、霍坦西奥等同下）等她来了，我要提起精神来向她求婚：要是她开口骂人，我就对她说她唱的歌儿像夜莺一样曼妙；要是她向我皱眉头，我就说她看上去像浴着朝露的玫瑰一样清丽；要是她默不作声，我就恭维她的能言善辩；要是她叫我滚蛋，我就向她道谢，好像她留我多住一个星期一样；要是她不愿意嫁给我，我就向她请问吉期。她已经来啦，彼特鲁乔，现在要看看你的本领了。

凯瑟丽娜上。

彼特鲁乔 早安，凯德，我听说这是你的小名。

凯瑟丽娜 算你生着耳朵会听，可是我这名字是会刺痛你的耳朵的。人家提起我的时候，都叫我凯瑟丽娜。

彼特鲁乔 你骗我，你的名字就叫凯德，你是可爱的凯德，人家有时也叫你泼妇凯德；可是你是世上最美最美的凯德，所以，凯德，我的心上的凯德，请你听我诉说：我因为到处听见人家称赞你的温柔贤德，传扬你的美貌娇姿，虽然他们嘴里说的话，还抵不过你实在的好处的一半，可是我的心却给他们打动了，所以特地前来向你求婚，请你答应嫁给我做妻子。

凯瑟丽娜 打动了你的心！哼！叫那打动你到这儿来的那家伙把你打动回去吧，我早知道你是个给人搬来搬去的东西。

彼特鲁乔 什么东西是给人搬来搬去的？

凯瑟丽娜 就像一只凳子一样。

彼特鲁乔　对了，来，坐在我的身上吧。

凯瑟丽娜　驴子是给人骑坐的，你也就是一头驴子。

彼特鲁乔　你火性这么大，就像一只黄蜂。

凯瑟丽娜　我倘然是黄蜂，那么留心我的刺吧。

彼特鲁乔　我就把你的刺拔下。

凯瑟丽娜　你知道它的刺在什么地方吗？

彼特鲁乔　谁不知道黄蜂的刺是在尾巴上？

凯瑟丽娜　我的刺可是在舌头上呢。现在我可要去了。

彼特鲁乔　不，别走，好凯德。你不要瞧我不起，我也是个堂堂的绅士呢。

凯瑟丽娜　我倒要试试看。（打彼特鲁乔）

彼特鲁乔　你再打我，我也要打你了。

凯瑟丽娜　你要是打我，就不是个堂堂的绅士。

彼特鲁乔　好了好了，凯德，请不要这样怒目横眉的。

凯瑟丽娜　我看见了丑东西，总是这样的。

彼特鲁乔　这里没有丑东西，你应当和颜悦色才是。

凯瑟丽娜　谁说没有？

彼特鲁乔　请你指点给我看。

凯瑟丽娜　我要是有镜子，就可以指点给你看。

彼特鲁乔　啊，你是说我的脸孔吗？凯德，请不要逃避我。

凯瑟丽娜　倘然我留在这儿，我会叫你讨一场大大的没趣的，还是放我走吧。

彼特鲁乔　不，一点也不，我觉得你是无比的温柔。人家说你很暴躁，很骄傲，性情十分乖僻，现在我才知道别人的话完全是假的，因为你是潇洒娇憨，和蔼谦恭，说起话来腼腼腆腆的，就像春天的花朵一样可爱。你不会颦眉蹙额，也不会斜着眼睛看人，更不会像那些性情嚣张的女人们一样咬着嘴唇；你不喜欢在谈话中间和别人顶撞，你款待求婚的男子，都是那么温和柔婉。为什么人家要说凯德走起路来有些跷呢？这些爱造谣言的家伙！凯德是像榛树的枝儿一样娉婷纤直的。啊，让我瞧瞧你走路的姿势吧，你那窈窕的步伐是多么醉人！

凯瑟丽娜 傻子，少说些疯话吧！

彼特鲁乔 在树林里漫步的狄安娜女神，能够比得上在这间屋子里姗姗徐步的凯德吗？啊，让你做狄安娜女神，让她做凯德吧，你应当分给她几分贞洁，她应当分给你几分风流！

凯瑟丽娜 你这些好听的说话是向谁学来的？

彼特鲁乔 我这些话都是不假思索，随口而出。闲话少说，让我老实告诉你，你的父亲已经答应把你嫁给我做妻了，你的嫁奁也已经议定了，你愿意也好，不愿意也好，我一定要和你结婚。凯德，我们两人是天造地设的一双佳偶，我真喜欢你，你是这样的美丽，你除了我之外，不能嫁给别人，因为我是天生下来要把你降伏的，我要把你从一个野性的凯德变成一个柔顺听话的贤妻良母。你的父亲来了，你不能不答应，我已经下了决心，一定要娶凯瑟丽娜做妻子。

巴普提斯塔、葛莱米奥及特拉尼奥重上。

巴普提斯塔 彼特鲁乔先生，您跟我的女儿谈得怎么样啦？

彼特鲁乔 难道还会不圆满吗？我知道我一定不会失败。

巴普提斯塔 啊，怎么，凯瑟丽娜我儿！你怎么不大高兴？

凯瑟丽娜 你还叫我女儿吗？你真是一个好父亲，要我嫁给一个疯疯癫癫的汉子，一个轻薄的恶少，一个胡说八道的家伙，他以为凭着几句疯话，就可以把事情硬干成功。

彼特鲁乔 老伯，事情是这样的：人家所讲的关于她的种种的话，都是错的，就是您自己也有些不大知道令嫒的为人；她那些泼辣的样子，都是故意假装出来的，其实她一点不倔强，却像鸽子一样地柔和，她一点不暴躁，却是像黎明一样安静，她的忍耐、她的贞洁，可以和古代的贤媛媲美；总而言之，我们彼此的意见十分融洽，我们已经决定在星期日举行婚礼了。

凯瑟丽娜 我要看你在星期日上吊！

葛莱米奥 彼特鲁乔，你听，她说她要看你在星期日上吊。

特拉尼奥 这就是你所夸耀的成功吗？看来我们的希望也都完了！

彼特鲁乔 两位不用着急，我自己选中了她，只要她满意，我也满意，不就行了吗？我们两人刚才已经约定，在当着人的时候，她还是装作很泼辣的样子。我告诉你们吧，她那么爱我，简直不能叫人相信的；啊，最多情的凯德！她挽住我的头颈，把我吻了又吻，一遍遍地发着盟誓，我在一霎眼间，就完全被她征服了。啊，你们都是不曾经历过恋爱妙谛的人，你们不知道男人女人私底下在一起的时候，一个最不中用的懦夫也会使世间最凶悍的女人驯如绵羊。凯德，让我吻一吻你的手。我就要到威尼斯去购办结婚礼服。岳父，您可以预备酒席来，请起宾客来了。我可以断定凯瑟丽娜在那天一定打扮得非常富丽。

巴普提斯塔 我不知道应当怎么说，可是把您的手给我，彼特鲁乔，愿上帝赐您快乐！这头亲事算是定妥了。

葛莱米奥
特拉尼奥 阿门！我们愿意在场作证。

彼特鲁乔 岳父，贤妻，各位，再见了。我要到威尼斯去，星期日就在眼前了。我们要有很多的戒指，很多的东西，很好的陈设。凯德，吻我吧，我们星期日就要结婚了。（彼特鲁乔、凯瑟丽娜各下）

葛莱米奥 有这样速成的婚姻吗？

巴普提斯塔 老实对两位说吧，我现在就像一个商人，因为急于脱货，这注买卖究竟做得做不得，也在所不顾了。

特拉尼奥 这是一笔使你摇头的滞货，现在有人买了去，也许有利可得，也许人财两失。

巴普提斯塔 我也不希望什么好处，但愿他们婚后平安无事就是了。

葛莱米奥 他娶了这样一位夫人去，一定会家宅安宁的。可是巴普提斯塔先生，现在要谈到您的第二位令嫒了，我们好容易才盼到这一天。你我是邻居素识，而且我是第一个来求婚的人。

特拉尼奥 可是我对于比恩卡的爱，是不能用言语来形容，也不是您所能想象得到的。

葛莱米奥 你是个后生小子，哪里会像我一样真心爱人。

特拉尼奥 瞧你胡须都斑白了，你的爱情是冰冻的。

葛莱米奥 你的爱情会把人烧坏。无知的小儿，退开去，你不懂得应该让长者居先的规矩吗？

特拉尼奥 可是在娘儿们眼睛里，年轻人是格外讨人喜欢的。

巴普提斯塔 两位不必争执，让我给你们公平调处；我们必须根据实际的条件判定谁是锦标的得主。你们两人中谁能够答应给我的女儿更大的聘礼，谁就可以得到我的比恩卡的爱。葛莱米奥先生，您能够给她什么保证？

葛莱米奥 第一，您知道我在城里有一所房子，陈设着许多金银器皿，金盆玉壶给她洗纤纤的嫩手，室内的帷幕都用古代的锦绣制成，象牙的箱子里满藏着金币，杉木的橱里堆垒着锦毡绣帐、绸缎绫罗、美衣华服、珍珠镶嵌的绒垫、金线织成的流苏，以及铜锡用具，一切应用的东西。在我的田庄里，我还有一百头乳牛，一百二十头公牛，此外的一切可以依此类推。我必须承认我自己已经上了几岁年纪，要是我明天死了，这一切都是她的，只要当我活着的时候，她愿意做我一个人的妻子。

特拉尼奥 巴普提斯塔先生，请您听我说：我父亲只有我一个儿子，我是他唯一的后嗣，令嫒倘然嫁给了我，我可以把我在比萨城内三四所像这位葛莱米奥老先生所有的一样好的房子归在她的名下，此外还有田地上每年二千块金圆的收入，都给她作为我死后的她的终身的产业。葛莱米奥先生，您听了我的话很不舒服吗？

葛莱米奥 每年二千块金圆的田地上的收入！我的田地虽然不值那么多，可是我除了把我所有的田地给她之外，还可以给她一艘大商船，现在它就在马赛码头里停泊着。啊，你听我说起了一艘大商船，吓得开不出口来了吗？

特拉尼奥 葛莱米奥，你去打听打听，我的父亲有三艘大商船，还有两艘大划船，十二艘小划船，我可以把这些都划给她；你要是还有什么家私搬得出来，我都可以加倍给她。

葛莱米奥 不，我的家私尽在于此，她可以得到我所有的一切。您要是认为满意的话，那么我和我的财产都是她的。

特拉尼奥 您已经有言在先，令嫒当然是属于我的。葛莱米奥已经给我压倒了。

巴普提斯塔 我必须承认您提的条件比他强，只要令尊能够亲自给她保证，她就可以嫁给您；否则恕我说句不客气的话，要是您比令尊先死，那么她的财产岂不是落了空？

特拉尼奥　那您可太多心了，他年纪已经老了，我还年轻得很哩。

葛莱米奥　难道年轻的人就不会死？

巴普提斯塔　好，两位先生，我已经这样决定了。你们知道下一个星期日是我的大女儿凯瑟丽娜的婚期；再下一个星期，就是比恩卡的婚期，您要是能够给她确实的保证，她就嫁给您，否则就嫁给葛莱米奥。多谢两位光临，现在我要失陪了。

葛莱米奥　再见，巴普提斯塔先生。（巴普提斯塔下）我可不把你放在心上，你这败家的浪子！你父亲除非是一个傻子，才肯把全部财产都给你挥霍，活到这一把年纪来受你的摆布。哼！一头意大利的老狐狸是不合这样慷慨的，我的孩子！（下）

特拉尼奥　这该死的坏老头子！可是我刚才吹了那么大的牛，无非是想要成全我主人的好事，现在我这个冒牌的路森修，却必须去找一个冒牌的文森修来认作父亲。笑话年年有，今年分外多，人家都是先有父亲后有儿子，我却是先有儿子后有父亲。（下）

第三幕

第一场

帕度亚；巴普提斯塔家中一室

路森修、霍坦西奥及比恩卡上。

路森修 喂，弹弦子的，你也太猴急了；难道你忘记了她的姊姊凯瑟丽娜是怎样欢迎你的吗？

霍坦西奥 谁要你这酸秀才多嘴！这一位小姐是酷爱音乐的，所以还是让我先去教她吧；等我教完了一点钟，你也可以给她讲一点钟的书。

路森修 荒唐的驴子，你因为没有学问，所以不知道音乐的用处！它不是在一个人读书或是工作疲倦了以后，可以舒散舒散他的精神吗？所以你应当让我先去跟她讲解哲学，等我讲好了，你再奏你的音乐好了。

霍坦西奥 嘿，我可不能受你的气！

比恩卡 两位先生，还是先教音乐，还是先念书，都要依我自己心里高兴，你们这样争先恐后，未免太不成话了。我不是在学校里给先生打手心的小学生，我念书没有规定的钟点，自己喜欢学什么便学什么，你们何必这样子呢？大家不要吵，请坐下来；您把乐器预备好，您一面调整弦音，他一面给我讲书；等您调好了音，他的书也一定讲完了。

霍坦西奥 好，等我把音调整以后，您可不要听他讲书了。（退坐一旁）

路森修 你去调你的乐器吧，我看你永远是个不入调的。

比恩卡 我们上次讲到什么地方？

路森修 这儿，小姐：Hac ibat Simois；hic est Sigeia tellus；Hic steterat Priami regia celsa senis.

比恩卡 请您解释给我听。

路森修 Hac ibat，我已经对你说过了，Simois，我是路森修，hic est，比萨地方文森修的儿子，Sigeia tellus，因为希望得到你的爱，所以化装来此；Hic steterat，冒充路森修来求婚的，Priami，是我的仆人特拉尼奥，regia，他假扮成我的样子，celsa senis，是为了哄骗那个老头子。

霍坦西奥 （回原处）小姐，我的乐器已经调好了。

比恩卡 您弹给我听吧。（霍坦西奥弹琴）哎呀，那高音部分怎么这样难听！

路森修 朋友，你吐一口唾沫在那琴眼里，再给我去重新调一下吧。

比恩卡 现在让我来解释解释看：Hac ibat Simois，我不认识你；hic est Sigeia tellus，我不相信你；Hic steterat Priami，当心被他听见；regia，不要太自信；celsa senis，不必灰心。

霍坦西奥 小姐，现在调好了。（旁白）这家伙一定在向我的爱人调情，我倒要格外注意他才好。

比恩卡 慢慢地我也许会相信你，可是现在我却不敢相信你。

路森修 请你不必疑心，埃阿西得斯就是埃阿斯，他是照他的祖父取名的。[1]

比恩卡 你是我的先生，我必须相信你，否则我还要跟你辩论下去呢。里西奥，现在要轮到你啦。两位好先生，我跟你们随便说着玩玩的话，请不要见怪。

霍坦西奥 （向路森修）你可以到外面去走走，不要打搅我们，我这门音乐课用不着三部合奏。

路森修 你还有这样的讲究吗？（旁白）好，我就等着，我要留心注视他的行动，因为我相信我们这位大音乐家有点儿色迷迷起来了。

霍坦西奥 小姐，在您没有接触这乐器、开始学习手法以前，我必须先从基本方面教起，简简单单的把全部音阶向您讲述一个大概，您会知道我这教法要比人家的教法更有趣更简捷。我已经把它们写下

---

1 埃阿西得斯（Æacides）为Myrmidon王依格斯（Æacns）子孙之通称；哀杰克斯（Ajax），特洛伊战役中之希腊英雄。

在这里。

比恩卡 音阶我早已学过了。

霍坦西奥 可是我还要请您读一读霍坦西奥的音阶。

比恩卡 （读）

G是“度”，你是一切和谐的基础，

A是“累”，霍坦西奥对你十分爱慕；

B是“迷”，比恩卡，他要娶你为妻，

C是“发”，他把整个心儿爱着你；

D是“索’，也是“累”，一个调门两个音，

E是“拉”，也是“迷”，可怜我一片痴心。

这算是什么音阶？哼，我可不喜欢那个。还是老法子好，这种稀奇古怪的玩意儿我不懂。

一仆人上。

仆人 小姐，老爷请您不要读书了，叫您去帮助他们把大小姐的房间装饰装饰，因为明天就是大喜的日子了。

比恩卡 两位先生，我现在要少陪了。（比恩卡及仆人下）

路森修 她已经去了，我还待在这儿干吗？（下）

霍坦西奥 可是我却要仔细侦查这个穷酸，我看他好像在害着相思。比恩卡，比恩卡，你要是甘心降尊纡贵，垂青到这样一个呆鸟的身上，那么霍坦西奥也要和你一刀两断，另觅新欢了。（下）

第二场

同前；巴普提斯塔家门前

巴普提斯塔、葛莱米奥、特拉尼奥、凯瑟丽娜、比恩卡、路森修及从仆等上。

巴普提斯塔　（向特拉尼奥）路森修先生，今天是彼特鲁乔约定和凯瑟丽娜结婚的日子，可是我那位贤婿东床到现在还没有消息。这算什么话呢？牧师等着为新夫妇证婚，新郎却不知去向，这不是笑话吗！路森修，您说这是不是一桩丢脸的事情？

凯瑟丽娜　谁也不丢脸，就是我一个人丢脸。你们不管我愿意不愿意，硬要我嫁给一个疯头疯脑的家伙，他求婚的时候那么性急，一到结婚的时候，却又是这样慢吞吞了。我对你们说吧，他是一个疯子，他故意装出这一副穷形极相来开人家的玩笑；他为了要人家称赞他是一个爱寻开心的角色，会去向一千个女人求婚，和她们约定婚期，请好宾朋，宣布订婚，可是却永远不和她们结婚。人家现在将要指点着苦命的凯瑟丽娜说，“瞧！这是那个疯汉彼特鲁乔的妻子，要是他愿意来和她结婚。”

特拉尼奥 不要懊恼，好凯瑟丽娜；巴普提斯塔先生，您也不要生气。我可以保证彼特鲁乔没有恶意，他今天失约，一定有什么缘故。他虽然有些莽撞，可是我知道他是个很有见识的人；虽然爱开玩笑，然而人倒是很诚实的。

凯瑟丽娜 算是我倒霉碰到了他！（哭泣下，比恩卡及余众随下）

巴普提斯塔 去吧，孩子，我现在可不怪你伤心；受到这样的欺侮，就是圣人也会发怒，何况是你这样一个脾气暴躁的泼妇。

比昂台罗上。

比昂台罗 少爷，少爷！新闻！新闻！您从来没有听见过这种古怪的新闻！

巴普提斯塔 是什么新闻？

比昂台罗 彼特鲁乔来了，这不是新闻吗？

巴普提斯塔 他已经来了吗？

比昂台罗 不，老爷，他就要来了。

巴普提斯塔 他什么时候可以到这里？

比昂台罗 等他站在这地方和你们见面的时候。

特拉尼奥　可是你说你有古怪的新闻？

比昂台罗　彼特鲁乔就要来了；他戴着一顶新帽子，穿着一件旧马甲，他那条破旧的裤子脚管高高卷起；一双靴子千疮百孔，可以用来插蜡烛，一只用扣子扣住，一只用带子缚牢；他还佩着一柄武器库里拿出来的锈剑，柄也断了，鞘子也坏了，剑锋也钝了；他骑的那匹马儿，鞍鞯已经蛀破，镫子不知像个什么东西；那马儿鼻孔里流着涎，上腭发着炎肿，浑身都是疮疖，腿上也肿，脚上也肿，再加害上黄疸病、耳下腺炎、脑脊髓炎、寄生虫病，弄得脊梁歪转，肩膀脱骱；它的前腿是向内弯曲的，嘴里衔着只有半面拉紧的马衔，头上套着羊皮做成的缰勒，因为防那马儿颠踬，不知拉断了多少次，断了再把它结拢，现在已经打了无数结子，那肚带曾经补缀过六次，还有一副天鹅绒的女人用的马鞦，上面用小钉嵌着她名字的两个字母，好几块地方是用粗麻线补缀过的。

巴普提斯塔　谁跟他一起来？

比昂台罗　啊，老爷！他带着一个跟班，装束得就跟那匹马差不多，一只脚上穿着麻线袜，一只脚上穿着罗纱的连靴袜，用红蓝两色的布条做着袜带，破帽子上插着一根野鸡毛，那样子就像一个妖怪，哪里像个规规矩矩的仆人或者绅士的跟班！

特拉尼奥　他大概一时高兴，所以打扮成这个样子；他平常出来的时候，往往装束得很是俭朴的。

巴普提斯塔　不管他怎么来法，既然来了，我也就放了心了。

彼特鲁乔及葛鲁米奥上。

彼特鲁乔　喂，这一班公子哥儿呢？谁在家里？

巴普提斯塔　您来了吗？欢迎欢迎！

彼特鲁乔　凯德呢？我的可爱的新娘呢？老丈人，您好？各位先生，你们怎么都皱着眉头？为什么大家出神呆看，好像瞧见了什么奇迹，什么彗星，什么稀奇古怪的东西一样？

巴普提斯塔　您知道今天是您举行婚礼的日子，我们刚才很觉得扫兴，因为担心您也许不会来了；现在您来了，却这样一点没有预备，更使我们扫兴万分。快把这身衣服换一换，它既然不配您的身份，而且在这样郑重的婚礼中间，也会叫人瞧着笑话的。

特拉尼奥　请你告诉我们什么要紧的事情绊住了你，害你的尊夫人等得这样长久？难道你这样没有工夫，来不及换上一身像样一些的衣服吗？

彼特鲁乔　说来话长，你们一定不愿意听；总而言之，我现在已经守约前来，就是有些不周之处，也是没有办法；等我有了空，就可以向你们解释，一定使你们满意就是了。可是凯德在哪里？我已经等了她好久，时间过去得很快，可以到教堂里去了。

特拉尼奥　你穿得这样不成体统，怎么好见你的新娘？快到我的房间里去，把我的衣服拣一件穿着吧。

彼特鲁乔　谁要穿你的衣服？我就是这样见她又有何妨？

巴普提斯塔　可是她见了您这样子，一定不愿和您结婚的。

彼特鲁乔　我就是这样子，她也一定愿意和我结婚；她嫁给我，又不是嫁给我的衣服。可是我这样跟你们说些废话，真是个傻子，我现在应该向我的新娘请安去，还要和她亲一个正名定分的吻哩。（彼特鲁乔、葛鲁米奥、比昂台罗同下）

特拉尼奥　他打扮得这样疯疯癫癫，一定另有用意。我们还是去劝劝他穿得整齐一点，再到教堂里去。

巴普提斯塔　我要看看他去。（巴普提斯塔、葛莱米奥及从仆等下）

特拉尼奥　少爷，我们不但要得到她的欢心，还必须得到她父亲的好感，所以我也早就对您说过，我要去找一个人来扮作比萨的文森修，不管他是什么人，我们都可以把他派用场。我已经夸下海口，说是我可以给比恩卡多大的一份聘礼，现在再找了个冒牌的父亲来，叫他许下更大的数目，这样您就可以如愿以偿，坐享其成，得到一位如花似玉的夫人了。

路森修　倘不是那个教音乐的家伙一眼不放松地监视着比恩卡的行动，我倒希望和她秘密举行婚礼，等到木已成舟，别人就是不愿意也莫可奈何了。

特拉尼奥　那我们可以慢慢儿等着机会。我们要把那个花白胡子的葛莱米奥、那个精明的父亲米诺拉，那个可笑的音乐家，自作多情的里西奥，全都哄骗过去，让我的路森修少爷得到最后胜利。

葛莱米奥重上。

特拉尼奥　葛莱米奥先生，您是从教堂里来的吗？

葛莱米奥　正像孩子们放学归来一样，我走出了教堂的门，也觉得如释重负。

特拉尼奥　新娘新郎都在回来了吗？

葛莱米奥　你说他是个新郎吗？哼，他是个魔鬼，是个魔鬼，简直是个魔鬼。

特拉尼奥　难道他比她更凶？哪有这样的事？她才是个魔鬼母夜叉呢。

葛莱米奥　嘿！她比起他来，简直是头羔羊，是头鸽子呢。我告诉你，路森修先生，当那牧师正要问他愿不愿意娶凯瑟丽娜为妻的时候，他就说，“是啊，他妈的！”他还高声赌咒，把那牧师吓得连他手里的《圣经》都掉下了；牧师正要弯下身子去把它拾起来，这个疯狂的新郎又一拳把他连人连书打倒在地上，嘴里还说，“谁要是高兴，让他去把他搀起来吧。”

特拉尼奥　那女人怎么说呢？

葛莱米奥　她吓得浑身发抖，因为他顿足大骂，就像那牧师敲诈了他似的。可是后来仪式完毕了，他又叫人拿酒来，好像他是在一艘船上，在一场风波平静以后，和同船的人们开怀畅饮一样；他喝干了酒，把浸在酒里的面包丢在教堂司事的脸上，他的理由只是因为那司事的胡须稀疏干瘦，好像要向他讨些东西吃。然后他就挽着新娘的头颈，吻着她的嘴唇，那咂嘴的声音响到四壁发出回声来。我看见这个样子，倒觉得非常不好意思，所以就出来了。闹得乱哄哄的这一班人，大概也要来了。这种疯狂的婚礼真是难得看见。听！听！那边不是乐声吗？（音乐）

彼特鲁乔、凯瑟丽娜、比恩卡、巴普提斯塔、霍坦西奥、葛鲁米奥及扈从等重上。

彼特鲁乔 各位来宾，各位朋友，我谢谢你们的好意。我知道你们今天想要参加我的婚宴，已经为我备下了丰盛的酒席，可惜我因为事情很忙，不能久留，所以我想就此告别了。

巴普提斯塔 难道你今晚就要去吗？

彼特鲁乔 我必须在天色未暗以前赶回去。你们不要奇怪，要是你们知道我还有些什么事情必须办好，你们就要催我快去，不会留我了。我谢谢你们各位，你们已经看见我把自己奉献给这个最和顺、最可爱、最贤惠的妻子了。大家不要客气，陪我的岳父多喝几杯，我一定要走了，再见。

特拉尼奥 让我们请您吃过了饭再走吧。

彼特鲁乔　那不成。

葛莱米奥　请您赏我一个面子，吃了饭去。

彼特鲁乔　不能。

凯瑟丽娜　让我请求你多留一会儿。

彼特鲁乔　我很高兴。

凯瑟丽娜　你高兴留着吗？

彼特鲁乔　因为你留我，所以我很高兴；可是我不能留下来，你怎么请求我都没用。

凯瑟丽娜　你要是爱我，就不要去。

彼特鲁乔　葛鲁米奥，备马！

葛鲁米奥　大爷，马已经备好了。

凯瑟丽娜　好，那么随你的便吧，我今天可不去，明天也不去，要是一辈子不高兴去，我就一辈子不去。大门开着，没人拦住你，请吧。

彼特鲁乔　啊，凯德！请你不要生气。

凯瑟丽娜　我生气你便怎样？爸爸，别理他，我说不去就不去。

葛莱米奥　她已经使出威风来了。

凯瑟丽娜　诸位先生，大家请入席吧。我知道一个女人倘然一点不知道反抗，她会终生被人愚弄的。

彼特鲁乔　凯德，你叫他们入席，他们必须服从你的命令。大家听着新娘的话，快去喝酒吧，痛痛快快地高兴一下，否则你们就给我上吊去。可是我那娇娇滴滴的凯德必须陪我在一起。哎哟，你们不要睁大了眼睛，不要顿足，不要发怒，我自己的东西难道自己做不得主？她是我的家私，我的财产；她是我的房屋，我的家具，我的田地，我的谷仓，我的马，我的牛，我的驴子，我的一切；她现在站在这地方，看谁敢碰她一碰。谁要是挡住我的去路，不管他是个什么了不得的人物，我都要对他不起。葛鲁米奥，拔出你的武器来，我们现在给一群强盗围住了，快去把你的主妇救出来，才是个好小子。别怕，好亲亲，他们不会碰你的，凯德，就算他们是百万大军，我也会保护你的。（彼特鲁乔、凯瑟丽娜、葛鲁米奥同下）

巴普提斯塔 让他们去吧，去了倒清静些。

葛莱米奥 倘不是他们这么快就去了，我笑也要笑死了。

特拉尼奥 这样疯狂的婚姻今天真是第一次看到。

路森修 小姐，您对于令姊有什么意见？

比恩卡 我说，她自己就是个疯子，现在配到一个疯汉了。

葛莱米奥 我看彼特鲁乔这回讨了个制伏他的人去了。

巴普提斯塔 各位高邻朋友，新娘新郎虽然缺席，桌上有的是美酒佳肴。路森修，您就坐在新郎的位子上，让比恩卡代替她的姊姊吧。

特拉尼奥 比恩卡现在就要学做起新娘来了吗？

巴普提斯塔 是的，路森修。来，各位，我们进去吧。（同下）

第四幕

第一场

彼特鲁乔乡间住宅中的厅堂

葛鲁米奥上。

葛鲁米奥 他妈的，马这样疲乏，主人这样疯狂，路这样泥泞难走！谁给人这样打过？谁给人这样骂过？谁像我这样辛苦？他们叫我先回来生火，好让他们回来取暖。倘不是我小小壶儿容易热，等不到走到火炉旁边，我的嘴唇早已冻结在牙齿上，舌头冻结在上腭上，我那颗心也冻结在肚子里了。现在让我一面扇火，一面把我自己烘烘暖热，像这样的天气，比我再高大一点的人也是要着了寒的。喂！寇提斯！

寇提斯上。

寇提斯 谁在那儿冷冰冰地叫着我？

葛鲁米奥 是一块冰。你要是不相信，可以从我的肩膀上一直滑到我的脚跟。好寇提斯，快给我生起火来。

寇提斯 大爷和他的新夫人就要来了吗，葛鲁米奥？

葛鲁米奥 啊，是的，寇提斯，是的，所以要快些生火呀。

寇提斯 她真是像人家所说的那样一个火性很大的泼妇吗？

葛鲁米奥 在冬天没有到来以前，她是个火性很大的泼妇；可是像这样冷的天气，无论男人、女人、畜生，火性再大些也是抵抗不住的。你要是不赶快生起火来，我会告诉我们这位新奶奶，让你尝尝她的玉手的滋味。

寇提斯 好葛鲁米奥，请你告诉我，外面有什么消息？

葛鲁米奥 外面是一个寒冷的世界，寇提斯，只有你的工作是热的；所以快生起火来吧。大爷和奶奶都快要冻死了。

寇提斯 火已经生好，你可以讲新闻给我听了。

葛鲁米奥 哎哟，冷死了我。厨子呢？夜饭有没有烧好？屋子有没有打扫？用人们有没有穿上新衣服白袜子？桌布有没有铺起来？一切都布置好了吗？

寇提斯 都预备好了，所以请你讲新闻吧。

葛鲁米奥 第一，你要知道，我的马已经走得十分累了，大爷和奶奶都掉了下来。

寇提斯 怎么？

葛鲁米奥 从马背上翻到烂泥里，因此就有了下文。

寇提斯 讲给我听吧，好葛鲁米奥。

葛鲁米奥 把你的耳朵伸过来。

寇提斯 好。

葛鲁米奥 （打寇提斯）喏。

寇提斯 我要你讲给我听，谁叫你打我？

葛鲁米奥 这一个耳光是要把你的耳朵打打清爽。现在我要开始讲了。我们走下了一个崎岖的山坡，奶奶骑着马在前面，大爷骑着马在后面——

寇提斯 是一匹马还是两匹马？

葛鲁米奥 你问他干什么？你要是知道得比我还仔细，那么请你讲吧。都是你打断了我的话头，否则你可以听到她的马怎样跌了一跤，把她压在底下；那地方是怎样的泥泞，她浑身脏成怎么一个样子；他怎么让那马把她压住，怎么因为她的马跌了一跤而把我痛打；她怎么在烂泥里爬起来把他扯开；他怎么骂人；她怎么向他求告，她是从来不曾向别人求告过的；我怎么哭；马怎么逃走；她的马缰怎么断了；我的马鞦怎么丢了；还有许许多多新鲜的事情，现在都必须永远埋没，你也到死没福长这一分见识了。

寇提斯 这样说来，他比她还要难弄了。

葛鲁米奥 是啊，你们等他回来瞧着吧。可是我何必跟你讲这些话？去叫纳森聂尔、约瑟夫、尼古拉斯、腓力普、华特、休格索普他们这一批人出来吧，叫他们把头发梳光，衣服刷刷干净，行起礼来不要忘记屈左膝。他们都预备好了吗？

寇提斯　都预备好了。

葛鲁米奥　叫他们出来。

寇提斯　你们听见吗？喂！大爷就要来了，快出来迎接去，还要拜见新奶奶哩。

众仆人上。

纳森聂尔　欢迎你回来，葛鲁米奥！

腓力普　你好，葛鲁米奥！

约瑟夫　啊，葛鲁米奥！

尼古拉斯　葛鲁米奥，好小子！

葛鲁米奥　欢迎你；你好，你；啊，你；好小子，你；现在我们招呼打过了，我的漂亮的朋友们，一切都预备好，收拾清楚了吗？

纳森聂尔　一切都预备好了。大爷什么时候可以到来？

葛鲁米奥　就要来了，现在大概已经下马了；所以你们必须——嗳哟，静些！我听见他的声音了。

彼特鲁乔及凯瑟丽娜上。

彼特鲁乔　这些混账东西都在哪里？怎么门口一个人也不来接我？纳森聂尔！葛雷古利！腓力普！

众仆人　有，大爷；有，大爷。

彼特鲁乔　有，大爷！有，大爷！有，大爷！有，大爷！你们这些木头人一样的不懂规矩的奴才！你们可以不用替主人做事，什么名分都可以不讲了吗？我打发他先回来的那个蠢材在哪里？

葛鲁米奥 在这里，大爷，还是和先前一样蠢。

彼特鲁乔 这婊子生的下贱东西！我不是叫你召齐了这批狗头们，到大门口来接我的吗？

葛鲁米奥 大爷，纳森聂尔的外衣还没有做好，盖勃里尔的鞋子上没有鞋带，彼得的帽子没有粉刷过，华特的剑在鞘子里锈住了拔不出来，只有亚当、拉尔夫和葛雷古利的衣服还算整齐，其余都是破旧不堪，像群叫花子似的。可是他们现在都来迎接您了。

彼特鲁乔 去把夜饭盛出来。（若干仆人下）坐下来，凯德，你现在到了家里了。

数仆持食具重上。

彼特鲁乔 怎么，到这时候才来？——可爱的好凯德，你应当快乐一点。——混账东西，给我把靴子脱下来！该死的狗才！你把我的脚都拉痛了。（打仆人）凯德，你高兴起来呀。喂！给我拿水来！我的猎狗特洛伊罗斯呢？我的拖鞋在什么地方？怎么，没有水吗？凯德，你来洗手吧。（仆人失手将水壶跌落地上，彼特鲁乔打仆人）这狗娘养的！你故意让它跌在地下吗？

凯瑟丽娜 请您别生气，这是他无心的过失。

彼特鲁乔　这狗娘养的笨虫！来，凯德，坐下来，我知道你肚子饿了。这是什么？羊肉吗？

仆甲　是的。

彼特鲁乔　谁拿来的？

仆甲　是我。

彼特鲁乔　它焦了；所有的肉都焦了。这批狗东西！那个混账厨子呢？你们好大胆子，知道我不爱吃这种东西，敢把它拿了出来！（将肉等向众仆人掷去）盆儿杯儿盘儿一起还了你们吧，你们这些没有头脑不懂规矩的奴才！怎么，你在咕噜些什么？等着，我就来跟你算账。

凯瑟丽娜　夫君，请您不要那么生气，这肉烧得还不错哩。

彼特鲁乔　我对你说，凯德，它已经烧枯了；我不许你吃，因为吃了下去有伤脾胃，会使人脾气暴躁的。我们两人的脾气本来就暴躁，所以还是挨些饿，不要吃这种烧焦的肉吧。请你忍耐些，明天我叫他们烧得好一点，今夜我们两个人大家饿一夜。来，我领你到你的新房里去。（彼特鲁乔、凯瑟丽娜、寇提斯同下）

纳森聂尔　彼得，你看见过这样的事情吗？

彼得　这叫做即以其人之道，还治其人之身。

寇提斯重上。

葛鲁米奥　他在哪里？

寇提斯 在她的房间里，向她大讲节制的道理，嘴里不断骂人，弄得她坐立不安，眼睛也不敢抛起来，话也不敢说一句，只好呆呆坐着，像一个刚从梦里醒来的人一般，看样子怪可怜的。快去，快去！他来了。（二人同下）

彼特鲁乔重上。

彼特鲁乔 我已经巧妙地开始把她驾驭起来，希望能够得到美满的成功。我这头悍鹰现在非常饥饿，在她没有俯首听命以前，不能让她吃饱；我必须一眼不放松地注意着她，就像她是一头乱扑翅膀的倔强的鹞子一样。今天她没有吃过肉，明天我也不给她吃；昨夜她不曾睡觉，今夜我也不让她睡觉，我要故意嫌被褥铺得不好，把枕头枕垫被单线毯向满房乱丢，还说都是为了爱惜她才这样做的；总之她将要整夜不能合眼，倘然她昏昏思睡，我就骂人吵闹，吵得她睡不着。这是用体贴为名惩治妻子的法子，我就这样克制她的狂暴倔强的脾气；要是有谁知道还有比这更好的驯悍妙法，那么我倒要请教请教。（下）

第二场

帕度亚；巴普提斯塔家门前

特拉尼奥及霍坦西奥上。

特拉尼奥 里西奥朋友，难道比恩卡小姐除了路森修以外，还会爱上别人吗？我告诉你吧，她对我很有好感呢。

霍坦西奥 先生，为了证明我刚才所说的话，你且站在一旁，看看他是怎样教法。（二人站立一旁）

比恩卡及路森修上。

路森修 小姐，您的功课进步得怎么样啦?

比恩卡 先生，您教我什么功课?

路森修 我教的是恋爱的艺术。

比恩卡 我希望您在这方面成为一个专家。

路森修 亲爱的，我希望您做我实验的对象。（二人退后）

霍坦西奥　哼，他们的进步倒是很快！现在你还敢发誓说你的爱人比恩卡只爱着路森修吗?

特拉尼奥　啊，可恼的爱情！朝三暮四的女人！里西奥，我真想不到有这种事情。

霍坦西奥　老实告诉你吧，我不是里西奥，也不是一个音乐家。我为了她不惜降低身价，乔扮成这个样子；谁知道她不爱绅士，却去爱上一个穷酸小子。先生，我的名字是霍坦西奥。

特拉尼奥　原来足下便是霍坦西奥先生，失敬失敬！久闻足下对比恩卡十分倾心，现在你我已经亲眼看见她这种轻狂的样子，我看我们大家把这一段痴情割断了吧。

霍坦西奥　瞧，他们又在接吻亲热了！路森修先生，让我握你的手，我郑重宣誓，今后决不再向比恩卡求婚，像她这样的女人，是不值得我去钟情的。

特拉尼奥　我也愿意一秉至诚，做同样的宣誓，即使她向我苦苦哀求，我也决不娶她。不害臊的！瞧她那副浪相!

霍坦西奥　三天之内，我就要和一个富孀结婚，她已经爱我很久，可是我却迷上了这个鬼丫头。再会吧，路森修先生，讨老婆不在乎姿色，有良心的女人才值得我去爱她。（霍坦西奥下；路森修、比恩卡上前）

特拉尼奥　比恩卡小姐，祝您爱情美满！我刚才已经窥见你们的秘密，而且我已经和霍坦西奥一同发誓把您舍弃了。

比恩卡 特拉尼奥，你又在说笑话了。可是你们两人真的都已经发誓把我舍弃了吗？

特拉尼奥 是的，小姐。

路森修 那么里西奥不会再来打搅我们了。

特拉尼奥 不骗你们，他现在决心要娶一个风流寡妇，打算求婚结婚都在一天之内完成呢。

比恩卡 愿上帝赐他快乐！

特拉尼奥 他还要把她管束得十分驯服呢。

比恩卡 他这样说吗？

特拉尼奥 真的，他已经进了御妻学校了。

比恩卡 御妻学校！有这样一个所在吗？

特拉尼奥 是的，小姐，彼特鲁乔就是那个学校的校长，他教授着层出不穷的许多驯伏悍妇的妙计和对付长舌的秘诀。

比昂台罗奔上。

比昂台罗 啊，少爷，少爷！我守了半天，守得腿酸脚软，好容易给我发现了一位老人家，他从山坡上下来，看他的样子倒还适合我们的条件。

特拉尼奥 比昂台罗，他是个什么人？

比昂台罗 少爷，他也许是个商店里的掌柜，也许是个三家村的学究，我也弄不清楚，可是他的装束十分拘谨，他的神气和相貌都像个老太爷的样子。

路森修　特拉尼奥，我们找他来干吗呢？

特拉尼奥　他要是能够听信我随口编造的谣言，我可以叫他情情愿愿地冒充做文森修，向巴普提斯塔一口答应一份丰厚的聘礼。把您的爱人带进去，让我在这儿安排一切。（路森修、比恩卡同下）

老学究上。

学究　上帝保佑您先生！

特拉尼奥　上帝保佑您，老人家！您还是路过此地，还是有事到此？

学究　先生，我想在这儿耽搁一两个星期，然后动身到罗马去；要是上帝让我多活几年，我还希望到特里坡利斯去一次。

特拉尼奥　请问府上是什么地方？

学究　敝乡是曼多亚。

特拉尼奥　曼多亚吗，老先生！哎哟，糟了！您敢到帕度亚来，难道不想活命了吗？

学究　怎么，先生！我不懂您的话。

特拉尼奥　曼多亚人到帕度亚来，都是要处死的。您还不知道吗？你们的船只只能停靠在威尼斯，我们的公爵和你们的公爵因为发生争执，已经宣布不准敌邦人民入境的禁令。大概您是新近到此，否则应该早就知道的。

学究　唉，先生！这可怎么办呢？我还有从佛罗伦萨汇来的钱，要在这儿取款呢！

特拉尼奥 好，老先生，我愿意帮您一下忙。第一要请您告诉我，您有没有到过比萨？

学究 啊，先生，比萨是我常去的地方，那里是以多正人君子而出名的。

特拉尼奥 在那些正人君子中间，有一位文森修您认不认识？

学究 我不认识他，可是听到过他的名字；他是一个非常豪富的商人。

特拉尼奥 老先生，他就是家父；不骗您，他的相貌可有点儿像您呢。

比昂台罗 （旁白）就像苹果跟牡蛎差不多一样。

特拉尼奥 您现在既然有生命的危险，那么我看您不妨暂时权充家父，想来总不会辱没了您吧。您可以住在我的家里，受我的竭诚款待，可是您必须注意您的说话行动，别让人瞧出破绽来！您懂得我的意思吧，老先生；您可以这样住下来，等到办好了事情再走。如果不嫌怠慢，那么就请您接受我的好意吧。

学究 啊，先生，这样您真是我的救命恩人了，我一定永远不忘您的大德。

特拉尼奥 那么跟我去装扮起来。不错，我还要告诉您一件事：我跟这儿一位巴普提斯塔的女儿正在议订婚嫁，只等我的父亲来通过一注聘礼，关于这件事情我可以仔细告诉您一切应付的方法。现在我们就去找一身合适一点的衣服给您穿吧。（同下）

第三场

彼特鲁乔家中一室

凯瑟丽娜及葛鲁米奥上。

葛鲁米奥 不，不，我不敢。

凯瑟丽娜 我越是心里委屈，他越是把我折磨得厉害。难道他娶了我来，是要饿死我吗？到我父亲门前求乞的叫花儿，也总可以讨到一点布施；这一家讨不到，那一家总会给他一些冷饭残羹。可是从来不知道怎样恳求人家、也从来不需要向人恳求什么的我，现在却吃不到一点东西，得不到一刻钟的安眠；他用高声的詈骂使我不能合眼，让我饱听他的喧哗的吵闹；尤其可恼的，他这一切都借着爱惜我做名义，好像我一睡着就会死去，吃了东西就会害重病一样。求求你去给我找些食物来吧，不管什么东西，只要可以吃的就行。

葛鲁米奥 您要不要吃红烧蹄子？

凯瑟丽娜 那好极了，请你拿来给我吧。

葛鲁米奥 恐怕您吃了会不消化的。清炖大肠好不好？

凯瑟丽娜 很好，好葛鲁米奥，给我拿来。

葛鲁米奥 我不大放心，恐怕它也是不消化的。胡椒牛肉好不好？

凯瑟丽娜 那正是我爱吃的一道菜。

葛鲁米奥 嗯，可是那胡椒太辣了点儿。

凯瑟丽娜 那么就是牛肉，不用放胡椒了吧。

葛鲁米奥 那可不成，您要吃牛肉，一定得放胡椒。

凯瑟丽娜 放也好，不放也好，牛肉也好，别的什么也好，随你的便给我拿些来吧。

葛鲁米奥 那么好，只有胡椒，没有牛肉。

凯瑟丽娜 给我滚开，你这欺人的奴才！（打葛鲁米奥）你不拿东西给我吃，却向我报出一道道的菜名来逗我；你们瞧着我倒霉得意，看你们得意到几时！去，快给我滚！

彼特鲁乔持肉一盆，与霍坦西奥同上。

彼特鲁乔 我的凯德今天好吗？怎么，好人儿，不高兴吗？

霍坦西奥 嫂子，您好？

彼特鲁乔 不要这样垂头丧气的，向我笑一笑吧。亲爱的，你瞧我多么至诚，我自己给你煮了肉来了。（将肉盆置桌上）亲爱的凯德，我相信你一定会感谢我这一片好心的。怎么！一句话也不说吗？那么你不喜欢它；我的辛苦都白费了。来，把这盆子拿去。

凯瑟丽娜 请您让它放着吧。

彼特鲁乔 最微末的服务，也应该得到一声道谢；你在没有吃这肉之前，应该谢谢我才是。

凯瑟丽娜 谢谢您，夫君。

霍坦西奥 哎哟，彼特鲁乔先生，你何必这样！嫂子，让我奉陪您吧。

彼特鲁乔 （旁白）霍坦西奥，你倘然是个好朋友，请你尽量大吃。——凯德，吃得慢一点。现在，我的好心肝，我们要回到你爸爸家里去了；我们要打扮得非常体面，我们要穿绸衣，戴绢帽佩金戒；高高的绉领，飘飘的袖口，圆圆的裙子，肩巾，折扇，什么都要备着两套替换；还有琥珀的镯子，珍珠的项圈，以及诸如此类的玩意儿。啊，你还没有吃好吗？裁缝在等着替你穿上新衣服去呢。

裁缝上。

彼特鲁乔 来，裁缝，让我们瞧瞧你做的衣服；先把那件袍子展开来，——

帽匠上。

彼特鲁乔 你有什么事？

帽匠　　这是您叫我做的那顶帽子。

彼特鲁乔　　啊，样子倒很像一只汤碗。哼！这算个什么帽子！简直是个胡桃壳。拿去！换一顶大一点的来。

凯瑟丽娜　　大一点的我不要；这一顶式样很新式，贤媛淑女们都是戴这种帽子的。

彼特鲁乔　　等你是一个贤媛淑女以后，你也可以有一顶；现在还是不要戴它吧。

霍坦西奥　　（旁白）那倒还要经过相当的时间哩。

凯瑟丽娜　　哼，我相信我也有说话的权利；我不是三岁小孩，比你尊长的人，也不能禁止我自由发言，你要是不愿意听，还是请你把耳朵塞住吧。我这一肚子的气恼，要是再不让我的嘴把它发泄出来，我的肚子也要气破了。

彼特鲁乔　　是啊，你说得一点不错，这帽子真不好。你不喜欢它，所以我才格外爱你。

凯瑟丽娜　　爱我也好，不爱我也好，我喜欢这顶帽子，我只要这一顶，不要别的。（帽匠下）

彼特鲁乔　　你的袍子吗？啊，不错；来，裁缝，让我们瞧瞧它看。嗳哟，天哪！这算是什么古怪的衣服？这是什么？袖子吗？那简直像一尊小炮。他妈的！裁缝，你把这叫作什么东西？

霍坦西奥　　（旁白）看来她帽子袍子都穿戴不成了。

裁缝　　您叫我照着流行的款式，把它用心裁制的。

彼特鲁乔　　是呀，可是我没有叫你做得这样乱七八糟的。去，给我滚回你的狗窠里去吧，我以后决不再来请教你了。我不要这东西，拿去给你自己穿吧。

凯瑟丽娜 我从来没有见过一件比这更漂亮更好看的袍子。你大概想把我当作一个木头人一样随你摆布吧。

彼特鲁乔 对了，他想把你当作木头人一样随意摆布。

裁缝 她说您想把她当作木头人一样随意摆布。

彼特鲁乔 啊，大胆的狗才！你胡说，你这拈针弄线的跳蚤，你这虫卵，你这冬天的蟋蟀！你拿着一绞线，竟敢在我家里放肆吗？滚！你这破布头，你这不是东西的东西！好好的一件袍子，给你剪成这个样子。

裁缝 您弄错了，这袍子是照您吩咐的样子做起来的。

彼特鲁乔 总而言之，这袍子我不要。（向霍坦西奥旁白）霍坦西奥，你给我多付几个赏钱给这裁缝。（向裁缝）快拿去，走吧走吧，别多说了。

霍坦西奥 （向裁缝旁白）裁缝，那袍子的工钱我明天拿来给你。他一时使性子说的话，你不必跟他顶真，快去吧。（裁缝下）

彼特鲁乔 好吧，来，我的凯德，我们就老老实实穿着这身家常便服，到你爸爸家里去吧。只要我们袋里有钱，身上穿得寒酸一点，又有什么关系？正像太阳会从乌云中探出头来一样，布衣粗服，可以格外显出一个人的正直。樫鸟并不因为羽毛的美丽，而比云雀更为珍贵；蝮蛇并不因为皮肉的光泽，而比鳗鲡更有用处。所以，好凯德，你穿着这一身敝旧的衣服，也并不因此而降低了你的身价。你要是怕人笑话，那么让人家笑话着我吧。你还是要高高兴兴，我们马上就到你爸爸家里去喝酒作乐。去，叫他们把马备好，我们就要出发了。让我看，现在大概是七点钟，我们可以在吃中饭以前赶到那边。

凯瑟丽娜 我相信现在快两点钟了，到那里去也许赶不上吃晚饭呢。

彼特鲁乔 不是七点钟，我就不上马。我说的话，做的事，想着的念头，你总是要跟我闹别扭。好，大家不用忙了，我今天不去了。你倘然要我去，那么我说是什么钟点，就得是什么钟点。

霍坦西奥 唷，这家伙简直想要把太阳也归他节制哩。（同下）

第四场

帕度亚；巴普提斯塔家门前

特拉尼奥及老学究扮文森修上。

特拉尼奥 来此已是巴普提斯塔的家里，我们要不要进去看望他？

学究 那还用说吗？我倘然没有弄错，那么巴普提斯塔先生也许还记得我，二十年以前，我们曾经在热那亚做过邻居哩。

特拉尼奥 这样很好，请你随时保持着做一个父亲的庄严风度吧。

学究 您放心好了。瞧，您那跟班来了。我们应该把他教导一番才是。

比昂台罗上。

特拉尼奥 你不用担心他。比昂台罗，你要好好侍候这位老先生，就像他是真的文森修老爷一样。

比昂台罗　嘿！你们放心吧。

特拉尼奥　可是你有没有看见巴普提斯塔？

比昂台罗　看见了，我对他说，您的老太爷已经到了威尼斯，您正在等着他今天到帕度亚来。

特拉尼奥　你事情办得很好，这几个钱拿去买杯酒喝吧。巴普提斯塔来啦，赶快装起一副严肃的容貌来。

巴普提斯塔及路森修上。

特拉尼奥　巴普提斯塔先生，我们正要来拜访您。（向学究）父亲，这就是我对您说起过的那位老伯。请您成全您儿子的好事，答应我娶比恩卡为妻吧。

学究　吾儿且慢！巴普提斯塔先生，久仰久仰。我这次因为追索几笔借款，到帕度亚来，听见小儿向我说起，他跟令嫒十分相爱。像先生这样的家声，能够仰攀，已属万幸，我当然没有不赞成之理；而且我看他们两人情如胶漆，也很愿意让他早早成婚，了此一桩心事。要是先生不嫌弃的话，那么关于问名纳聘这一方面的种种条件，但有所命，无不乐从；我因为尚有琐事羁身，恐怕不能在此作长期的稽留。

巴普提斯塔　文森修先生，恕我不会客套，您刚才那样开诚布公地说话，我听了很是高兴。令郎和小女的确十分相爱；您要是不忍拂令郎之意，愿意给小女一份适当的聘礼，那么我是毫无问题的，我们就此一言为定吧。

特拉尼奥 谢谢您，老伯。那么您看我们最好在什么地方把双方的条件互相谈妥？

巴普提斯塔 舍间恐怕不大方便，因为属垣有耳，我有许多仆人，也许会被他们听了泄漏出去；而且葛莱米奥那老头子痴心不死，也许会来打扰我们。

特拉尼奥 那么还是到敝寓去吧，家父就在那里耽搁，我们今夜可以在那边悄悄地把事情顺利谈妥。请您就叫这位尊价去请令嫒出来；我就叫我这奴才去找个书记来。但恐事出仓卒，一切未能尽如尊意之处，要请您多多原谅。

巴普提斯塔 不必客气，这样很好。堪比奥，你到家里去叫比恩卡梳洗梳洗，我们就要到一处地方去；你也不妨告诉她路森修先生的尊翁已经到了帕度亚，她的亲事大概就可定夺下来了。

比昂台罗 但愿神明祝福她嫁得一位如意郎君！

特拉尼奥 不要惊动神明了，快快去吧。巴普提斯塔先生，请了。我们只有些薄酒粗肴，谈不上什么款待；等您到比萨来的时候，才要好好地请您一下哩。

巴普提斯塔 请了。（特拉尼奥、巴普提斯塔及老学究下）

比昂台罗 堪比奥！

路森修 有什么事，比昂台罗？

比昂台罗 您看见我的少爷向您眨着眼睛笑吗？

路森修 他向我眨着眼睛笑又怎么样？

比昂台罗　没有什么，可是他要我慢走一步，向您解释他的暗号。

路森修　那么你就解释给我听吧。

比昂台罗　他叫您不要担心巴普提斯塔，他正在和一个冒牌的父亲讨论关于他的冒牌的儿子的婚事。

路森修　那便怎样？

比昂台罗　他叫您带着他的女儿一同到他们那里吃晚饭。

路森修　带着她去又怎样？

比昂台罗　您可以随时去找圣路加教堂里的老牧师。

路森修　这到底是什么意思？

比昂台罗　我也不知道是什么意思，我只知道趁着他们都在那里假装谈条件的时候，您就赶快同着她到教堂里去，找到了牧师执事，再找几个靠得住的证人，如此如此，这般这般。这倘不是您盼望已久的好机会，那么您也从此不必再在比恩卡身上转念头了。（欲去）

路森修　听我说，比昂台罗。

比昂台罗　我不能待下去了。我知道有 个女人，一天下午在园里拔菜喂兔子，就这样莫名其妙地跟人家结了婚了；也许您也会这样。再见，先生。我的少爷还要叫我到圣路加教堂去，叫那牧师在那边等着你们。（下）

路森修　只要她肯，事情就好办；她一定愿意的，那么我还疑惑什么？不要管他，让我向她婉转劝诱；要是堪比奥得不到她，我真要抱恨终身了。（下）

第五场

公路

彼特鲁乔、凯瑟丽娜、霍坦西奥及从仆等上。

彼特鲁乔 走，走，到我们老丈人家里去。主啊，月亮照得多么光明！

凯瑟丽娜 什么月亮！这是太阳，现在哪里来的月亮？

彼特鲁乔 我说这是月亮的光。

凯瑟丽娜 这明明是太阳光。

彼特鲁乔 我指着我母亲的儿子，那就是我自己，起誓，我要说它是月亮，它就是月亮，我要说它是星，它就是星，我要说它是什么，它就是什么，你要是说我说错了，我就不到你父亲家里去。来，掉转马头，我们回去了。老是跟我闹别扭，闹别扭！

霍坦西奥 随他怎么说吧，否则我们永远去不成了。

凯瑟丽娜 我们已经走了这么远，请您不要重新回去了吧。您高兴说它是月亮，它就是月亮；您高兴说它是太阳，它就是太阳；您要是说它是蜡烛，我也就当它是蜡烛。

彼特鲁乔 我说它是月亮。

凯瑟丽娜 我知道它是月亮。

彼特鲁乔 不，你胡说，它是太阳。

凯瑟丽娜 那么它就是太阳。可是您要是说它不是太阳，它就不是太阳；月亮的盈亏圆缺，就像您心性的捉摸不定一样。随您叫它是什么名字吧，您叫它什么，凯瑟丽娜也叫它什么就是了。

霍坦西奥 彼特鲁乔，恭喜恭喜，你已经得到胜利了。

彼特鲁乔 好，往前走！正是顺水行舟快，逆风打桨迟。且慢，那边有谁来啦？

文森修作旅行装束上。

彼特鲁乔 （向文森修）早安，好姑娘，你到哪里去？亲爱的凯德，老老实实告诉我，你可曾看见过一个比她更娇好的淑女？她颊上又红润，又白嫩，相映得多么美丽！点缀在天空中的繁星，怎么及得上她那天仙般美的脸上那一双眼睛的清秀？可爱的美貌姑娘，早安！亲爱的凯德，因为她这样美，你应该和她亲热亲热。

霍坦西奥 这人给他当作女人，一定要发怒了。

凯瑟丽娜 年轻娇美的姑娘，你到哪里去？你家里住在什么地方？你的父亲母亲生下你这样美丽的孩子，真是儿生修得；不知哪个幸运的男人，有福消受你这如花美眷！

彼特鲁乔 啊，怎么，凯德，你疯了吗？这是一个满脸皱纹的白发衰翁，你怎么说他是一个姑娘？

凯瑟丽娜 老丈，请您原谅我一时眼花，因为太阳光太炫耀了，所以看出来什么都是迷迷糊糊的。现在我才知道您是一位年尊的老丈，请您千万恕我刚才的唐突吧。

彼特鲁乔 老伯伯，请你原谅她；还要请问你现在到哪儿去，要是咱们是同路的话，那么请你跟我们一块儿走吧。

文森修 好先生，还有你这位淘气的娘子，萍水相逢，你们把我这样打趣，倒把我弄得莫名其妙。我的名字叫文森修，舍间就在比萨，我现在要到帕度亚去，瞧瞧我的久别的儿子。

彼特鲁乔 令郎叫什么名字？

文森修 他叫路森修。

彼特鲁乔 原来尊驾就是路森修的尊翁，那巧极了，算来你还是我的姻伯呢。这就是拙荆，她有一个妹妹，现在多半已经和令郎成了婚了。你不用吃惊，也不必忧虑，她是一个名门淑女，嫁奁也很丰富，她的品貌才德，当得起君子好逑四字。文森修老先生，刚才多多失敬，现在我们一块儿看令郎去吧，他见了你一定是异常高兴的。

文森修 您说的是真话，还是像有些爱寻开心的旅行人一样，路上见了什么人就随便开开玩笑？

霍坦西奥 老丈，我可以担保他的话都是真的。

彼特鲁乔 来，我们去吧，看看我的话究竟是真是假；你大概因为我先前和你开过玩笑，所以有些不相信我。（除霍坦西奥外皆下）

霍坦西奥 彼特鲁乔，你已经鼓起了我的勇气。我也要照样去对付我那寡妇！她要是倔强抗命，我就记着你的教训，也要对她不客气了。（下）

第五幕

第一场

帕度亚；路森修家门前

比昂台罗、路森修及比恩卡自一方上；葛莱米奥在另一方步行。

比昂台罗 少爷，放轻脚步快快走，牧师已经在等了。

路森修 我会飞了过去的，比昂台罗。可是他们在家里也许要叫你做事，你还是回去吧。

比昂台罗 不，我要把您送到教堂门口，然后再奔回去。（路森修、比恩卡、比昂台罗同下）

葛莱米奥 真奇怪，堪比奥怎么到现在还不来。

彼特鲁乔、凯瑟丽娜、文森修及从仆等上。

彼特鲁乔 老伯，这就是路森修的门前；我的岳父就住在靠近市场的地方，我现在要到他家里去，暂时失陪了。

文森修 不，我一定要请您进去喝杯酒再走。我想我在这里是可以略尽地主之谊的。（叩门）

葛莱米奥 他们在里面忙得很，你还是敲得响一点。

老学究自上方上，凭窗下望。

学究 谁在那里把门都要敲破了？

文森修 请问路森修先生在家吗？

学究 他人是在家里，可是你不能见他。

文森修 要是有人带了一二百镑钱来，送给他吃吃玩玩呢？

学究 把你那一百镑钱留着自用吧，我一天活在世上，他就一天不愁没有钱用。

彼特鲁乔 我不是告诉过您吗？令郎在帕度亚是人缘极好的。废话少讲，请你通知一声路森修先生，说他的父亲已经从比萨来了，现在在门口等着和他说话。

学究 胡说，他的父亲就在帕度亚，正在窗口说话呢。

文森修 你是他的父亲吗？

学究 是啊，你要是不信，不妨去问问他的母亲。

彼特鲁乔 （向文森修）啊，怎么，朋友！你原来假冒别人的名字，这真是岂有此理了。

学究 把这混账东西抓住！我看他是想要假冒我的名字，在这城里向人讹诈。

比昂台罗重上。

比昂台罗 我看见他们两人一块儿在教堂里，上帝保佑他们一帆风顺！可是谁在这儿？我的老太爷文森修！这可糟了，我们的计策都要败露了。

文森修 （见比昂台罗）过来，傻小子！

比昂台罗 我要是不愿意过来呢？

文森修 过来，狗才！你难道忘记我了吗？

比昂台罗 忘记你！我怎么会忘记你？我见也没有见过你哩。

文森修 怎么，你这该死的东西！你难道没有见过你家主人的父亲吗？

比昂台罗 啊，你问起我们的老太爷吗？瞧那站在窗口的就是他。

文森修 真的吗？（打比昂台罗）

比昂台罗 救命！救命！救命！这疯子要谋害我哩！（下）

学究 吾儿，巴普提斯塔先生，快来救人！（自窗口下）

彼特鲁乔 凯德，我们站旁边些，瞧这场纠纷怎样解决。（二人退后）

老学究自下方重上；巴普提斯塔、特拉尼奥及众仆上。

特拉尼奥 老头儿，你是个什么人，敢动手打我的仆人？

文森修 我是个什么人！嘿，你是个什么人？哎呀，天哪！你这好家伙！你居然穿起绸缎的衫子、天鹅绒的袜子、大红的袍子，高高的帽子来了！啊呀，完了！完了！我在家里舍不得花一个钱，我的儿子和仆人却在大学里挥霍到这个样子！

特拉尼奥 啊，是怎么一回事？

巴普提斯塔 这家伙疯了吗？

特拉尼奥 瞧你这一身打扮，倒像一位明白道理的老先生，可是你说的却是一派疯话。我就是佩戴些金银珠玉，那又跟你什么相干？多谢上帝给我一位好父亲，他会供给我的消费的。

文森修 你的父亲！哼！他是在贝格摩做船帆的。

巴普提斯塔 你弄错了，你弄错了。请问你知道他叫什么名字？

文森修 他叫什么名字？你以为我不知道他的名字吗？我把他从三岁起抚养长大，他的名字叫做特拉尼奥。

学究 去吧，去吧，你这疯子！他的名字是路森修，我叫文森修，他是我的独生子。

文森修 路森修！啊！他已经把他的主人谋害了。我用公爵的名义请你们赶快把他抓住。啊，我的孩子，我的孩子！狗才，快对我说，我的儿子路森修在哪里？

特拉尼奥 去叫一个官差来。

一仆人偕差役上。

特拉尼奥 把这疯子抓进监牢里去。

文森修 把我抓进监牢里去！

葛莱米奥 且慢，官差，你不能把他送进监牢。

巴普提斯塔 您不用管，葛莱米奥先生，我说非把他抓进监牢里不可。

葛莱米奥 宁可小心一点，巴普提斯塔先生，也许您会上人家的圈套。我敢发誓这个人才是真的文森修。

学究 你有胆量就发个誓儿看看。

葛莱米奥 不，我不敢发誓。

特拉尼奥 那么你还是说我不是路森修吧。

葛莱米奥 不，我知道你是路森修。

巴普提斯塔 把那呆老头儿抓去！把他关起来！

文森修 你们这里是这样对待外方人的吗？好混账的东西！

比昂台罗偕路森修及比恩卡重上。

比昂台罗 啊，我们的计策要完全败露了！他就在那边。不要去认他，假装不认识他，否则我们就完了！

路森修 （跪下）亲爱的爸爸，请您原谅我！

文森修 我的最亲爱的孩子还在人世吗？（比昂台罗、特拉尼奥及老学究逃走）

比恩卡 （跪下）亲爱的爸爸，请您原谅我！

巴普提斯塔 你做错了什么事要我原谅？路森修呢？

路森修 路森修就在这里，我是这位真文森修的真正的儿子，您却受了骗了。

葛莱米奥 他们都是一党，现在又拉了个证人来欺骗我们了！

文森修 那个该死的狗头特拉尼奥对我竟敢这样放肆，现在到哪儿去了？

巴普提斯塔 咦，这个人不是我们家里的堪比奥吗？

比恩卡 堪比奥已经变成路森修了。

路森修 爱情造成了这些奇迹。我因为爱比恩卡，所以和特拉尼奥交换地位，让他在城里顶替着我的名字；现在我已经美满地达到了我的心愿。特拉尼奥的所作所为，都是我强迫他做的；亲爱的爸爸，请您看在我的面上不要见怪他。

文森修 这狗才要把我送进监牢里去，我一定要割破他的鼻子。

巴普提斯塔 （向路森修）我倒要请问你，你没有得到我的允许，怎么就可以和我的女儿结婚？

文森修 您放心好了，巴普提斯塔先生，我们一定会使您满意的。可是他们这样作弄我，我一定要去找着他们出出这一口恶气。（下）

巴普提斯塔 我也要去把这场诡计调查一个仔细。（下）

路森修 不要害怕，比恩卡，你爸爸不会生气的。（路森修、比恩卡下）

葛莱米奥 我的希望已成画饼，可是我也要跟他们一起进去，分一杯酒喝喝。（下）

彼特鲁乔及凯瑟丽娜上前。

凯瑟丽娜 夫君，我们也跟着去瞧瞧热闹吧。

彼特鲁乔 凯德，先给我一个吻，我们就去。

凯瑟丽娜 怎么！就在街路中间吗？

彼特鲁乔 啊！你觉得嫁了我这种丈夫辱没了你吗？

凯瑟丽娜 不，那我怎么敢；我只是觉得这样接吻，太难为情了。

彼特鲁乔 好，那么我们回家去吧。来，我们走。

凯瑟丽娜 不，我就给你一个吻。现在，我的爱，请你不要回去了吧。

彼特鲁乔 这样不很好吗？来，我的亲爱的凯德。（同下）

第二场

路森修家中一室

室中张设筵席。巴普提斯塔，文森修，葛莱米奥，老学究，路森修，比恩卡，彼特鲁乔，凯瑟丽娜，霍坦西奥及寡妇同上；特拉尼奥，比昂台罗，葛鲁米奥及其他仆人等随侍。

路森修 虽然经过了长久的争论，我们的意见终于融合了；现在收旗息鼓，正是我们杯酒交欢的时候。我的好比恩卡，请你向我的父亲表示欢迎；我也要用同样诚恳的心情，欢迎你的父亲。彼特鲁乔姻兄，凯瑟丽娜大姊，还有你，霍坦西奥，和你那位亲爱的未亡人，大家不要客气，尽情醉饱，都请坐下来吧，让我们一面吃，一面谈话。（各人就坐）

彼特鲁乔 这真是饱食终日，无所用心了！

巴普提斯塔 彼特鲁乔贤婿，帕度亚的风气是这么好客的。

彼特鲁乔　帕度亚人都是那么和和气气的。

霍坦西奥　对于你我两人，我希望这句话是真实。

彼特鲁乔　我敢说霍坦西奥一定怕他的寡妇。

寡妇　头眩的人以为世界在旋转。

凯瑟丽娜　嫂子，请教这句话是什么解释？

寡妇　尊夫因为家有悍妇，所以以己度人，猜想我的丈夫也有同样不可告人的隐痛。现在您懂得我的意思了吧？

凯瑟丽娜　您的意思真坏！

彼特鲁乔　新嫂子，您听她们在斗嘴了，您怎么一声不响的？

比恩卡　不，我不会说话；请你们恕我，我要逃席了。（比恩卡、凯瑟丽娜及寡妇下）

彼特鲁乔　特拉尼奥先生，她也是你瞄准的鸟儿，可惜给她飞去了；让我们为那些射而不中的人干一杯吧。

特拉尼奥　啊，彼特鲁乔先生，我给路森修占了便宜去；我就像他的猎狗，为他辛苦奔走，得来的猎物都被主人拿去了。还是您好，自己猎来，自己享用，可是人家都说您那头鹿儿把您逼得走投无路呢。

巴普提斯塔　哈哈，彼特鲁乔！现在你给特拉尼奥说中要害了。

路森修　特拉尼奥，你把他挖苦得很好，我要谢谢你。

霍坦西奥　快快招认吧，他是不是说着了你的心病？

彼特鲁乔　他挖苦的虽然是我，可是他的讥讽仅仅打我身边擦过，我怕受伤的十分之九倒是你们两位。

巴普提斯塔　不说笑话，彼特鲁乔贤婿，我想你是娶着了一个最悍泼的女人了。

彼特鲁乔　不，我否认。让我们赌一个东道，各人去叫他自己的妻子出来，谁的妻子最听话，出来得最快的，就算谁得胜。

霍坦西奥　很好。赌什么东道？

路森修　二十个克朗。

彼特鲁乔　二十个克朗！这样的数目只好让我打赌我的鹰犬；要是打赌我的妻子，应当二十倍那么多。

路森修　那么一百克朗吧。

霍坦西奥　好。

彼特鲁乔　就是一百克朗，一言为定。

霍坦西奥　谁先去叫？

路森修　让我来。比昂台罗，你去对你奶奶说，我叫她来见我。

比昂台罗　我就去。（下）

巴普提斯塔　贤婿，我愿意代你拿出一半赌注，比恩卡一定会来的。

路森修　我不要和别人对分，我要独自下注。

比昂台罗重上。

路森修　啊，她怎么说？

比昂台罗　少爷，奶奶叫我对您说，她有事不能来。

彼特鲁乔　怎么！她有事不能来！这算是什么答复？

葛莱米奥　这样的答复也是很有礼貌的了，希望尊夫人不给你一个更不客气的答复。

彼特鲁乔　我希望她会给我一个更满意的答复。

霍坦西奥　比昂台罗，你去请我的太太出来见我。（比昂台罗下）

彼特鲁乔　哈哈！请她出来！那么她总应该出来的了。

霍坦西奥　老兄，我怕尊夫人随你怎样请也是请不出来的。

比昂台罗重上。

霍坦西奥　我的太太呢？

比昂台罗　她说您在开玩笑，不愿意出来；她叫您进去见她。

彼特鲁乔　更糟了，更糟了！她不愿意出来！嘿，是可忍，孰不可忍！葛鲁米奥，到你奶奶那儿去，说，我命令她出来见我。（葛鲁米奥下）

霍坦西奥　我知道她的回答。

彼特鲁乔　什么回答？

霍坦西奥　她不高兴出来。

彼特鲁乔　她要是不出来，就算是我晦气。

凯瑟丽娜重上。

巴普提斯塔　呀，我的天，凯瑟丽娜果然来了！

凯瑟丽娜　夫君，您叫我出来有什么事？

彼特鲁乔　你的妹妹和霍坦西奥的妻子呢？

凯瑟丽娜　她们都在火炉旁边谈天。

彼特鲁乔　你去同她们出来；她们要是不肯出来，就把她们

打出来见她们的丈夫。快去。（凯瑟丽娜下）

路森修 真是奇事！

霍坦西奥 奇了奇了。这预兆着什么呢？

彼特鲁乔 它预兆着和睦，亲爱和恬静的生活，尊严的统治和合法的主权，总而言之，一切的美满和幸福。

巴普提斯塔 恭喜恭喜，彼特鲁乔贤婿！你已经赢了东道；而且在他们输给你的现款之外，我还要额外给你二万克朗，算是我另外一个女儿的嫁奁，因为她已经完全变了一个人了。

彼特鲁乔 为了让你们知道我这东道不是侥幸赢得，我还要向你们证明她是多么听话。瞧，她已经用她的妇道，把你们那两个桀骜不驯的妻子俘虏着来了。

凯瑟丽娜率比恩卡及寡妇重上。

彼特鲁乔 凯瑟琳娜，你那顶帽子不好看，把那玩意儿脱下，丢在地上吧。（凯瑟丽娜脱帽掷地上）

寡妇 谢谢上帝！我还没有像她这样傻法！

比恩卡 呸！你把这算作什么愚蠢的妇道？

路森修 比恩卡，我希望你的妇道也像她一样愚蠢就好了；为了你的聪明，我已经在一顿晚饭的工夫里损失了一百个克朗。

比恩卡 你自己不好，反来怪我。

彼特鲁乔 凯瑟琳娜，你去告诉这些倔强的女人，做妻子的应该向她们的夫主尽些什么本分。

寡妇 好了，好了，别开玩笑了；我们不要听这些个。

彼特鲁乔 说吧，先讲给她听。

凯瑟丽娜 嗳呀！展开你那颦蹙的眉头，收起你那轻蔑的瞥视，不要让它伤害你的主人，你的君主，你的支配者。它会使你的美貌减色，就像严霜噬啮着草原，它会使你的名誉受损，就像旋风摧残着蓓蕾；它绝对没有可取之处，也丝毫引不起别人的好感。一个使性的女人，就像一池受到激动的泉水，混浊可憎，失去一切的美丽，无论怎样喉干吻渴的人，也不愿把它啜饮一口。你的丈夫就是你的主人，你的生命，你的所有者，你的头脑，你的君主；他照顾着你，扶养着你，在海洋里陆地上辛苦操作，夜里冒着风波，白天忍受寒冷，你却穿得暖暖的住在家里，享受着安全与舒适。他希望你贡献给他的，只是你的爱情，你的温柔的辞色，你的真心的服从；你欠他的好处这么多，他所要求于你的酬报却是这么微薄！一个女人对待她的丈夫，应当像臣子对待君王一样忠心恭顺；倘使她倔强使性，乖张暴戾，不服从他正当的愿望，那么她岂不是一个大逆不道，背恩忘义的叛徒？应当长跪乞和的时候，她却向他挑战；应当尽心竭力服侍他，敬爱他，顺从他的时候，她却企图篡夺主权，发号施令：这一种愚蠢的行为，真是女人的耻辱。我们的身体为什么这样柔软无力，耐不起苦，熬不起忧急？那不是因为我们的性情必须和我们的外表互相一致，同样的温柔吗？听我的话吧，你们这些倔强而无力的可怜虫！我的心从前也跟你们一样高傲，也许我有比你们更多的理由，不甘心向人俯首认输，可是现在我知道我们的枪矛只是些稻草，我们的力量是软弱的，我们的软弱是无比的，我们所有的只是一个空虚的外表。所以你们还是挫抑你们无益的傲气，跪下来向你们的丈夫请求怜爱吧。为了表示我的顺从，只要我的丈夫吩咐我，我就可以向他下跪，让他因此而心中快慰。

彼特鲁乔 啊，那才是个好妻子！来，吻我，凯德。

路森修 老兄，真有你的！

彼特鲁乔 来，凯德，我们好去睡了。我们三个人结婚，可是你们两人都输了。（向路森修）你虽然采到了明珠，我却赢了东道；现在我就用得胜者的身份，祝你们晚安！（彼特鲁乔、凯瑟丽娜下）

霍坦西奥 你已经降伏了一个悍妇，可以踌躇满志了。

路森修 她会这样被他降伏，倒是一桩想不到的事。（同下）

错误的喜剧

The Comedy of Errors

剧中人物

索列纳斯	以弗所公爵
伊勤	叙拉古商人
大安提福勒斯 小安提福勒斯	伊勤及爱米利娅的孪生子
大德洛米奥 小德洛米奥	侍奉安提福勒斯兄弟的孪生子
鲍尔萨泽	商人
安哲鲁	金匠
商人甲	大安提福勒斯的朋友
商人乙	安哲鲁的债主
品契	教师兼巫士
爱米利娅	伊勤的妻子，以弗所尼庵中住持
阿德里安娜	小安提福勒斯的妻子
露西安娜	阿德里安娜的妹妹
露丝	阿德里安娜的女仆
妓女	

狱卒、差役及其他侍从等

地 点

以弗所

第一幕

第一场

公爵宫廷中的厅堂

公爵，伊勤，狱卒，差役及其他侍从等上。

伊勤 索列纳斯，快给我下死刑的宣告，
好让我一死之后，解脱一切烦恼！

公爵 叙拉古的商人，你也不用多说。我没有力量变更我们的法律。最近你们的公爵对于我们这里去的规规矩矩的商民百般仇视，因为他们缴不出赎命的钱，就把他们滥加杀戮；这种残酷暴戾的敌对行为，已经使我们无法容忍下去。本来自从你们为非作乱的邦人和我们发生嫌隙以来，你我两邦已经各自制定庄严的法律，禁止两邦人民之间的一切来往；而且有谁在以弗所生长的，要是在叙拉古的市场上出现，或者在叙拉古生长的涉足到以弗所的港口，就要把他处死，他的钱财货物就要全部充公，悉听该地公爵的处分，除非他能够

缴纳一千个马克，才可以放他回去。你的财物估计起来，最多也不过一百个马克，所以按照法律，必须把你处死。

伊勤 等你一声令下，我就含笑上刑场，
从此恨散愁消，随着西逝的残阳！

公爵 好，叙拉古人，你且把你离乡背井，到以弗所来的原因简单告诉我们。

伊勤 要我讲说我的难言的哀痛，那真是一个最大的难题；可是为了让世人知道我的死完全是天意，不是因为犯下了什么罪恶，我就忍住悲伤，把我的身世说一说吧。我生长在叙拉古，在那边娶了一个妻子，两口子相亲相爱，安享着人世的幸福；我因为常常到埃必丹农做买卖，每次赚了不少钱，所以家道很是丰裕；可是，后来我在埃必丹农的代理人突然死了，我在那边的许多货物没人照管，所以不得不离开妻子的温柔怀抱，前去主持一切。我的妻子在我离家后不到六个月，就摒挡行装，赶到了我的地方；那时她早已有孕在身，不久就做了两个可爱的孩子的母亲。说来奇怪，这两个孩子生得一模一样，全然分别不出来。就在他们诞生的时辰，在同一家客店里有一个穷家的妇女也产下了两个面貌相同的双生子，我看见他们贫苦无依，就把他们出钱买了下来，把他们抚养大，侍候我的两个儿子。我的妻子生下了这么两个孩子，把他们宠爱异常，每天催促

我早作归乡之计，我虽然不大愿意，终于答应了她。唉！我们上船的日子，选得太不凑巧了！船离开埃必丹农三哩路的地方，海面上还是波平浪静，一点看不出将有风暴的征象；可是后来天色越变越恶，使我们的希望完全消失，天上偶然透露的微弱光芒，在我们惴惴不安的心理中，似乎只告诉我们死亡已经迫在眼前。我自己虽然并不怕死，可是看到我的妻子因为不可免的厄运在不断哭泣，还有我那两个可爱的孩子虽然不知道他们将会遭到些什么，却也跟着母亲放声号哭，这一种凄惨的情形，使我不能不设法保全他们和我自己的生命。那时候船上的水手们都已经跳下小船，各自逃生去了，只剩下我们几个人在这艘快要沉没的大船上；我们没有别的办法，只好效法航海的人们遇到风暴时的榜样，我的妻子因为更疼她的小儿子，就把他缚在一根小的桅杆上，又把另外那一对双生子中的一个也缚在一起，我也把大的那一个照样缚好了，然后我们夫妻两人各自把自己缚在桅杆的另外一头，每人照顾着一对孩子，于是让我们的船随波漂流，向着科林多顺流而去。后来太阳出来了，把我们眼前的阴霾暗雾扫荡一空，海面也渐渐平静起来，我们方才望见远处有两艘船向着我们开来，一艘是从科林多来的，一艘是从埃必道勒斯来的；可是它们还没有行近——啊，我说不下去了，以后的事情，你们自己去猜度吧！

公爵 不，说下去，老人家，不要打断话头。我们虽然不能赦免你，却可以怜悯你。

伊勤 啊！天神们要是能够在那时可怜我，那么我现在也不会怨恨他们的不仁了！我们的船和来船相距还有三十哩的时候，我们却在中途遇着了一座巨大的礁石，迎面一撞，就把船撞碎了，我们夫妻和孩子们，都被无情地冲散；命运是这样的安排着，使我们各人留下一半的慰藉，哀悼那失去了的另外一半。我那可怜的妻子因为她的一根桅杆重量较轻，被风很快地吹远远去，我望见她们三人大概是被科林多的渔夫们救起来了。后来另外一艘船把我们救起，他们知道了他们所救起的是些什么人之后，招待我们十分殷勤，并且把我们护送回去。这就是我怎样被幸福所遗弃的经过，留下我这苦命的一身，来向人诉说我自己悲惨的故事。

公爵 请你把你儿子们和你自己此后的经历详细告诉我吧。

伊勤 我的大儿子[1]在十八岁上就向我不断探询他母弟的下落，要求我准许他带着他的童仆出去寻找，那童仆也和他一样有一个不知踪迹的同名的兄弟。

---

1 原文此处作“小儿子”，惟上文云，“我的妻子更疼她的小儿子”，则小儿子应当和他母亲在一起，莎翁在此处也有些缠夹不清。

我因为思念存亡未卜的妻儿，就让我这唯一的爱子远离膝下，到如今也不知他究竟在哪处存身。五年以来，我走遍希腊，直达亚洲的边界，到处搜寻他们，虽然明知无望，也不愿漏过一处有人烟的地方。这次买棹归来，才到了以弗所的境内；可是我的一生将在这里告一段落，要是我这迢迢万里的奔波能够向我保证他们尚在人间，我也就死而无怨了。

公爵　不幸的伊勤，命运注定了你，使你遭受人间最大的惨痛！相信我，倘不是因为我们的法律不可破坏，我自己的地位和誓言不可逾越，我一定会代你申辩无罪。现在你虽然已经判定了死刑，我也无法收回成命，可是我愿意尽我的力量帮助你；所以，商人，我限你在今天设法找寻可以援救你的人，替你赎回生命。你要是在以弗所有什么亲友，不妨一个个去恳求他们，乞讨也好，借贷也好，凑足限定的数目，就可以放你活着回去；要是筹不到这一笔款子，那就只好把你处死了。狱卒，把他带下去看守起来。

狱卒　是，殿下。

伊勤　纵使把这残生多留下几个时辰，
这茫茫人海，何处有赎命的恩人！
（同下）

第二场

市场

大安提福勒斯、大德洛米奥及商人甲上。

商人甲 所以你应当向人说你是从埃必丹农来的，免得你的货物给他们没收。就在今天，有一个叙拉古商人因为犯法入境，已经被捕了；他缴不出赎命的钱来，依照本地的法律，必须把他在太阳西落以前处死。这是你托我保管的钱。

大安提福勒斯 德洛米奥，你把这钱拿去放在我们所耽搁的森道旅店里，你就在那里等我回来，不要走开。现在离开吃饭的时候不到一个钟头，让我先在街上溜达溜达，观光观光这儿的市面，然后回到旅店里睡觉，因为赶了这么多的路，我已经十分疲乏了。你走吧。（大德洛米奥下）这小厮做事还老实，我有时心里抑郁不乐，他也会常常说些笑话来给我解闷。你愿意陪着我一起走走，然后一同到我的旅店里吃饭吗？

商人甲 请你原谅，有几个商人邀我到他们那里去，我还希望跟他们做成些交易，所以不能奉陪了。五点钟的时候，请你到市场上来会我，我可以陪着你一直到晚上。现在我可要走了。

大安提福勒斯 那么等会儿再见吧，我就到市上去随便走走。

商人甲 希望你玩个畅快。（下）

大安提福勒斯 他叫我玩个畅快，我心里可永不会有畅快的一天。我像一滴水一样来到这人世，要在浩渺的大海里找寻他的同伴，结果连自己也迷失了方向；我为了找寻母亲和兄弟到处漂流，不知哪一天才会重返家园。

小德洛米奥上。

大安提福勒斯 怎么？你怎么这么快又回来了？

小德洛米奥 这么快回来！我已经来得太迟了！鸡也烧焦了，肉也炙枯了，钟已经敲了十二点，我的脸上已经给太太打过。她大发脾气，因为肉冷了；肉冷因为您不回家；您不回家因为您肚子不饿；您肚子不饿因为您已经用过点心，可是我们却为了您而挨饿。

大安提福勒斯 别胡说了，我问你，我给你的钱你拿去放在什么地方？

小德洛米奥 啊，那六便士吗？我在上星期三就拿去给太太买缰绳了。钱在马鞍店里，我没有留着。

大安提福勒斯 我没有心思跟你开玩笑。干脆回答我，钱在哪里？异乡客地，你怎么敢把这么多的钱随便丢下？

小德洛米奥 大爷，您倘要说笑话，请您留着在吃饭的时候说吧。太太叫我来请您回去，您要是不回去，我的脑壳子又要晦气。我希望您的肚子也像我一样，可以代替时钟，到了时候会叫起来，那时不用叫您，您也会自己回来了。

大安提福勒斯 算了吧，德洛米奥，现在不是说笑话的时候。我给你看管的钱呢？

小德洛米奥 您给我看管的钱吗？大爷，您几时给我什么钱？

大安提福勒斯 狗才，别装傻了，究竟你把我的钱拿去怎么样了？

小德洛米奥 大爷，我只知道奉命到市场上来请您回家吃饭，太太在等着您。

大安提福勒斯 老老实实回答我，你把钱放在什么地方了？再不说出来，我就捶碎你的脑壳；我要是心里懊恼起来，连你的头都会敲下来的。你从我手里拿去的一千个马克呢？

小德洛米奥 您在我头上凿过几拳，太太在我肩上捶过几拳，除此之外，你们谁也不曾给过我半个铜钱。我要是把您给我的赏赐照样奉还，恐怕您就不会像我这样默然忍受了。

大安提福勒斯 太太！你有什么太太！

小德洛米奥 就是您大爷的夫人哪，她为了等您回去吃饭，到现在还没有吃过东西哩。请您赶快回去吧。

大安提福勒斯 啊！你敢当着我这样放肆无礼吗？我打你这狗头！（打小德洛米奥）

小德洛米奥 大爷，您这是什么意思？看在上帝的面上，请您收回尊手，否则我可要拔起贱腿逃了。（下）

大安提福勒斯 这狗才一定把我的钱拿去给人骗掉了。他们说这地方上多的是拆白党，有的会玩弄遮眼的戏法，有的会用妖法迷惑人心，有的会用符咒伤害人的身体，还有各式各种化装的骗子，口若悬河的江湖术士，到处设下了陷阱。倘然果有此事，我还是赶快离开的好。我要到森道旅店去追问这奴才，我的钱恐怕已经不保了。（下）

第二幕

第一场

小安提福勒斯家中

阿德里安娜及露西安娜上。

阿德里安娜 我的丈夫到现在还没有回来，叫那奴才去找他，也不知找到什么地方去了。露西安娜，现在已经两点钟啦！

露西安娜 也许在市场上他遇到什么商人，请他到什么地方吃饭去了。好姊姊，咱们吃饭吧，你也不用发恼啦。男人是有他们的自由的，他们只受着时间的支配；一到时间，他们就会来了。姊姊，你耐着心吧。

阿德里安娜 为什么他们的自由要比我们更多？

露西安娜 因为男人家总是要在外面奔波。

阿德里安娜 我倘这样待他，他定会大不高兴。

露西安娜 做妻子的应该服从丈夫的命令。

阿德里安娜 人不是驴子，谁甘心听人家使唤？

露西安娜　倔骜不驯的结果一定十分悲惨。
你看地面上，海洋里，广漠的天空，
哪一样东西能够不受羁束牢笼？
是走兽，是游鱼，是生翅膀的飞鸟，
只见雌的低头，哪里有雄的伏小？
人类是控制陆地和海洋的主人，
天赋的智慧胜过一切走兽飞禽，
女人必须服从男人是天经地义，
你应该温恭谦顺伺候他的旨意。

阿德里安娜　你嫁了个丈夫，不是去为婢为奴。

露西安娜　我未解风情，先要学习出嫁从夫。

阿德里安娜　你丈夫要是变了心把别人眷爱？

露西安娜　他会回心转意，我只有安心忍耐。

阿德里安娜　一个人倘不曾经历命运的颠簸，
怎么会了解苦命人心里的难过？
你可没有狠心的丈夫把你虐待，
你以为什么事都可以安心忍耐，
倘有一天人家篡夺了你的权利，
看你耐不耐得住你心头的怨气？

露西安娜　好，等我嫁了人以后试着看吧。你丈夫的跟班来了，他大概也就来了。

小德洛米奥上。

阿德里安娜　你那迟迟其来的主人现在可来了吗？你对他说过

什么话没有？你知道他的心思吗？

小德洛米奥 是，是，他把他的心思告诉我的耳朵了，我的耳朵现在还是热辣辣的。我真不懂他的意思。

露西安娜 他说得不大清楚，所以你听不懂吗？

小德洛米奥 不，他打了我一记清脆的耳刮子，我懂是不懂，痛倒很痛。

阿德里安娜 可是他是不是就要回家了？他真是一个体贴妻子的好丈夫！

小德洛米奥 嗳哟，太太，我的大爷准是疯了。

阿德里安娜 狗才，什么话！

小德洛米奥 他准是疯了。我请他回家吃饭，他却向我要一千个金马克。我说，“现在是吃饭的时候了”；他说，“我的钱呢？”我说，“肉已经烧熟了”；他说，“我的钱呢？”我说，“请您回家去吧”；他说，“我的钱呢？狗才，我给你的那一千个金马克呢？”我说，“猪肉已经烤熟了”；他说，“我的钱呢？”我说，“大爷，太太叫您回去”；他说，“什么太太！我不认识你的太太！”

露西安娜 这是谁说的？

小德洛米奥 大爷说的。他说，“我不知道什么家，什么妻子，什么太太。”所以我就谢谢他，把他的答复搁在肩膀上回来了，因为他的拳头就落在我的肩膀上。

阿德里安娜 不中用的狗才，再给我出去把他叫回来。

小德洛米奥　再出去找他，再让他把我打回来吗？看在上帝的脸上，请您另请高明吧！

阿德里安娜　狗才！不去，我就打破你的头。

小德洛米奥　难道我就是个圆圆的皮球，给你们踢来踢去吗？你把我一脚踢出去，他把我一脚踢回来，你们要我这皮球不破，还得替我补上一块厚厚的皮哩。（下）

露西安娜　嗳哟，瞧你满脸的怒气！

阿德里安娜　他和那些娼妇贱婢们朝朝厮伴，
我在家里盼不到他的笑脸相看。
难道逝水年华消褪了我的颜色？
有限的青春是他亲手把我摧折。
难道他嫌我语言无味心思愚蠢？
是他冷酷的无情把我聪明磨损。
难道浓装艳抹勾去了他的灵魂？
谁教他不给我裁剪入时的衣裙？
我这憔悴朱颜虽然逗不起怜惜，
剩粉残脂都留着他薄情的痕迹。
只要他投掷我一瞥和煦的春光，
这朵枯萎的花儿也会重吐芬芳；
可是他是一头不受羁束的野鹿，
他爱露餐野宿，怎念我伤心孤独！

露西安娜　姊姊，你何必如此，妒嫉徒然自苦！

阿德里安娜　人非木石，谁能忍受这样的欺侮？
我知道他一定爱上了浪柳淫花，

贪恋着温柔滋味才会忘记回家。
他曾经答应我打一条项链相赠，
看他对床头人说话有没有定准！
涂上釉彩的宝石容易失去光润，
最好的黄金经不起人手的摩损，
尽管他是名誉良好的端人正士，
一朝堕落了也照样会不知羞耻。
我这可憎容貌既然难邀他爱顾，
我要悲悼我的残春哭泣着死去。（同下）

第二场

广场

大安提福勒斯上。

大安提福勒斯 我给德洛米奥的钱都好好地在森道旅店里，那奴才出去找我去了。这样算来，我怎么会在市场上碰见德洛米奥？瞧，他又来了。

大德洛米奥上。

大安提福勒斯 喂，你现在还想开玩笑吗？你不知道哪一家森道旅店？你没有收到什么钱？你家太太叫你请我回去吃饭？你刚才对我说了这许多疯话，你是不是疯了？

大德洛米奥 我说了什么话，大爷？我几时说过这样的话？

大安提福勒斯 就在刚才，就在这里，不到半点钟以前。

大德洛米奥 您把钱交给我，叫我回到森道旅店去了以后，我没有见过您呀。

大安提福勒斯 狗才，你刚才说我不曾交给你钱，还说什么太太哩，吃饭哩；你现在大概知道我在生气了吧？

大德洛米奥 我很高兴看见您这样爱开玩笑，可是这笑话是什么意思？大爷，请您告诉我吧。

大安提福勒斯 啊，你还要假作痴呆，当着我的面放肆吗？你以为我是在跟你说笑话吗？我就打你！（打大德洛米奥）

大德洛米奥 慢着，大爷，看在上帝的面上！您现在把说笑话认真起来了。我究竟做错了什么事您要打我？

大安提福勒斯 我因为常常和你不拘名分，说说笑笑，你就这样大胆起来，人家有正事的时候你也敢捣鬼。无知的蚊蚋尽管在阳光的照耀下飞翔游戏，一到日没西山也会钻进它们的墙隙木缝。你要开玩笑就得留心我的脸色，看我有没有那样兴致。你要是还不明白，让我把这一种规矩打进你的脑壳里去。

大德洛米奥 我看您还是免动尊手，让我保全我的脑壳吧。可是请问大爷，我究竟为何被打？

大安提福勒斯 你不知道吗？

大德洛米奥 不知道，大爷，我只知道我给您打了。

大安提福勒斯 我要告诉你原因吗？好，第一，因为你胆敢在我面前放肆捣鬼；第二，因为你第二次见了我还要随口胡说。

大德洛米奥 你把我打得昏天黑地，我还是一个莫名其妙。谢谢大爷。

大安提福勒斯 谢谢我，谢我什么？

大德洛米奥 因为我无功受赏，所以要谢谢您。

大安提福勒斯 好，以后你做事有功，我也不赏你，那就可以拉平了。现在到吃饭的时候没有？

大德洛米奥 还没有。我看肉还没有烤熟呢。

大安提福勒斯 多烤了它会焦的。

大德洛米奥 它要是焦了，大爷，请您不要吃它。

大安提福勒斯 为什么？

大德洛米奥 您吃了焦肉会发脾气，我又要挨一顿打了。

大安提福勒斯 你以后说笑话也得看准适当的时候。且慢，谁在那边向我们招手？

阿德里安娜及露西安娜上。

阿德里安娜 好，好，安提福勒斯，你尽管皱着眉头，假装不认识我吧；你是要在你相好的面前，才会满面春风的；我不是阿德里安娜，也不是你的妻子。想起从前的时候，你会自动向我发誓，说只有我说的话才是你耳中的音乐，只有我才是你眼中最可爱的事物，只有我握着你的手你才会感到快慰，只有我亲手切下的肉才会使你感到美味。啊，我的夫，你现在怎么这样神不守舍，忘记了你自己？因为我们两人已结合一体，是不可分的，你把我这样遗弃不顾，就是遗弃了你自己。啊，我的爱人，不要离开我！你把一滴水洒下了海洋里，就没去把它重新收回，因为它已经和其余的水混合在一起分别不出来；我们两人也是这样，你怎么能硬把你我分开，而不把我的一部分也带了去呢？要是你听见我有了不端的行为，我这奉献给你的身子，已经给淫邪所玷污，那时你将要如何气愤！你不要唾骂我，羞辱我，不认我是你的妻子，从我不贞的手指上夺下我们结婚的指环，把它剁得粉碎吗？我知道你会这样做的，那么请你就这样做吧，因为我的身体里已经留下了淫邪的污点，我的血液里已经混合着奸情的罪恶，我们两人既然是一体，那么你的罪恶难道不会传染到我的身上？既然这样，你就该守身如玉，才可保全你的名誉和我的清白。

大安提福勒斯 您是在对我说这些话吧，嫂子？我不认识您；我到以弗所来不过两个钟点，完全是个陌生人，更不懂您的话是什么意思。

露西安娜 哎哟，姊夫，您怎么完全变了一个人呢？您几时这样对待过我的姊姊？她刚才叫德洛米奥来请您回家吃饭。

大安提福勒斯 叫德洛米奥请我？

大德洛米奥 叫我请他？

阿德里安娜 叫你请他，你回来却说他打了你，还说他不知道有什么家什么妻子。

大安提福勒斯 你曾经和这位太太讲过话吗？你们谈些什么？

大德洛米奥 我吗，大爷？我从来不曾见过她。

大安提福勒斯 狗才，你说谎！你在市场上对我说的话，正跟她说的一样。

大德洛米奥 我从来不曾跟她说过一句话。

大安提福勒斯 那么她怎么会叫得出我们的名字？难道她有未卜先知的本领吗？

阿德里安娜 你们主仆俩一吹一唱装傻弄诈，
多么不相称你高贵尊严的身价！
就算我有了错处你才把我回避，
也该宽假三分，给我自新的机会。
来，我要拉住你的衣袖紧紧偎倚，
你是参天的松柏，我是藤萝纤细，
藤萝托体松柏，信赖他枝干坚强，
莫让野蔓闲苔偷取你雨露阳光！

大安提福勒斯 她这样向我婉转哀求，字字辛酸，
莫不是我在梦中和她缔下姻缘？
难道我听错了，还是我昏睡未醒？
难道我的眼睛耳朵都有了毛病？
我且将错就错，顺从着她的心意，
把这现成的丈夫名义权时顶替。

露西安娜 德洛米奥，你去叫仆人们把饭预备好了。

大德洛米奥 哎哟，上帝饶恕我这罪人！（以手划十字）这儿是妖精住的地方，我们在和些山精木魅们说话，要是不服从他们，他们就要吮吸我们的血液，或者把我们身上拧得一块青一块紫的。

露西安娜 叫你不答应，却在那边唠叨些什么？德洛米奥，

你这蜗牛，懒虫！

大德洛米奥 大爷，我已经变了样子吗？

大安提福勒斯 我想我们的头脑都有些变了样子了。

大德洛米奥 不，大爷，不但是头脑，连外表也变了样了。

大安提福勒斯 你还是你原来的样子。

大德洛米奥 不，我已经变成了一头猴子。

露西安娜 你要是变起来，只好变成一头驴子。

大德洛米奥 不错，我是驴子，否则她怎么认识我，我却不认识她。

阿德里安娜 来，来，你们主仆两人看见我伤心，还把我这样任情取笑，我不愿再像一个傻子一样哭泣了。来，大家吃饭去吧；德洛米奥，好好看守着门。丈夫，我今天要在楼上陪着你吃饭，听你忏悔你种种对不起人的地方。德洛米奥，要是有人来看大爷，就说他在外面吃饭，什么人都不要让他进来。来，妹妹。

大安提福勒斯 （旁白）我是在人间，在天上，还是在地下？是在做梦吗？还是已经发了疯？她们认识我，我却不认识我自己！好，她们怎么说，我就怎么说，在这一场迷雾之中寻求新的天地。

大德洛米奥 大爷，我是不是要做起看门人来？

阿德里安娜 是，你要是让什么人进来，留心你的脑袋。

露西安娜 来，来，安提福勒斯，时候已经不早了。（同下）

第三幕

第一场

小安提福勒斯家门前

小安提福勒斯、小德洛米奥、安哲鲁及鲍尔萨泽同上。

小安提福勒斯 好安哲鲁先生，请你原谅我们，内人很是厉害，她因为我误了时间，一定要生气；你必须对她这样说，我因为在你的店里看你给她做项链，所以到现在才回来，你说那条项链明天就可以完工送来。可是这家伙却会当面造我的谣言，说他在市场上遇见我，说我打了他，说我问他要一千个金马克，又说我不认我的妻子，不肯回家。你这酒鬼，你这是什么意思？

小德洛米奥 尽您说吧，大爷，可是我知道得清清楚楚，您在市场上打了我，我身上还留着您打过的伤痕。我的皮肤倘然是一张羊皮纸，您的拳头倘然是墨，那么您亲笔写下的凭据，就可以说明一切了。

小安提福勒斯 我看你就是头驴子。

小德洛米奥 我这样挨打受骂，真像头驴子一样。人家踢我的时候，我应该把他还踢；要是我真的发起驴性子来，请您留心着我的蹄子吧，您会知道驴子也不是好惹的。

小安提福勒斯 鲍尔萨泽先生，您好像不大高兴，但愿我们的酒食能够代我向您表达一点欢迎的诚意。

鲍尔萨泽 美酒佳肴，我倒不在乎，您的盛情是值得感佩的。

小安提福勒斯 啊，鲍尔萨泽先生，满席的盛情，当不了一盆下酒的鱼肉。

鲍尔萨泽 大鱼大肉，是无论哪一个伧夫都能置办得起的不足为奇的东西。

小安提福勒斯 殷勤的招待不过是口头的空言，尤其不足为奇。

鲍尔萨泽 酒肴即使稀少，只要主人好客，也一样可以尽欢。

小安提福勒斯 只有吝啬的主人和比他更为俭约的客人，才会以此为满足。可是我的酒肴虽然菲薄，希望你不以为嫌，纵怀尽醉；你在别的地方可以享受到更为丰盛的宴席，可是不会遇到比我更诚心的主人。且慢！我的门怎么关起来了？去喊他们开门。

小德洛米奥 阿毛，白丽姐，玛琳，雪莉，琪琳，阿琴！

大德洛米奥 （在内）呆鸟，醉鬼，坏蛋，死人，蠢货，阿木林！给我滚开去！这儿不是让你找寻娘儿们的地方；一个已经太多了，你要这许多做什么？走，快滚！

小德洛米奥 咱们的看门人发了昏啦。喂，大爷在街上等着呢。

大德洛米奥　（在内）叫他不用等了，仍旧回到老地方去，免得他的尊足受了寒。

小安提福勒斯　谁在里面说话？喂！开门！

大德洛米奥　（在内）好，你对我说有什么事，我就开门。

小安提福勒斯　什么事！吃饭！我还没有吃过饭哪。

大德洛米奥　（在内）这儿不是你吃饭的地方；等到请你的时候你再来吧。

小安提福勒斯　你是什么人，不让我走进我自己的屋子？

大德洛米奥　（在内）我叫德洛米奥，现在权充司阍之职。

小德洛米奥　他妈的！你不但抢了我的饭碗，连我的名字也一起偷去了；我这饭碗可不曾给我什么好处，我这名字倒挨过不少的骂。要是你今天冒名顶替着我，那么你最好还是把你的脸孔也换一换，否则干脆就把名字改作驴子就得啦。

露丝　（在内）吵些什么，德洛米奥？门外是些什么人？

小德洛米奥　露丝，让大爷进来吧。

露丝　（在内）不，他来得太迟了，你这样告诉你的大爷吧。

小安提福勒斯　你听见吗，贱人？还不开门？

小德洛米奥　大爷，把门敲得重一点儿。

露丝　（在内）让他去敲吧。

小安提福勒斯　我要是把门敲破了，那时可不能饶过你，你这贱丫头！

阿德里安娜　（在内）谁在门口闹个不休？

大德洛米奥　（在内）你们这里无赖太多了。

小安提福勒斯 我的太太，你在里边吗？你怎么不早点跑出来？

阿德里安娜 （在内）混蛋！谁是你的太太？快给我滚开去！

小德洛米奥 大爷，您要是有了毛病，这个“混蛋”就要不舒服了。

安哲鲁 既没有酒食，也没有人招待，要是二者不可得兼，那么只要有一样也就行了。

鲍尔萨泽 我们刚才还在辩论丰盛的酒肴和主人的诚意哪一样更可贵，可是我们现在却要枵腹而归，连主人的诚意也没福消受了。

小德洛米奥 大爷，他们两位站在门口，您就在门口招待他们一下吧。

小安提福勒斯 她们一定有些什么花样，所以不放我们进去。

小德洛米奥 里面点心烘得热热的，您却在外面喝着冷风，大丈夫给人欺侮到这个样子，气也要气疯了。

小安提福勒斯 去给我找些什么东西，让我把门打开来。

大德洛米奥 （在内）你要是打坏了什么东西，我就打碎你这混蛋的头。

小德洛米奥 好了好了，请你让我进来吧。

大德洛米奥 （在内）等鸟儿没有羽毛，鱼儿没有鳞鳍的时候，再放你进来。

小安提福勒斯 好，我就打进去。给我去借一根铁杆子来。

鲍尔萨泽 请您息怒吧，快不要这样子，给人家知道了，不但于您的名誉有碍，而且会疑心到尊夫人的品行。你们相处多年，她的智慧贤德，您都是十分熟悉的；今天这一种情形，一定另有原因，慢慢地她总会把其中道理向您解释明白的。听我的话，咱们自顾自到猛虎饭店吃饭去吧；晚上您一个人回家，可以问她一个仔细。现在街上行人很多，您要是这样大动乾坤打进门去，难免引起人家不好听的说话，污辱了您的清白的名声；也许它将成为您的终身之玷，到死也洗刷不了，因为诽谤上了一个人的身上，是会永远存留着的。

小安提福勒斯 你说得有理，我就听你的话，静静地走了。让我们上一个地方去解解闷儿。我认识一个雌儿，长得很不错，人也很玲珑，谈吐也很好，挺风骚也挺温柔的，咱们就上她那里吃饭去吧。我的老婆因为我有时到这雌儿家里走动走动，常常起瞎疑心骂我，今天我们就到她家里去。（向安哲鲁）请你先回到你店里去一趟，把我叫你打的项链拿来，现在应该已经打好了；你可以把它带到普本丁酒店里，她就在那边侍酒，这链条我要送给她，算是对我老婆的报复。请你就去吧。我自己家里既然把我闭门不纳，我且去敲敲别人家的门，看他们会不会冷淡我。

安哲鲁 好，等会儿我就到您所说的地方来看您吧。

小安提福勒斯 好的。这一场笑话倒要花费我一些本钱哩。（各下）

第二场

同前

露西安娜及大安提福勒斯上。

露西安娜 安提福勒斯，你难道已经忘记了，
一个男人对他妻子应尽的本分？
在热情的青春，你爱苗已经枯槁？
恋爱的殿堂没有筑成就已坍倾？
你娶我姊姊倘只为了贪图财富，
为了财富你也该向她着意温存；
纵使另有新欢，也只好鹊桥偷度，
对着眼前的人儿献些假意殷勤。
别让她在你眼里窥见你的隐衷，
别让你的嘴唇宣布自己的羞耻；
你尽管巧言令色，把她鼓里包蒙，
心里奸淫邪恶，表面上圣贤君子。
何必让她知道你已经变了心肠？

哪一个笨贼夸耀他自己的罪状？
莫在她心灵上留下双重的创伤，
既然对不起她，就不该恶声相向。
哥哥，进去吧，安慰安慰我的姊姊，
劝她不要伤心，把她叫一声我爱；
甜言蜜语的慰藉倘能息争解气，
何必管他是真心，是假惺惺作态。

大安提福勒斯 亲爱的姑娘，我叫不出你的芳名，
更不懂我的名姓怎会被你知道；
你绝俗的风姿，你天仙样的才情，
简直是地上的奇迹，无比的美妙。
好姑娘，请你开启我愚蒙的心智，
为我指导迷津，扫清我胸中云翳，
我是一个浅陋寡闻的凡夫下士，
解不出你玄妙神奇的微言奥义。
我这不敢欺人的寸心惟天可表，
你为什么定要我堕入五里雾中？
你是不是神明，要把我从头创造？
那么我愿意悉听摆布，唯命是从。
可是我并没有迷失了我的本性，
这一头婚事究竟是从哪里说起？
我对她素昧平生，哪里来的责任？
我的情丝却早已在你身上牢系。
你婉妙的清音就像鲛人的仙乐，
莫让我在你姊姊的泪涛里沉溺；

我愿意倾听你自己心底的妙曲，
迷醉在你黄金色的发浪里安息，
那灿烂的柔丝是我永恒的眠床，
把温柔的死乡当作幸福的天堂！

露西安娜 你这样语无伦次，难道已经疯了？

大安提福勒斯 疯倒没有疯，可是有些昏迷颠倒。

露西安娜 多半是你眼睛瞧着人，心思不正。

大安提福勒斯 是你耀眼的阳光使我眩眩欲晕。

露西安娜 只要非礼勿视，你就会心地清明。

大安提福勒斯 我眼里没有你，就像黑夜没有星。

露西安娜 你要谈情说爱，请去找我的姊姊。

大安提福勒斯 我不爱姊姊，我只爱姊姊的妹妹。
你是我的纯洁美好的身外之身，
眼睛里的瞳人，灵魂深处的灵魂，
你是我幸福的源头，饥渴的食粮，
你是我尘世的天堂，升天的慈航。

露西安娜 你这种话应该向我姊姊说才对呀。

大安提福勒斯 就算你是你的姊姊吧，因为我说的是你。你现在还没有丈夫，我也不曾娶过妻子，我愿意永远爱你，我和你过着共同的生活。答应我吧！

露西安娜 嗳哟，你别胡闹了，我去叫我的姊姊来，看她怎么说吧。（下）

大德洛米奥慌张上。

大安提福勒斯 啊，怎么，德洛米奥！你这样忙着到哪儿去？

大德洛米奥 您认识我吗，大爷？我是不是德洛米奥？我是不是您的仆人？我是不是我自己？

大安提福勒斯 你是德洛米奥，你是我的仆人，你是你自己。

大德洛米奥 我是头驴子，我是一个女人的男人，我不是我自己。

大安提福勒斯 什么女人的男人？怎么说你不是你自己？

大德洛米奥 呃，大爷，我已经归于一个女人所有；她把我认了去，她缠着我，她不肯放松我。

大安提福勒斯 她是个什么人？

大德洛米奥 呃，大爷，她是厨房里的丫头，浑身都是油腻；我想不出她有什么用处，除非把她当作一盏油灯，借着她的光让我逃开她。要是把她身上的破衣服和她全身的脂油烧了起来，可以足足烧过一个波兰地方的冬天；要是她活到世界末日，那么她一定要在整个世界烧完以后一星期，才会烧得完。

大安提福勒斯 她的肤色怎样？

大德洛米奥 黑得像我的鞋子一样，可是还没有我的鞋子那样擦得干净；她身上的汗垢，一脚踏上去可以连人的鞋子都给没下去。

大安提福勒斯 那只要多用水洗洗就行了。

大德洛米奥 不，她的龌龊是在她的皮肤里面的，挪亚时代的洪水都不能把她冲干净。

大安提福勒斯 她的肥瘦如何？

大德洛米奥 从她屁股的这一边量到那一边，足足有六七呎；她的屁股之阔，就和她全身的长度一样；她的身体像个浑圆的地球，我可以在她身上找出世界各国来。

大安提福勒斯 她身上哪一部分是爱尔兰？

大德洛米奥 呃，大爷，在她的屁股上，那边有很大的沼地。

大安提福勒斯 苏格兰在哪里？

大德洛米奥 在她的手心里有一块不毛之地，大概就是苏格兰了。

大安提福勒斯 法国在哪里？

大德洛米奥 在她的额角上，从那蓬蓬松松的头发，我看出这是一个乱七八糟的国家。

大安提福勒斯 英国在哪里？

大德洛米奥 我想找寻白垩的岩壁，可是她身上没有一处地方是白的；猜想起来，大概在她的下巴上，因为它和法国是隔着一道鼻涕相望的。

大安提福勒斯 西班牙在哪里？

大德洛米奥 我可没有看见，可是她嘴里的气息热辣辣的，大概就在那边。

大安提福勒斯 美洲和西印度群岛呢？

大德洛米奥 啊大爷！在她的鼻子上，她鼻子上的瘰疬多得不可胜计，什么翡翠玛瑙都有。

大安提福勒斯 比利时和荷兰呢？

大德洛米奥 啊大爷！那种地方太低了，我望不下去。总之，这个丫头说我是她的丈夫；她居然未卜先知，叫我做德洛米奥，说我肩膀上有颗什么痣，头颈上有颗什么痣，又说我左臂上有一个大瘤，把我说得大吃一惊；我想她一定是个妖怪，所以赶紧逃了出来。幸亏我虔信上帝，心如铁石，否则她早把我变成一条狗子啦。

大安提福勒斯 你就给我到码头上去，瞧瞧要是风势顺的话，我今晚不能再在这儿耽搁下去了。你看见有什么船要出发，就到市场上来告诉我，我在那边等着你。要是谁都认识我们，我们却谁也不认识，那么还是打好铺盖走吧。

大德洛米奥 正像人家见了一头熊没命奔逃，
我这贤妻也把我吓得魄散魂消。（下）

大安提福勒斯 这儿都是些妖魔鬼怪，还是快快离开的好。叫我丈夫的那个女人，我从心底里讨厌她；可是她那妹妹却这么美丽温柔，她的风度和谈吐都叫人心醉，几乎使我情不自禁；为了我自己的安全起见，我应该塞住耳朵，不去听她那迷人的歌曲。

安哲鲁上。

安哲鲁 安提福勒斯大爷！

大安提福勒斯 呃，那正是我的名字。

安哲鲁 您的大名我还会忘记吗？瞧，项链已经打好了。我本来想在普本丁酒店交给您，因为还没有完工，所以耽搁了许多时候。

大安提福勒斯 你要我拿这项链做什么?

安哲鲁 那可悉听尊便，我是奉了您的命把它打起来的。

大安提福勒斯 奉我的命！我没有吩咐过你啊。

安哲鲁 您对我说过不止一次二次，足足有二十次了。您把它拿进去，让尊夫人高兴高兴吧；我在吃晚饭的时候再来奉访，顺便向您拿这项链的工钱吧。

大安提福勒斯 那么请你还是把钱现在拿去吧，等会儿也许你连项链和钱都见不到了。

安哲鲁 您真会说笑话，再见。（留项链下）

大安提福勒斯 我不知道这是怎么一回事。可是倘有人愿意白送给你这样一条好的项链，谁也不会拒绝吧。一个人在这里生活是不成问题的，因为在街道上也会有人把金银送给你。现在我且到市场上去等德洛米奥，要是有开行的船只，我就立刻动身。（下）

第三幕

第一场

广场

商人乙、安哲鲁及差役一人上。

商人乙 尊款自从五旬节以后，早已满期，我也不曾怎样向你催过；本来我现在也不愿意开口，可是因为我就要开船到波斯去，路上需要一些钱用，所以只好请你赶快还我，否则莫怪无礼，我要请这位官差把你看押起来了。

安哲鲁 我欠你的这一笔款子，数目刚巧跟安提福勒斯欠我的差不多，他就在我碰见你以前从我这儿拿了一条项链去，今天五点钟他就会把货款付给我。请你跟我一同到他家里去，我就可以清还尊款，还要多多感谢你的帮忙哩。

小安提福勒斯及小德洛米奥自娼妓家出。

差役 省得你多跑一趟路，他正好来了。

小安提福勒斯 我现在要到金匠那边去，你去给我买一根结实的绳鞭子来，我那女人串通了她的一党，把我白天关在门外，我要去治治她们。且慢，金匠就在那边。你快去买了绳鞭子，带回家里给我。（小德洛米奥下）你这个人真靠不住，你答应我把项链亲自送来给我，可是我既不见链条，又不见你的人。你大概恐怕咱们的交情给链条锁住了，会永远拆不开来，所以才避开我的面吗？

安哲鲁 别说笑话了，这儿是一张发票，上面开列着您那条项链的正确重量，金子的质地，连价格一起标明。我现在欠着这位先生的钱，要是把尊账划过，还有三块钱多，请您就给我还了他吧，因为他就要开船，等着这笔钱要用。

小安提福勒斯 我身边没有带现钱，而且我在城里还有事情。请你同着这位客人到我家里去，把那链条也带去交给内人，叫她把账付清。我要是来得及，也许可以赶上你们。

安哲鲁 那么您就把项链自己带去给您太太吧。

小安提福勒斯 不，你拿去，我恐怕要回去得迟一点。

安哲鲁 很好，先生，我就给您带去。那链条在您身边吗？

小安提福勒斯 我身边是没有；我希望你不曾把它忘记带在身边，否则你要空手而归了。

安哲鲁 好了好了，请您快把链条给我吧。现在顺风顺水，这位先生正好上船，我已经耽误了他许多时间，可不要误了人家的事。

小安提福勒斯 嗳哟，你失约不到普本丁酒店里来，却用这种寻开心的话来遮盖自己的不是。我应该怪你不把它早给我，现在你倒先要向我无理取闹了。

商人乙 时间不知不觉地过去，请你快一点吧。

安哲鲁 你听他又在催我了，那链条呢？

小安提福勒斯 链条吗？你拿去给我的妻子，她就会把钱给你。

安哲鲁 好了，好了，你知道我刚才已经把它给了你了。你要是不肯把链条交我带去，就让我带点什么凭据去也好。

小安提福勒斯 哼！现在你可把玩笑开得太过分了。来，那链条呢？请你给我看看。

商人乙 你们这样纠缠不清，我可没工夫等下去。先生，你爽快回答我你愿意不愿意替他把钱还我。要是你不答应，我就让这位官差把他看押起来。

小安提福勒斯 我回答你！怎么要我回答你？

安哲鲁 你欠我的链条的钱呢？

小安提福勒斯 我没有拿到链条，怎么会欠你钱？

安哲鲁 你知道我在半点钟以前把它给了你的。

小安提福勒斯 你没有给我什么链条，你完全在诬赖我。

安哲鲁 先生，你不承认你已经把它拿了去，才真对不起人，你知道这是跟我的信用有关的。

商人乙 好，官差，我告他欠我的钱，请你把他看押起来。

差役 好，我奉着公爵的名义逮捕你，命令你不得反抗。

安哲鲁 这可把我的脸也丢尽了。你要是不答应把这笔钱拿出来，我就请这位官差把你也看押起来。

小安提福勒斯 我没有拿过你什么东西，却要我答应付你钱！蠢东西，你有胆量就把我看押起来吧。

安哲鲁 官差，这是给你的酒钱，请把他抓了。他这样公然给我难堪，就算他是我的兄弟，我也不能放过他。

差役 先生，我要把你看押起来，你听见他控告你。

小安提福勒斯 好，我不反抗，我会叫家里拿钱来取保。可是你这混蛋，你对我开这场玩笑，是要付重大的代价的，那时候恐怕拿出你店里所有的金银来也还不够呢。

安哲鲁 安提福勒斯先生，以弗所是个有法律的城市，它一定会叫你从此没脸见人。

大德洛米奥上。

大德洛米奥 大爷，有一艘埃必丹农的船，等船老板上了船，就要开行。我已经把我们的东西搬上去了，油、香膏、酒精，我也都买好了。船已经整帆待发，风势也很顺利，咱们也可以上船了。

小安提福勒斯 怎么，你疯了吗？有什么埃必丹农的船在等着我？

大德洛米奥 您不是自己叫我去雇船的吗？

小安提福勒斯 你喝醉了酒，把头都喝昏了吗？我叫你去买一根绳子，我也告诉过你买来做什么用处。

大德洛米奥 叫我买绳子！你明明叫我到港口去雇船的。

小安提福勒斯 我等会儿再跟你算账，我要叫你以后听话留点儿神。现在快给我到太太那边去，把这钥匙交给她，对她说，在那铺着土耳其花毯的桌子里有一袋钱，叫她把它拿给你。你告诉她我在路上给他们捉去了，这钱是用来取保的。狗才，快去！官差，咱们就到牢里坐一坐吧。（商人乙、安哲鲁、差役、小安提福勒斯同下）

大德洛米奥 到太太那边去！那就是我们吃饭的地方，那面还有一个婆娘认我做丈夫；她太胖了，我真吃她不消。硬着头皮去一趟，主人之命不可抗。（下）

第二场

小安提福勒斯家中一室

阿德里安娜及露西安娜上。

阿德里安娜 露西安娜，难道他这样把你勾诱？
你有没有仔细窥探过他的神情，
到底是假意求欢，还是真心挑逗？
他是不是红着脸，说话一本正经？
你能不能从他无法遮藏的脸上，
看出他心里面不怀好意的跳荡？

露西安娜 他先是把你们夫妻的名分否认。

阿德里安娜 我没有亏待他，他自己夫道未尽。

露西安娜 他又发誓说他在这里是个外人。

阿德里安娜 可恼他反脸无情，不顾背誓寒盟！

露西安娜 于是我劝他回心爱你。

阿德里安娜 他怎么说？

露西安娜 他反转来苦苦求我把爱情施与。

阿德里安娜　　究竟他向你说些什么游辞浪语？

露西安娜　　倘使是纯洁的爱，我也许会心动，

他说我美貌无双，赞我言辞出众。

阿德里安娜　　你一定很高兴吧？

露西安娜　　请你不要发恼。

阿德里安娜　　我再也按捺不住我心头的怒气，

管不住我的舌头把他申申痛詈。

他跛脚疯手，腰驼背曲，又老又瘦，

五官不正，四肢残缺，满身的丑陋，

恶毒，凶狠，愚蠢，再加上残酷无情，

他的心肠比容貌还要丑上十分！

露西安娜　　这样一个男人你何必割舍不下，

依我说你就干脆让他滚蛋也罢。

阿德里安娜　　我嘴里骂他，心里可是舍不得他，

但愿人家看着他是个鬼怪夜叉。

大德洛米奥上。

大德洛米奥　　到了，去，桌子！钱袋！好，赶快！

露西安娜　　怎么，你话都说不清楚了吗？

大德洛米奥　　跑得太快了，喘不过气来。

阿德里安娜　　大爷呢，德洛米奥？他人好吗？

大德洛米奥　　不好，他给抓到地狱里去了。

阿德里安娜　　啊，是怎么一回事？

大德洛米奥　　我也不知道是怎么一回事，他给他们捉去了。

阿德里安娜　怎么，他给捉去了？谁把他告官？

大德洛米奥　我也不知道谁把他告官，总之他给捉去了。太太，您肯把他桌子里的钱给我，去赎他出来吗？

阿德里安娜　妹妹，你去拿一拿。（露西安娜下）我倒不懂他怎么会瞒着我欠人家的钱。告诉我，他们把他绑起来了吗？

大德洛米奥　绑倒没有绑起来，可是我听他们说要把他用链条锁起来呢。您不听见那声音吗？

阿德里安娜　什么，链条的声音吗？

大德洛米奥　不，钟的声音。我现在一定要去了；我离开他的时候才两点钟，现在已经敲一点钟了。

阿德里安娜　钟会倒退转来，我倒没有听见过。

大德洛米奥　要是钟点碰见了官差，他会吓得倒退转来的。

露西安娜重上。

阿德里安娜　德洛米奥，你快把钱拿去，同大爷回家来。妹妹，我们进去吧。（同下）

第三场

广场

大安提福勒斯上。

大安提福勒斯 我在路上看见的人，都向我敬礼，好像我是他们的老朋友一般，谁都叫得出我的名字。有的人送钱给我，有的人请我去吃饭，有的人向我道谢，有的人要我买他的东西；刚才还有一个裁缝把我叫进他的店里去，给我看一匹他给我买下的绸缎，并且还给我量尺寸长短。我看这里的人们都有魔术，他们有意用这种古怪的手段戏弄我。

大德洛米奥上。

大德洛米奥 大爷，这是您叫我去拿的钱。

大安提福勒斯 什么钱？你别胡说八道了。今天晚上有没有船只开行？我们就可以动身吗？

大德洛米奥 咦，大爷，我在一点钟之前，就告诉您今晚有船就要出发，那时您却给官差捉去了，您叫我去拿这些钱来把您赎出。

大安提福勒斯 这家伙疯了，我也疯了。我们已经踏进了妖境，求上帝快快保佑我们离开这地方吧！

妓女上。

妓女 安提福勒斯大爷，咱们遇得巧极了。您大概已经找到了金匠，这链条就是您答应给我的吗？

大安提福勒斯 魔鬼，走开！不要引诱我！

大德洛米奥 大爷，她就是魔鬼的奶奶吗？

大安提福勒斯 她就是魔鬼。

大德洛米奥 不，她比魔鬼还要可怕，她是个母夜叉，扮作婊子来迷人。不要走近她的身边，她身上有火。

妓女 你们主仆两人真会开玩笑。大爷，您肯赏光到我家里去吃顿饭吗？

大安提福勒斯 走开，妖精！什么吃饭不吃饭！你是个迷人的妖女，你们这儿全都是妖怪，你快给我走开吧！

妓女 你把吃中饭时候向我要去的戒指还我，或者把你答应给我的链条跟我交换，我就去，不再来打扰你好了。

大德洛米奥 有的魔鬼只向人要一些指甲头发，或者一滴血、一枚针、一粒樱桃核，她却向人要一根金链条，真是一个贪心的魔鬼。大爷，您别给她迷昏了，这链条给她不得，否则她要把它摇响来吓我们的。

妓女 大爷，请你快把我的戒指还我，或者把你的链条给我。你们贵人是不应该这样欺诈我们的。

大安提福勒斯 别跟我缠绕不清了，妖精！德洛米奥，咱们快走吧。（大安提福勒斯、大德洛米奥同下）

妓女 安提福勒斯一定是真的疯了，否则他决不会这样不顾面子的。他把我一个值四十块钱的戒指拿去，答应我他要去打一根金链条来跟我交换；现在他戒指也不肯还我，链条也不肯给我。我相信他一定是疯子，不但因为他刚才对我那种情形，而且今天吃饭的时候，我还听他说过一段疯话，说是他家里关紧大门不放他进去，大概他的老婆知道他时常精神病发作，所以有意把他关在门外。我现在要到他家里去告诉他的老婆，说他发了疯闯进我的屋子里，把我的戒指抢去了。这个办法很不错，四十块钱不能让它冤枉丢掉。（下）

第四场

街道

小安提福勒斯及差役上。

小安提福勒斯 朋友，你放心好了，我不会逃走的。他说我欠他多少钱，我就留下多少钱给你再走。我的老婆今天脾气很坏，她听见我会在以弗所吃官司，一定会跳起来。

小德洛米奥持绳鞭上。

小安提福勒斯 我的跟班已经来了，我想他一定带着钱来。喂，我叫你干的事怎么样了？

小德洛米奥 我已经买来了，你瞧，这一定可以叫他们大家知道些厉害。

小安提福勒斯 可是钱呢？

小德洛米奥 咦，大爷，钱我早把它拿去买绳鞭子了。

小安提福勒斯　狗才，你拿五百块钱去买一条绳子吗？我叫你到家里去做什么的？

小德洛米奥　叫我去买绳鞭子呀，我现在买来了。

小安提福勒斯　好，我就用这绳鞭子来欢迎你。（打小德洛米奥）

差役　先生，您息怒吧。

小德洛米奥　你倒叫他息怒，我才算倒尽了霉！

差役　好了，你也别多话了。

小德洛米奥　你叫我别多话，先叫他别打。

小安提福勒斯　你这糊涂混账没有知觉的蠢材！

小德洛米奥　大爷，我但愿我没有知觉，那么您打我我也不会痛了。

小安提福勒斯　你就像一头驴子一样，什么都是糊里糊涂的，只有把你抽一顿鞭子才觉得痛。

小德洛米奥　不错，我真是一头驴子，您看我的耳朵已经给他扯得这么长了。我从出世以来，直到现在，一直服侍着他；我在他手里没有得到什么好处，打倒给他打过不知多少顿了。我冷了，他把我打到浑身发热；我热了，他把我打到浑身冰冷；我睡着的时候，他会把我打醒；我坐下的时候，他会把我打得站起来；我出去的时候，他会把我打到门外；我回来的时候，他会把我打进门里。他的拳头永远不离我的肩膀，就像叫花婆肩上驮着的小孩子一样；我看他把我的腿打断了以后，我还要负着这一身伤痕沿门乞讨呢。

小安提福勒斯　好，你去吧，我的妻子打那边来了。

阿德里安娜、露西安娜、妓女、品契同上。

小德洛米奥 太太，请您留点儿心，那是很痛的呢。

小安提福勒斯 你还要多嘴吗？（打小德洛米奥）

妓女 你看，你的丈夫不是疯了吗？

阿德里安娜 他这样野蛮，真的是疯了。品契师傅，你有驱邪逐鬼的本领，请你帮助他恢复本性，你要什么酬报我都可以答应你。

露西安娜 嗳哟，他的脸色多么狰狞可怕！

妓女 瞧他给鬼迷得浑身发抖了！

品契 请你伸过手来，让我摸摸你的脉息。

小安提福勒斯 我就伸过手来，赏你一记耳光。（打品契）

品契 撒旦，我用天上列圣的名义，命令你快快离开这个人的身体，回到你那黑暗的洞府里！

小安提福勒斯 胡说，你这愚蠢的术士！我没有发疯。

阿德里安娜 可怜的人儿，我希望你真的没有发疯！

小安提福勒斯 你这贱人！这些都是你的相好吗？这个面孔黄黄的家伙，就是他今天在我家里饮酒作乐，把我关在门外，不许我走进自己的家里吗？

阿德里安娜 丈夫，上帝知道你今天在家里吃饭。倘然你好好地待在家里不出来，也就不会有这种难听的话了。

小安提福勒斯 在家里吃饭！狗才，你怎么说？

小德洛米奥 大爷，老老实实说一句，您并没在家里吃饭。

小安提福勒斯 我家里的门不是关得紧紧的，不让我进去吗？

小德洛米奥 是的，您家里的门关得紧紧的，不让您进去。

小安提福勒斯 她自己不是在里边骂我吗?

小德洛米奥 不说假话，她自己在里边骂您。

小安提福勒斯 那厨房里的丫头不是也把我破口辱骂吗?

小德洛米奥 一点不错，那厨房里的丫头也把您辱骂。

小安提福勒斯 我不是盛怒而去吗?

小德洛米奥 正是，我的骨头可以作证，您的盛怒它领教过了。

阿德里安娜 他说话这样颠倒，我们还是顺顺他的意思吧。

品契 不错，他现在正在癫痫发作，不要跟他多辩，就会慢慢地安静下来的。

小安提福勒斯 你唆使那金匠把我逮捕。

阿德里安娜 唉！我听见了这消息，就叫德洛米奥拿钱来保你出来。

小德洛米奥 叫我拿钱来！天地良心，大爷，我可没有拿到一个钱。

小安提福勒斯 你没去向她要一个钱袋吗?

阿德里安娜 他到了家里，我就给他。

露西安娜 我可以证明她把钱袋交给了他。

小德洛米奥 上帝和绳店里的老板可以为我作证，我只是奉命去买一根绳子。

品契 太太，他们主仆两人都给鬼附上了，您看他们的脸色多么惨白。他们一定要好好捆起来，放在黑暗的屋子里。

小安提福勒斯 我问你，你今天为什么把我关在门外？为什么不肯拿出那一袋钱来?

阿德里安娜　好丈夫，我没有把你关在门外。

小德洛米奥　好大爷，我也没有拿到过什么钱；可是咱们的的确确是给她们关在门外的。

阿德里安娜　欺人的狗才！你说的都是假话。

小安提福勒斯　欺人的淫妇！你自己才没有半点真心；你串通一帮狐群狗党来摆布我，我这十个指头可要戳进你的眼眶里，把你那双骗人的眼珠子挖出来；你别以为瞧着我这样给人糟蹋羞辱是件有趣的玩意儿。

阿德里安娜　啊！捆住他，捆住他，别让他走近我的身边！

品契　多喊几个人来！他身上的鬼强横得很呢。

露西安娜　嗳哟，可怜的，他脸上多么惨白！

三四人入场，将小安提福勒斯捆缚。

小安提福勒斯　啊，你们要谋害我吗？官差，我是你的囚犯，你难道就让他们把我劫走吗？

差役　列位放了他吧；他是我的囚犯，不能让你们带去。

品契　把这家伙也捆了，他也是发疯的。（众人将小德洛米奥捆缚）

阿德里安娜　你要干吗，你这无礼的差人？你愿意看一个不幸的疯人伤害他自己吗？

差役　他是我的囚犯，我要是放他去了，他欠人家的钱就要责成在我身上了。

阿德里安娜　我会替他了清这一笔债款的，你把我领去见他的债主，等我问明白以后，我就可以如数还他。好师父，请你护送他回家去。唉，倒霉！妹妹你跟我走吧。（品契及助手等推小安提福勒斯、小德洛米奥下）告诉我，是谁控告他？

差役 一个叫安哲鲁的金匠，您认识他吗？

阿德里安娜 我认识这个人。他欠他多少钱？

差役 二百块钱。

阿德里安娜 这笔钱是怎么欠下来的？

差役 因为您的官人拿过他一条项链。

阿德里安娜 他曾经说起过要给我打一条项链，可是始终没有给我。

妓女 他今天暴跳如雷地到了我家里，把我的戒指也抢去了，我看见那戒指刚才就在他的手指上；后来我遇见他的时候，他是套着一条项链。

阿德里安娜 也许是的，可是我却没有看见。来，官差，同我到金匠那里去，我要知道这件事情的全部真相。

大安提福勒斯及大德洛米奥拔剑上。

露西安娜 慈悲的上帝！他们又逃出来啦！

阿德里安娜 他们还拔着剑。咱们快去多叫些人来把他们重新捆好。

差役 快逃！他们要把我们杀了。（阿德里安娜、露西安娜及差役下）

大安提福勒斯 原来这些妖精是怕剑的。

大德洛米奥 叫您丈夫的那个女的现在见了您却逃走了。

大安提福勒斯 给我到森道旅店去，把我们的行李拿来，我巴不得早一点平安上船。

大德洛米奥 老实说，咱们就是再多住一晚，他们也一定不会害我们。您看他们对我们说话都是那么恭敬，送给我们钱用。我想他们倒是一个很有礼貌的民族，倘不是那个胖婆娘一定要我做她的丈夫，我倒也愿意永远住在这儿，变一个妖精。

大安提福勒斯 我今夜可无论怎么也不愿耽搁下去。去，把我们的行李搬上船吧。（同下）

第五幕

第一场

尼庵前的街道

商人乙及安哲鲁上。

安哲鲁 对不住，先生，我误了你的行期；可是我可以发誓他把我的项链拿去了，虽然他自己老着脸皮不肯承认。

商人乙 这个人在本城的名声怎样？

安哲鲁 他有极好的名声，信用也很好，在本城是最受人敬爱的人物；只要他说一句话，我可以让他动用我的全部家财。

商人乙 话说轻些，那边走来的好像就是他。

大安提福勒斯及大德洛米奥上。

安哲鲁 不错，他头颈上套着的正就是他极口抵赖的那条项链。先生，你过来，我要跟他说话。安提福勒斯先生，我真不懂您为什么要这样羞辱我为难我；您发誓否认您拿了我的项链，现在却公然把它戴在身上，这就是对于您自己的名誉也是有点妨害的。您不但害我吃了一场冤枉官司，而且也连累了我这位好朋友，他倘不是因为我们这一场纠葛，今天就可以上船出发的。您把我的项链拿去了，现在还想赖吗？

大安提福勒斯 这项链是你给我的，我并没有赖呀。

商人乙 你明明赖过的。

大安提福勒斯 谁听见我赖过？

商人乙 我自己亲耳听见你赖过。不要脸的东西！你这种人是不配和规规矩矩的人来往的。

大安提福勒斯 你出口骂人，太不讲理；有胆量的，跟我较量一下，我要证明我自己是个重名誉讲信义的人。

商人乙 好，我说你是一个混蛋，咱们倒要比个高低。（二人拔剑决斗）

阿德里安娜、露西安娜、妓女及其他人等上。

阿德里安娜 住手！看在上帝面上，不要伤害他；他是个疯子。请你们过去把他的剑夺下了，连那德洛米奥一起捆起来，把他们送到我家里去。

大德洛米奥 大爷，咱们快逃吧；天哪，找个什么地方躲一躲才好！这儿是一所庵院，快进去吧，否则咱们要给他们捉住了。（大安提福勒斯、大德洛米奥逃

入庵内）

住持尼上。

住持尼 大家别闹！你们这么多人挤在这儿有什么事？

阿德里安娜 我的可怜的丈夫发疯了，我来同他回家去。放我们进去吧，我们要把他牢牢地捆起来，送他回家医治。

安哲鲁 我知道他的神智的确有些反常。

商人乙 我现在后悔不该和他决斗。

住持尼 这个人疯了多久了？

阿德里安娜 他这一星期来，老是郁郁不乐，完全和从前换了个样子；可是直到今天下午，才突然发作起来。

住持尼 他因为船只失事，损失了许多财产吗？有什么好朋友在最近死去吗？还是因为犯了一般青年的通病，看中了谁家的姑娘，为了私情而烦闷吗？

阿德里安娜 也许是为了你最后所说的一种原因，他一定在外面爱上了什么人，所以老是不在家里。

住持尼 那么你就该责备他。

阿德里安娜 是呀，我也曾责备过他。

住持尼 也许你责备他得不够厉害。

阿德里安娜 在妇道所容许的范围之内，我曾经狠狠地数说过他。

住持尼 也许你只在私下里数说他。

阿德里安娜 就是当着众人面前，我也是要骂他的。

住持尼　也许你骂他还不够凶。

阿德里安娜　那是我们日常的话题。在床上他给我劝告得不能入睡；吃饭的时候，他被我劝告得不能下咽；没有旁人的时候，我就跟他谈论这件事；当着别人的面前，我就用眼色警戒他；我总是对他说那是一件干不得的坏事。

住持尼　所以他才疯了。妒妇的长舌比疯狗的牙齿更毒。他因为听了你的詈骂而失眠，所以他的头脑才会发昏。你说你在吃饭的时候，也要让他饱听你的教训，所以害得他消化不良，郁积成病。你说他在游戏的时候，也因为你的谯诃而打断了兴致，一个人既然找不到慰情的消遣，他自然要闷闷不乐，心灰意懒，百病丛生了。吃饭游戏休息都要受到烦扰，无论是人是畜生都会因此而发疯。你的丈夫是因为你的多疑善妒，才丧失了理智的。

露西安娜　他在举止狂暴的时候，她也不过轻轻劝告他几句。——你怎么让她这样责备你，一句也不回口？

阿德里安娜　她骗我招认出我自己的错处来了。诸位，我们进去把他拖出来。

住持尼　不，谁也不准进我的屋子。

阿德里安娜　那么请你叫你的用人把我丈夫送出来吧。

住持尼　也不行。他因为逃避你们而进来，我在没有设法使他恢复神智以前，决不能把他交在你们手里。

阿德里安娜　他是我的丈夫，我会照顾他、看护他，那是我的本分，用不着别人代劳。快让我带他回去吧。

住持尼 不要急，让我给他服下玉液灵丹，为他祈祷神明，使他恢复原状，现在可不能惊动他。出家人曾经在神前许下誓愿，为众生广行方便；让他留在我的地方，你先去吧。

阿德里安娜 我不能抛下我的丈夫独自回家。你是个修道之人，怎么好拆散人家的夫妇？

住持尼 别闹，去吧；我不能把他交给你。（下）

露西安娜 她这样无礼，我们去向公爵控诉吧。

阿德里安娜 好，我们去吧；我要跪在地上不起来，向公爵哭泣哀求，一定要他亲自来逼这尼姑交出我的丈夫。

商人乙 我看现在快要五点钟了，公爵大概就要经过这里到刑场上去。

安哲鲁 为什么？

商人乙 因为有一个倒霉的叙拉古老头子走进了我们境内，违犯本地的法律，所以公爵要来监视他当众枭首。

安哲鲁 瞧，他们已经来了，我们倒有杀头看啦。

露西安娜 趁公爵没有走过庵门之前，你快向他跪下来。

公爵率扈从、光着头的伊勤及刽子手、差役等上。

公爵 再向公众宣告一遍，倘使他有什么朋友愿意代他缴纳赎款，可以免他一死，因为我们十分可怜他。

阿德里安娜 青天大老爷伸冤！这庵里的姑子不是好人！

公爵 她是一个道行高超的老太太，怎么会欺侮你？

阿德里安娜 禀殿下，您给我做主许配的我的丈夫安提福勒斯，今天忽然大发精神病，带着他的一样发疯的跟班，在街上到处乱跑，闯进人家的屋子里，把人家的珠宝首饰随意拿走。我曾经把他捉住捆好，送回家里，一面忙着向人家赔不是，可是不知怎么又给他逃了出来，疯疯癫癫的主仆两人，手里还挥着刀剑，看见我们就吓着把我们赶走。后来我招呼了许多人，想把他拖回家里去，他看见人多，就逃进这所庵院里了。我们追到了这里，这里的姑子却堵住了大门，不让我们进去，也不肯放他出来；我没有办法，只好求殿下做主，命令那姑子把我的丈夫交出来，好让我带他回家去医治。

公爵 你的丈夫跟着我转战有功，当初你们结婚的时候，我曾经答应尽力照拂他。来人，给我去敲开庵门，叫那当家的尼姑出来见我。我要把这件事情问明白了再走。

一仆人上。

仆人 啊，太太！太太！快逃命吧！大爷和他的跟班已经挣脱了束缚，抓住了使女们乱打那赶鬼的法师也给他们绑了起来，用烧红的铁条烫他的胡子，火着了便把一桶一桶污泥水向他迎面浇上去。大爷一面劝他安心，他的跟班一面拿了剪刀剪他的头发。要是您不赶快打发人去救他出来，这法师要给他们作弄死了。

阿德里安娜 闭嘴，蠢材！你大爷和他的跟班都在这里，你说的都是一派胡言。

仆人 太太，我发誓我说的都是真话。这是我刚才亲眼看见的事，我奔到这儿来，简直连气都没有喘过一口呢。他还嚷着要寻着您，他发誓说看见了您要把您的脸孔都烫坏了，叫您见不得人。（内呼声）听，听，他来了，太太！快逃吧！

公爵 来，站在我的身边，别怕。卫士们，拿好戟子，留心警戒！

阿德里安娜 哎哟，那真是我的丈夫！你们瞧，他会隐身来去，刚才他明明走进这庵里去，现在他又在这里了，怎么会有这种怪事！

小安提福勒斯及小德洛米奥上。

小安提福勒斯 殿下，请您看在我当年跟着您南征北战、冒死救驾的功劳分上，给我主持公道！

伊勤 我倘不是因为怕死而吓得精神错乱，那么我明明瞧见我的儿子安提福勒斯和德洛米奥。

小安提福勒斯 殿下，请您给我惩罚那个妇人！多蒙您把她许配给我，可是她却不守妇道，把我百般侮辱，甚至还想谋害我！她今天那样不顾羞耻地对待我的种种情形，简直是谁也想象不到的。

公爵 你把她怎样对待你的情形说出来，我会给你们公平判断。

小安提福勒斯 殿下，她今天把我关在门外，自己和一帮无赖在我的家里饮酒作乐。

公爵 那真太荒唐了！阿德里安娜，你真的这样吗？

阿德里安娜 不，殿下，今天吃饭的时候，他，我和我的妹妹都在一起。他这样说我，完全是冤枉的！

露西安娜 我可以对天发誓，她说的都是真话。

安哲鲁 说鬼话的女人！他虽然是个疯子，可是并没有冤枉她们。

小安提福勒斯 殿下，我并不是喝醉了酒信口乱说，也不是因为心里恼怒随便冤人，虽则像我今天所受到的种种侮辱，是可以叫无论哪一个头脑冷静的人都会发起疯来的。这妇人今天把我关在门外不让我进去吃饭；站在那边的那个金匠倘不是她的同党，他可以为我证明的，因为他那时和我在一起。后来他去拿一条项链答应我把它送到我跟鲍尔萨泽一同吃饭的酒店里；可是我们吃完饭，他还没有来，我就去找他；我在街上遇见了他，那位先生也跟他在一起，不料这个欺人的金匠一口咬定他已经在今天把项链交给我，天知道我可没有看见过；他赖了人不算，还叫差役把我捉住，我没有办法，只好叫我的奴才回家去拿钱，谁知道他却空手回来；于是我就求告那位差役，请他亲自陪着我到我家里；在路上我们碰见了我的妻子小姨，带着她们的一批狐群狗党，还有一个名叫品契的面黄肌瘦像一副枯骨似的混账家伙，一个潦倒不堪的江湖术士，简直就是个活死人，这个说鬼话的狗才自以为能够降神捉鬼，他的一双眼睛盯在我的脸上，摸着我的脉息，说是有鬼附在我身上；于是他们大家扑在我身上，把我缚住手脚抬到家里，连我的跟班一起丢在一个黑暗潮湿的地窖里，后来被我用牙齿咬断了绳，才算逃了出来，立刻就到这儿来了。殿下，我受到这样奇耻大辱，一定要请您给我做主申雪。

安哲鲁 殿下，我可以为他证明，他的确不在家里吃饭，因为他家里关住了门不放他进去。

公爵 可是你有没有把这样一条项链交给他呢？

安哲鲁 他已经把它拿去了，殿下；他跑进庵里去的时候，这些人都看见他套在颈上的。

商人乙 而且我可以发誓我亲耳听见你承认你已经从他手里取了这条项链，虽然起先在市场上你是否认的，那时我就拔出剑来跟你决斗，你后来便逃进这所庵院里去，可是不知怎么一下子你又出来了。

小安提福勒斯 我从来不曾踏进这庵院的门，你也从来不曾跟我决斗过，那项链我更是不曾见过。上天为我作证，你们都在冤枉我！

公爵 咦，这可奇了！我看你们都喝了迷魂的酒了。要是你们说他曾经走了进去，那么他怎么说没有到过；要是他果然发疯，那么他怎么说话一点不疯；你们说他在家里吃饭，这个金匠又说他不在家里吃饭。小厮，你怎么说？

小德洛米奥 老爷，他是在普本丁酒店里跟她一块儿吃饭的。

妓女 是的，他还把我手指上的戒指拿去了。

小安提福勒斯 是的，殿下，这戒指就是我从她那里拿来的。

公爵 你看见他走进这座院里去吗？

妓女 老爷，我的的确确看见他走进去。

公爵 好奇怪！去叫那当家的尼姑出来。（一侍从下）我看你们个个人都有精神病。

伊勤 威严无比的公爵，请您准许我说句话儿。我看见这儿有一个可以救我的人，他一定愿意拿出钱来赎我。

公爵 叙拉古人，你有什么话尽管说吧。

伊勤 先生，你的名字不是叫安提福勒斯吗？尊仆不就是德洛米奥吗？我想你们两人一定还记得我。

小德洛米奥 老丈，我看见了你，只记得我们自己；刚才我们也像你一样给人捆起来的。你是不是也因为有精神病，被那品契诊治过？

伊勤 你们怎么看着我好像是陌生人一般？你们应该认识我的。

小安提福勒斯 我从来不曾看见过你。

伊勤 唉！自从我们分别以后，忧愁已经使我大大换了样子，年纪老了，终日的懊恼在我的脸上刻下了难看的痕迹；可是告诉我，你还听得出我的声音吗？

小安提福勒斯 听不出。

伊勤 德洛米奥，你呢？

小德洛米奥 不，老丈，我也听不出。

伊勤 我想你们一定听得出来的。

小德洛米奥 我想我们一定听不出来；人家既然这样回答你，你也只好这样相信他们。

伊勤 听不出我的声音！啊，无情的时间！你在这短短的七年之内，已经使我的喉咙变得这样沙哑，连我唯一的儿子都听不出我的忧伤无力的语调来了吗？我的满是皱纹的脸上虽然盖满了霜雪一样的须发，我的周身的血脉虽然已经凝冻，可是我这暮景余年，还留着几分记忆，我这垂熄的油灯还闪着最后的微光，我这迟钝的耳朵还剩着一丝听觉，我相信我不会认错了人。告诉我你是我的儿子安提福勒斯。

小安提福勒斯 我生平没有见过我的父亲。

伊勤 可是在七年以前，孩子，你应该记得我们在叙拉古分别。也许我儿是因为看见我今天这样出乖露丑，不愿意认我。

小安提福勒斯 公爵殿下和这城里认识我的人，都可以为我证明你说的话不对，我生平没有到过叙拉古。

公爵 告诉你吧，叙拉古人，安提福勒斯在我手下已经二十年了，这二十年来，他从不曾去过叙拉古。我看你大概因为年老昏聩，吓糊涂了，才会这样瞎认人。

住持尼偕大安提福勒斯及大德洛米奥上。

住持尼 殿下，请您看看一个受到冤屈的人。（众集视）

阿德里安娜 我看见我有两个丈夫，难道是我的眼睛花了吗？

公爵 这两个人中间有一个是另外一个的灵魂；那两个也是一样。究竟哪一个是本人，哪一个是灵魂呢？谁能够把他们分别出来？

大德洛米奥 老爷，我是德洛米奥，您叫他去吧。

小德洛米奥 老爷，我才是德洛米奥，请您让我留在这儿。

大安提福勒斯 你是伊勤吗？还是他的鬼？

大德洛米奥 哎哟，我的老太爷，谁把您捆起来啦？

住持尼 不管是谁捆缚了他，我要替他松去绳子，赎回他的自由，也给我自己找到了一个丈夫。伊勤老头子，告诉我，你的妻子是不是叫作爱米利娅，她曾经给你一胎生下了两个漂亮的孩子？倘使你就是那个伊勤，那么你快回答你的爱米利娅吧！

伊勤 我倘不是在做梦，那么你真的就是爱米利娅了。你倘使真的是她，那么告诉我跟着你一起在那根木头上漂流的我那孩子在哪里？

住持尼 我们都给埃必丹农人救了起来，可是后来有几个凶恶的科林多渔夫把德洛米奥和我的儿子抢了去，留着我一个人在埃必丹农人那边。他们后来下落如何，我也不知道。我自己就像你现在看见我一样，出家做了尼姑。

公爵 啊，现在我记起他今天早上所说的故事了。这两个面貌相同的安提福勒斯，这两个难分彼此的德洛米奥，还有她说起的她在海里遇险的情形，原来他们两人就是这两个孩子的父母，在无意中彼此聚首了。安提福勒斯，你最初是从科林多来的吗?

大安提福勒斯 不，殿下，不是我；我是从叙拉古来的。

公爵 且慢，你们各自站开，我认不清楚你们究竟谁是谁。

小安提福勒斯 殿下，我是从科林多来的。

小德洛米奥 我也和他一起来。

小安提福勒斯 殿下的伯父米那丰老殿下，那位威名远震的战士，把我带到这儿。

阿德里安娜 你们两人哪一个今天跟我在一起吃饭?

大安提福勒斯 是我，好嫂子。

阿德里安娜 你不是我的丈夫吗?

小安提福勒斯 不，他不是你的丈夫。

大安提福勒斯 我不是她的丈夫，可是她却这样称呼我；还有她的妹妹，这位美丽的小姐，她把我当作她的姊夫。（向露西安娜）要是我现在所见所闻，并不是一场梦景，那么我对你说过的话，希望能够成为事实。

安哲鲁 先生，那就是您从我手里拿去的项链。

大安提福勒斯 是的，我并不否认。

小安提福勒斯 尊驾为了这条项链，把我捉去吃官司。

安哲鲁 是的，我并不否认。

阿德里安娜 我把钱交给德洛米奥，叫他拿去把你保释出来；可是我想他没有把钱交给你。

小德洛米奥 不，我可没有拿到什么钱。

大安提福勒斯 这一袋钱是你交给我的跟班德洛米奥拿来给我的。原来我们彼此认错了人，所以闹了这许多错误。

小安提福勒斯 现在我就把这袋钱救赎我的父亲。

公爵 那可不必，我已经豁免了你父亲的死罪。

妓女 大爷，我那戒指您一定得还我。

小安提福勒斯 好，你拿去吧，谢谢你。

住持尼 殿下要是不嫌草庵寒陋，请赏光小坐片刻，听听我们畅谈各人的经历；在这里的各位因为误会而受到种种牵累，也请一同进来，让我们向各位道歉。我的孩儿们，我牵肠挂肚地思念着你们，已经三十三年了，到现在我心里方才落下了一块石头。殿下，我的夫君，我的孩儿们，还有你们这两个跟我的孩子一起长大同甘共苦的童儿，大家来参加一个饶舌老妇的欢宴，陪着我一起高兴吧。吃了这么多年的苦，现在是苦尽甘来了！

公爵 我愿意奉陪，参加你们的谈话。（公爵、住持尼、伊勤、妓女、商人乙、安哲鲁及侍从等同下）

大德洛米奥 大爷，我要不要把您的东西从船上取来？

小安提福勒斯 德洛米奥，你把我的什么东西放在船上了？

大德洛米奥 就是您那些放在森道旅店里的货物哪。

大安提福勒斯 他是对我说话。我是你的主人，德洛米奥。来，咱们一块儿去吧，东西放着再说。你也和你的兄弟亲热亲热。（大安提福勒斯、小安提福勒斯、阿德里安娜、露西安娜同下）

大德洛米奥 你主人家里有一个胖胖的女人，她今天吃饭的时候，把我当作你，不让我离开厨房；现在她可是我的嫂子，不是我的老婆了。

小德洛米奥 我看你不是我的哥哥，简直是我的镜子，看见了你，我才知道我自己是个风流俊俏的小白脸。咱们一起进去瞧他们谈天吧。

大德洛米奥 按理应该哥哥走在前面，可是咱们究竟谁大谁小，我也弄不明白，咱们还是拈阄子分先后吧。

小德洛米奥 不，咱们既是同月同日同时生，就应该手挽着手儿，大家有路一同行。（同下）

欢迎你从《莎士比亚戏剧集》进入

读客经典文库

不同的精神成长书单，为你提供更多选择

激发个人成长

多年以来，千千万万有经验的读者，都会定期查看熊猫君家的最新书目，挑选满足自己成长需求的新书。

读客图书以“激发个人成长”为使命，在以下三个方面为您精选优质图书：

1. 精神成长

熊猫君家精彩绝伦的小说文库和人文类图书，帮助你成为永远充满梦想、勇气和爱的人！

2. 知识结构成长

熊猫君家的历史类、社科类图书，帮助你了解从宇宙诞生、文明演变直至今日世界之形成的方方面面。

3. 工作技能成长

熊猫君家的经管类、家教类图书，指引你更好地工作、更有效率地生活，减少人生中的烦恼。

每一本读客图书都轻松好读，精彩绝伦，充满无穷阅读乐趣！

认准读客熊猫

读客所有图书，在书脊、腰封、封底和前后勒口都有“读客熊猫”标志。

两步帮你快速找到读客图书

1. 找读客熊猫

2. 找黑白格子

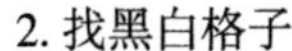

马上扫二维码，关注“**熊猫君**”

和千万读者一起成长吧！

图书在版编目（CIP）数据

莎士比亚戏剧集：全 8 册 /（英）威廉㊃莎士比亚(William Shakespeare) 著；朱生豪译 . -- 南京：江苏凤凰文艺出版社，2019. 4
ISBN 978-7-5594-2546-1

Ⅰ. ①莎… Ⅱ. ①威… ②朱… Ⅲ. ①剧本－作品集－英国－中世纪 Ⅳ. ① I561.33

中国版本图书馆 CIP 数据核字 (2018) 第 163252 号

莎士比亚戏剧集

［英］威廉·莎士比亚 著　　朱生豪 译

责任编辑　丁小卉
特约编辑　牟雪莲　宋如月
装帧设计　读客文化　021-33608311
责任印制　刘　巍
出版发行　江苏凤凰文艺出版社
南京市中央路 165 号，邮编：210009
网　　址　http://www.jswenyi.com
印　　刷　北京中科印刷有限公司
开　　本　890 × 1270mm 毫米 1/32
印　　张　13
字　　数　282 千字
版　　次　2019 年 4 月第 1 版　2019 年 4 月第 1 次印刷
标准书号　ISBN 978－7－5594－2546－1
定　　价　459.00 元（全 8 册）